JN163828

乾 浩

歴史小説集

坂東武者

~八人の武者《もののふ》たちの矜持《きょうじ》~

郁朋社

坂東武者——八人の武者《もののふ》たちの矜恃《きょうじ》——／目次

装丁・カバーイラスト／濱田　浩
千葉妙見大縁起絵巻より模写し再構成

（その一）　平高望《たいらのたかもち》の坂東《ばんどう》下《げ》向《こう》

一

「前年《さきのとし》の師走十三日に、まろの政《まつりごと》に異を唱え、謀叛を企てた民部卿宗章《むねあき》朝臣の追捕には、身を挺してよう働いてくれた。そこもとの果敢な行いと武勇は都中に響きわたっておるぞ」

関白太政大臣藤原基経《ふじわらのもとつね》は、私邸の客殿に高望王《たかもちおう》を招き入れると、王が着座するやいなや、前年の寛平元年（八八九）十二月十三日に洛中で謀叛を企てた民部卿宗章を追捕・鎮圧した高望王の行動と武威を褒めあげた。そして、歓びの表情を滲ませた高望王を、基経は上座から覗き込むようにしてみつめると、おもむろに話を切り出した。寛平二年（八九〇）正月半ばのことである。

「ところで、高望王《たかもちのおおきみ》、坂東の地で再び夷《えびす》どもが、朝廷の意に逆らって狼藉を働いておるとのことじゃ。そこもと、上総の地に赴いて、これら東夷《あずまえびす》供を平らげてくれまいかのぅ」

褒められ喜び勇んでいた高望王は、基経のその言によって、一瞬のうちに凍りついてしまった。顔が強張ってくるのが自分でもわかった。

「上総の地でござりますか……」

高望王は、いずれは受領《ずりょう》となって京を離れ、草深い地に下ることは覚悟していたが、よもや坂東・上総の地だとはゆめゆめ思ってもいなかった。

「上総は上国じゃ。地味も肥えているし、武勇誉れ高いそこもとにとっては、その腕や才を十分に生かせる地でごじゃるぞ」

関白基経は、上座から身を乗り出して高望王の顔を見た。

権力の頂点に立っている基経は頬を緩め親しみを込めて高望王の顔をみつめた。だが、関白基経は柔和な顔を装っていても、常に、その背後に他人を見下す尊大な面差しが見え隠れし、有無を言わせぬ強い響きと傲慢な態度が高望王を威圧した。

(地味が肥えていると申されても……。東夷供の跋扈《ばっこ》する地に赴くとは！……　四十年前の嘉祥の年に蜂起した丸子廻毛《まるこつむじ》の叛乱このかた、たび重なって起こっている上総俘囚《ふしゅう》の叛乱を、みどもに鎮圧せよとは！)

高望王は腹の中で呻いた。そして、目の前に座る関白基経の顔を仰ぎ見てから、ゆっくりと目を移し、中空の一点を睨んで思案をはじめた。

(俘囚供の土地や住処《すみか》を奪い、奴婢《ぬひ》として一所に閉じこめることを行い、さらに陸奥の国々への移住を強制させる政《まつりごと》を推し進めておいて、その失政のつけをみどもに割り振ろうとする関白基経の魂胆は明らかじゃ。上総介及び押領使としての職《しき》をみどもに与え、俘囚供の募る不平・不満を力で押さえ込む悪役をやらせようとしているな)

今年三十を迎えた王にとっては、もはや皇族としての衣冠を授かり、身を立てることは望むべきもなかった。

なにしろ、桓武天皇の子孫といえども、桓武天皇の皇子十六名のうち即位したのは平城と嵯峨と淳和の三天皇だけで、第三皇子一品式部卿葛原親王《いっぽんしきぶのきょうかずらわらしんのう》の血統であった高望王にとって、自分が生きる道は臣籍降下しかなかった。まして、本家筋の嫡男で伯父であった高棟王《たかむねおう》は、天長二年（八二五）七月に平《たいらの》朝臣《あそん》の姓《かばね》を賜って臣籍に降っている。

　三男であった父高見王は病弱で、薬師《くすし》の住まう都に執着したがために無位無官のままで生涯を送らなければならなかった。このまま、都にいても父の高見王と同じ境遇になることは目に見えていた。

　だからこそ、藤原北家の長者であり、権勢を誇る藤原基経《ふじわらのもとつね》に物品を贈り、その歓心を買っていたのだ。それは当時（元慶、仁和、寛平年間において）、関白太政大臣藤原基経が帝《みかど》に代わって国の政《まつりごと》のすべてを行い、除目《じもく》（官位官職の任命）も、彼の手に委ねられ執行されていたからである。

　しかし、その結果が坂東への下向の話であった。

　あわよくば、長官《かみ》（守）として遠国でも中国道、南海道、西海道の国々、もしくは、次官《すけ》（介）として格が下げられたとしても、京から近い摂津や河内や和泉、又は大和や紀伊や伊勢辺り、北国でも若狭や越前、越中、加賀国辺りであろうと思っていただけに、高望王の失望は大きかった。

　肩を落とし唇を噛む高望王に向かって、基経はことばを継ぎ足した。

「のう、高望王《たかもちのおおきみ》。そなたの御尊父高見王様は都に拘ったがゆえに、生涯を無位無官のままで過ごし、去年《さんぬるとし》に身罷《みまか》ってしまわれましたが、その二の舞をそこもとに味合わせたくないのじゃ」

　基経に言われるまでもなく、父高見王の失意と無念さは、自ら口には出さなかったけれど、高望王には、痛いほどわかっていた。

　伯父の高棟王は葛原親王の嫡男であったためか、もしくは、葛原親王の意に従って早く臣籍降下をしたせいか、京都に在住していて従四位下に叙せられ、また、大学頭をも長く勤めた。さらに、後には正三位となり、貞観六年（八六四）には大納言にまで昇進している。

それに引き替え、同じ葛原親王の子でありながら、三男であった父高見王は僅かな扶持を宛われただけで、位のみならず職の任にも就かず、無位無官のまま生涯を過ごした。いわば、飼い殺しの状態で一生を送ったのであった。それを身近に見ていただけに、高望王は父のようにはなるまいと決意し、そのためにも、禁裏の警固武者のように太刀習いを行い、鉾捌きを修めて、馬を駆り立てる技や弓を射る腕を磨くなどして、王族でありながらも、武術・弓矢の道に励んだのであった。

また、いままで無位無官の王でも、朝廷への賄料の中から五位の大夫が授かる収入の十六分の一が時服料として支払われていたが、王族が増えていく中で朝廷も諸王すべてに時服料を与え続けていくことは困難となり、貞観十二年（八七〇）二月二十日に勅令が出され、時服料を与える諸王の数を上限四百二十九人と規定された。また、二月二十五日には、令によって王の季禄を四分の一削減した。

「……このまま桓武天皇の血統にのみしがみついていても、先行きはたかが知れておるし、時服料もいただけぬ懼れすらある。いや、政《まつりごと》の実権を握る関白の意に逆らえば、どのような不利益を被るかわからぬな……」

高望王は腹の中で唸ると、有無を言わせぬ姿勢で説得する基経の顔を仰ぎ見た。そして、詰めた吐息をはくと、基経から目をそらして天井を見上げた。

そこには、金銀の箔が張り巡らされていて、その真ん中には鳳凰が両羽を大きく広げて、高望王を見下ろすように羽ばたいていた。高望王は天上から目を移し、また吐息を漏らすと、寝殿造りの大きな邸宅を見回した。

目の前には、金箔を施した屛風が基経の背を囲むように立てられている。その屛風には、客人を睨むように正面を向いた虎や雲を引き寄せ天に駆け上る竜やいまにも海から飛び上がろうとする鯤《こん》や鵬《おおとり》などの様々な絵が四季折々の背景の中に浮き上がって描かれていた。また、広い客殿の床板は鏡のように磨きこまれていて燭台の灯がゆらめいて映っている。

（これが権勢というものであろうな。それに引き替え、わが家は……。桓武天皇の血脈と称され崇められようとも、力を持たぬものは哀れなものよ。館は粗末なものだし、わが家に仕える家人や雑色は僅かしかおらぬ）

豪勢な基経の私邸に圧倒されながら、高望王は胸の内でつぶやいた。

いまや藤原基経は娘の頼子、妹子を清和天皇に、温子を宇多天皇に、穏子を醍醐天皇に入内させて、朱雀、村上天皇の外祖父として権力を一手に握っていた。

（時の趨勢には適わぬな。都にしがみついていても、みどもの行く末はたかだか知れておる。下手をすると、父上と同じように無位無官のまま僅かな扶持を与えられて、飼い殺しにされてしまうのが関の山かも知れぬな。いや、それすら危うくなるやも知れぬ）

高望王は、再び中空を仰いで溜息をつき、目を瞑って唇を噛んだ。それを見透かしたように、基経は声を和らげて説得にかかった。

「そこもとは、馬駆け、太刀習いを始めて久しいと耳にしておるし、また、その武の技《わざ》は洛中随一と検非違使《けびいし》庁の左衛門佐《さえもんのすけ》より聞いておるぞ」

基経の説得の言葉を耳にして、高望王は瞑った目をゆっくりと開けると、基経の言葉に抗った。

「それは、天皇様《すめらみことさま》のおわします大内裏をお守りするべく、その警固のためと思し召し、また、それと合わせまして、国の政《まつりごと》を司《つかさど》る藤原北家の長者、従一位（藤原基経）様のお役に立てればと思うて習うたものでござりますれば……」

基経の機嫌を取りながらも、抗って叫んだものであったが、その語気は自分でもわかるほど弱々しいものになっていた。

「それは殊勝のことでおじゃるな。されど、都はみどもが睨みをきかしておるゆえ平穏無事じゃ。それよりも、近年、上野《こうずけ》では僦馬《しゅうば》ノ党と称する馬曳き荷駄運びの下郎どもが、また、上総や下総では俘囚《ふしゅう》どもが国司の命に逆らって国を乱しておるとのことじゃ」

基経は直衣を大きく翻すと、手に持つ杓で上座の床敷を叩いた。ピシャリという乾いた音が耳に高く谺《こだま》し、高望王は一瞬、ビクリとして姿勢を正した。

「のう、高望王《たかもちのおおきみ》！　そなたが身につけた折角の武の技を、国司の命に反して狼藉を働く者供や世を乱す不埒《ふらち》な者供に向け、それを取り締まってこそ生きてくるものじゃ。またそれが、御先祖、桓武《かんむ》の帝《みかど》への孝養じゃとは思わぬか」

関白太政大臣藤原基経の威厳に満ちた口調と強引な説得に、高望王は、基経の顔を睨んでからゆっくりと両手をつき頭を下げた。

（坂東に下ったならば、東夷《あずまえびす》や群盗供を平らげておのが傘下に収めるぞ。そして、山野を伐り拓き、田畑《でんばた》を肥やしてわが力を蓄えて、政《まつりごと》をわがものとする基経をはじめとする藤原政権に対峙してやるのだ。いまにみておれ！）

基経の前に平伏《ひれふ》しながらも、高望王は胸の内で自分に誓った。

二

寛平元年五月十三日（現暦八八九年六月十四日）に、宇多天皇の勅命によって臣下に降り、平朝《たいらのあ》臣《そん》の姓《かばね》を受けた高望王は平高望《たいらのたかもち》の名乗りを許されるとともに、従五位下の位《くらい》を授かって上総介の職《しき》に任じられた。

上総国は常陸国《ひたちのくに》、上野国《こうずけのくに》とともに親王任国の慣例があり、国守は京にいるために、守《かみ》は遥授《ようじゅ》（遥《よう》任《にん》）されて、介《すけ》がそれらの国に下向するようになっている。だから、平高望は上総国に絶対的な権限を持つ実質的な国司として赴任することになったのである。そして、水無月（旧暦六月）の初頭、累代の家人《けにん》や雑色《ぞうしき》、さらに、京近郊で雇った雑兵《ぞうひょう》供を率いて坂東に下っていった。

矢作川を越え三河の台地に入ると、山間の杣道や砂利を敷きつめた道が交互に現れ、百姓《ひゃくせう》の館や田《でん》夫《ぶ》たちの粗末な家々が絶えたり続いたりした。東へ下る東海道の主要道は初夏の日差しで乾いて固まり、人馬が進むのには容易であった。また、大通りから仰ぐ木々の緑が美しく、一行の目を楽しませた。だが、遠江に入って葦の生い茂る湖水や川の脇道を歩く際には、人馬ともに踝まで埋まって難儀の極みであったが、隊列を乱さず粛々と東に向かって進んだ。遠江の湖水を迂回し、天竜、磐田（太田）、菊、大井の川を渡って、藁葺き板葺の家々が建ち並んだ駿河府中の街に辿り着いた。そして、府中で、二、三日骨休みをした後、一昨日の早朝にたって、由比、田子を経て本日、最後の難所箱根の山にさしかかったのである。

坂東とは、この箱根の山を越えた東の地という意であり、そこには野蛮な夷（東夷《あずまえびす》）供が住む地として、都からは蔑視されていた。

箱根の山は相模から伊豆半島へと連なる山々の一隅にあり、際立って高い峰々が横たわっているわけではなかったが、きりたった山肌と鬱蒼と繁る深い森が、旅人の行く手を阻んでいた。

山間から流れ落ちる大滝小滝と湯煙たちこめる地獄のような景観を眼下に臨みながら、馬を引き上げるように手綱を引いて、礫の転がる小径や灌木の間を、一歩一歩踏みしめるように登っていく。

初夏の強い日差しを受けながら、平高望は皆の先頭を進んだ。山麓から吹き上げてくる風も熱気で蒸れている。鬱蒼と繁る原生林に覆われた森の中は、蝉がかまびすしく鳴き叫び耳に響いてくる。一行は、皆、額に汗を浮かべて黙々と脚を進め、巨大な杉林の間を通り抜け、生い茂る灌木をかきわけて箱根の山道を登っていった。黙々と歩く一行の中で、荷駄を括り付けた馬の嘶きが、時々、蝉の鳴き声を切り裂くように木々に谺する。

高望の先導で嫡男太郎良望《よしもち》（後の平国香《たいらのくにか》）の馬が進み、続いて、家人頭李之介《もくのすけ》に介添えされて乗る次郎（後の平良兼《たいらのよしかね》）の馬、その後を甲冑に身を包み大太刀を腰にした郎従等の馬、粗末な輿に乗る妻女と赤子の三郎（後の平良将《たいらのよしまさ》）を抱いた乳母《めのと》、それに、従者十数名の市女笠の女たち、さらに、その後ろに手鉾に腹巻き脛当ての雑兵たちと続き、雑兵や市女笠を合わせても百名に達しないほどの小さな一団である。

一行は急峻な箱根山の坂を登り切って、峠の叢《くさむら》や荒々しい大小の溶岩石の上に腰を降ろして、ひと息ついた。平高望は吹き出る汗を拭いながら、山頂にそそり出た岩場に進み、そこに仁王立ちして辺りを見渡した。

いま登ってきた坂道を振り返り崖下を覗き込むと、岩肌の間から噴煙がモクモクとたちこめて、鼻を突く匂いと湯の白い煙が漂っていた。

高望はゆっくりと身体を捻って、これから向かう東の方向を眺めた。山々の連なる向こうに緑の大地と濃紺の海が広がっていた。

「おーおぅ、これが坂東の地か！」

平高望は峠に立って声を奮わせて叫んだ。そこには、都からの長旅の疲れを忘れさせるほどの美しい光景が広がっていた。紺碧の空が海と溶け合い、海と陸との間に白砂の稜線が緑の木々の中に浮かび上がっていた。

眼下に、早川が箱根の山を縫うように見え隠れし、相模の大河（酒匂川）がキラキラと輝いて海に注いでいる。また、右手には伊豆の山々が連なり、左手には相模原の原野が重なっている。岩場の先端に立つと、山麓から吹き上げてくる爽やかな風が、着物の袖から吹き抜けて身体中の汗を拭ってくれる。小鳥の囀りが山間に谺し、心地よく耳に響いてくる。見下ろす相模原の台地は数百年もの年輪を重ねた巨木が折り重なって広がり、遙か彼方に目を向けると、上総の山々の稜線が夏空の向こうにかすんで見える。

高望は清澄な大気を胸いっぱい吸い込むと、相模原の向こうにかすむ上総の山々を指さした。

「よいか、太郎に次郎！　よう見ておくがよい。かすんで見える山々の向こうに、これからわれらが向かおうとしている上総や下総の台地があるのじゃ。われらはこの坂東の地に根を下ろして力を蓄えるんじゃ。それがわれら一族に残されたただ一つの道なのじゃからな」

爽やかな涼風が木々の間から駆け上がってきて、ここちよく皮膚に染みとおる。遥か天空から差し込む強い光と大気の熱とが一つに溶け合い、躯の中に入ってくるように感じられた。

「者供、さぁ出立いたすぞ。相模国府ノ津の船長者《ふなちょうじゃ》の館まであと一息じゃ。今宵は長者の館に世話になり、明朝は、上総に向かう船の中ぞ」

高望は供の者たちに向かって大声で鼓舞すると、愛馬の鞍に跨り、背筋を伸ばして先頭を進みはじめた。高望の先導で太郎良望、家人頭李之介と次郎の馬が進み、続いて、家人、郎従たちの馬、妻女と三郎を抱いた乳母の駕籠、市女笠の女たち、徒の者供が一列に連なって粛々と箱根の山を降りはじめた。

三

相模国府ノ津を出た数艘の船は、大洋の荒波にもまれながらも舳《みおし》を北東に向けて連なって進み、上総国をめざした。翌夕、相模国の三浦ノ津に入り、三浦ノ津船長者の館に宿し風待ちをして翌々日の朝に出航し、四日もかかって上総国姉埼《あねさき》ノ津に着いた。

高望と太郎良望の乗る馬、家人頭杢之介《もくのすけ》と次郎（後の平良兼《たいらのよしかね》）の乗る馬以外は、相模国府ノ津に置き去ったので、三人の馬を取り囲むように家人や雑兵たちが歩いて上総の国府に向かった。

萱を葺いただけの軒の低い家並みが疎らにある田夫《でんぷ》、技人《わざびと》たちの家々を通り抜けると、都の政庁を模した上総の国衙（政庁）が目の前に現れた。大きな朱の門と背の高い白い壁とが辺りの粗末な家々を睥睨《へいげい》するように見下ろしている。鮮やかな朱木と白壁の囲い塀が、民の家々を寄せ付けない無言の力を見せつけている。

平高望とその一行が朱塗りの門に辿り着くと、門前で太刀や手鉾を手にした不敵な面構えの者たちが地に跪《ひざまず》き、頭を低くして出迎えた。

皆、日に焼け土誇りにまみれた逞しい者たちである。鋼のような体躯に俊敏な身のこなし、都には見当たらぬ者たちだ。高望一向を出迎えた者たちの頭目らしき男が立ち上がり、高望の馬前に来ると片膝をついて頭を下げた。

「上総介様、都より遠路はるばるお越しいただきありがとうございます。桓武帝の血筋をひき、武勇誉れある上総介様が御下向なさったからには、この上総の地は盤石でございます」

四十歳くらいの精悍な面構えをした男がうやうやしく口上した。

「われは、この一帯を取り締まる姉埼の長者姉埼大夫でございます。また、脇に控えておりまする者供は、飫富《おぶ》に田代《たのしろ》に藻原《もばら》に埴生《はにふ》、それに、天羽《あまは》に菅生《すごう》に畔蒜《あびる》の長者でございますればお見知りおきいただきとうございます」

「出迎え大儀である」

高望が馬上から威儀を正して叫ぶと、姉埼大夫は頭を低くし、また口上した。

「面々は上総の村々から駆け参じた郡司《ぐんじ》や村長《むらおさ》の者供でございますれば、上総介様の行う上総の政《まつりごと》や租の取り立てなど諸事万般につきまして、手足となってお役立ちいたすものと存じまする。以後、どうぞお引き立ていただきとうございます」

「そうか、それは大儀じゃ。正月、下総匝瑳《そうさ》の住人物部氏永《もののべのうじなが》と名乗る俘囚の長が叛乱を起こしたと聞いたが、その者に率いられた俘囚供はいかがいたした。そこもとら、官符の達しによって存じておろうが、みどもは、関白太政大臣より下総及び上総の俘囚供の騒ぎを鎮めよとの命を受けてこの地に下ったのじゃ。それゆえ、俘囚供が叛乱を企てたりせぬように、そこもとらに取り締まってもらうし、また、万が一、俘囚供が叛乱を起こしたときには、みどもの命に従ってその者供を平らげてもらうぞ」

高望は、関白藤原基経の名をあげて、その権威を嵩にして上総の治安を取り締まることを宣言した。

「御意！　両総のことは、上総介様の手を煩わさずともわれらが働いてみせますので、われらに何なりとお申しつけくだされ。また、物部氏永や一味供はわれらに恭順して、飫富の長者に預けておりますのでご安堵くだされませ！　そうであったのぅ、飫富」

姉埼大夫が畏まり、馬上の高望を仰いで力強く応え、飫富の長者に目配せをして相槌を求めた。姉埼大夫の堂々とした態度と精悍な面構えは、周囲の者たちを威圧する迫力が滲み出ている。

「いかにも！　姉埼の長者の申すとおりでござります。上総の俘囚供は聞き分けのよい者が揃っておりまするから都で騒ぐ程のことはござりませぬ。われらが手懐けておりますので、ご心配無用かと存じまする」

飫富の長者が相槌を打ち、その日焼けした顔に薄ら笑いを浮かべて、同じように堂々と応えた。

高望は姉埼大夫と飫富の長者の顔をじっとみつめると、その迫力に負けじと威儀を正し、胸を張って鷹揚に応えた。

「うむ、世話になるぞ」

（こやつらこそ、両総の俘囚たちを焚きつけておる長《おさ》に違いない。いまの言からすると、両総の俘囚たちを支配下に入れ、ある時は焚きつけ、ある時はおのが戦力として利用しておるのではあるまいか）

馬前にかしずく二人の姿を交互にみつめて、平高望は、そう思った。

（脇に控える者供もこやつらの仲間であろう。姉埼大夫や飫富の長者をはじめ道端に居並ぶ男供に弱味を見せては上総及び下総の計略はできぬ。この者供を如何に巧みに操り、利用してこの地の計略を図るかが肝腎じゃな。また、両国で政《まつりごと》を行うには、この者供をどのようにして手懐け、みどもの傘下に入れて働かせるかじゃ）

平高望は口髭を撫でながら思案をはじめ、居並ぶ上総の村々の長者たちを馬上から見下した。

（こやつらは、朝廷の権威と尊い血筋に平伏す者供じゃ。まず、みどもの血筋と上総介の職を前に押し出して、この者供を屈服させようぞ）

高望は腹の中でそう決意すると、胸を反らし馬上から大声で命じた。

「そこもとら、これから、みどもの命に従い働いてもらうぞ。その働きによっては、都におわす帝や関白太政大臣に上申して叙任もさせようぞ」

高望の響きわたる声が、姉埼大夫他の村々の長者たちの頭に突き刺さり、その者たちは一斉に両手をついて平伏した。


それから十日ばかり経った宵、姉埼大夫の館で催された着任の祝宴に招かれた。

高望は藍染の狩衣に濃紺の袴を着け、柄の金具も煌びやかな朱塗りの太刀を佩《は》き、艶やかな出で立ちで館に向かった。国衙近隣の分限者《ぶげんしゃ》、土豪《どごう》たちを屈服させるための精一杯の見栄であった。金銀螺《ら》鈿《でん》を散りばめた朱の太刀も錦糸の着物も下向する前に、都の家、屋敷を処分した金子で手に入れたものである。

姉埼大夫の館には堀が四方にめぐらされていて、大きな門囲いの内には広い庭園があり、その先に桧皮葺の母屋と、それを囲むように家人・郎党の家並みが控えていた。また、板塀の脇に奴婢たちの住む小屋が重なるように連なり、屋敷内では奴婢たちが忙しそうにたち働いていた。何が入っているのか大きな麻袋や菰巻や俵を背にして、奴婢たちが母屋の後ろの方に運んでいた。そこには、高床の穀倉が何棟も連なって建てられている。

「上総は肥沃な土地とは聞いていたが、それにしても豪勢なものよのぅ」

高望は腹の中で唸った。

客殿の上手に案内され、高望が着座すると酒宴が始まった。

脇手上座の筆頭に姉埼大夫が座り、以下、姉埼館の一族、家人たちがうち揃っての酒宴である。総勢二十五、六名の者たちが高望を上手に左右に分かれて座り、黒酒《くろき》の入った素焼《かわらけ》の瓶子《へいじ》が並べられ、朱塗りの杯が膳の真ん中に置かれていた。そして、杯を重ねる毎に賑やかな酒宴となった。

一族、家人たちは酒宴を盛り上げるために笛を吹き管弦を奏で、上総国の姉崎や海上一帯に伝わる田植え唄や豊饒神楽などを舞い踊った。それは、かなりの歳月を費やして用意されたものであろう。上総の趣や風土を表した趣向を凝らした酒宴である。また、婢《はしため》が次々と運んでくる膳には、素焼の大皿に鯛や大海老の姿焼きが乗り、鮒や鯉の甘露煮が中皿に、小皿には蒸鮑、千鳥が盛られ、木椀には紅白の祝餅が入れられた汁や、別の木椀には鯛の潮汁などが用意され、姉埼大夫の手の込んだ歓待ぶりが、この膳の品揃えからも見てとれた。

黒酒の杯を重ねて、もうだいぶ酔いがまわってきたころに、大柑子《おおこうじ》、小柑子、串柿と粕酒を携えた美しき二人の乙女が現れて、高望の両脇下手に着座した。宴のはじめに膳を運んできた婢たちとはあきらかに違う垢抜けた可憐で美しい乙女たちであった。

「上総介様、これはわしの愛娘でしてな。わしが申すのもおかしいが二人共に美しゅう、しかも、気立てもええ娘に育ったと思いますのじゃ」

脇に座した姉崎大夫は、酩酊した赤ら顔に下卑た笑みを浮かべて娘を手招いた。

「姉の方が白菊《しらぎく》、妹の方が浜木綿《はまゆう》と、上総に咲く花の名を名付けたのじゃが、共に婿を迎えるにはよい年頃でしてのぅ。上総介様のお気に召した方に夜伽《よとぎ》をさせますので、今宵はごゆるりとお過ごしなされ」

姉崎大夫は意味深げに高望の顔を覗くと、娘たち二人に高望の座の左右に座って酌をするよう促した。

「待たれよ大夫殿、そこもともご存知の通り、みどもは妻子を連れて下って参ったのじゃ。そのような気遣いは無用じゃ」

高望は考えてもみなかった成り行きに戸惑った。都では、女人《にょにん》に文を遣わして、色よい返事が返った女人の家を訪れて一夜を共にしていたが、招婿のしきたりの世とはいえ、あまりにも露骨な申し出に驚いたからである。

「これはあまりにものおことばでござるのぅ。わしの顔を立ててくだされ。わしらの行う最上のもてなしとは、愛《め》で育てた可愛い娘を差し出すことでござります。それが坂東の分限者のしきたりでござりますれば、そのことを胸に収めて夜伽を受けてくだされ」

姉崎大夫は酩酊した眼を据えて、一歩も引かぬ勢いでそう伝えた。

「妻は妻、胤《たね》を孕《はら》ます女《おなご》は、また別でござります。わが家の娘に上総介様の高貴な血が注がれれば、わが家の名誉でござりまする。今宵はお気に召した方を寝所に差し向けますゆえ」

姉崎大夫の口上を耳にしながら、この申し出を受けなければ、彼の者たちの力を借りることはとうていできぬと思った。そして、姉埼大夫の脇で微笑む二人の娘を交互にみつめた。

褐色の精悍な色艶をした姉埼大夫の娘とは思えないほど、二人とも透けるような白い肌の美しい娘であった。姉の白菊は小柄でなで肩、細面の顔立ちの雪のような白い肌が際立っている。細い頸からなで肩の背を這って尻の辺りまで垂れる黒髪は艶やかに輝いていた。妹の浜木綿は一寸ほど上背があり、着物の上からも乳房と臀部の豊かさ、腰のくびれがはっきりとわかるほどの姿態をしていた。また、頸後ろで束ねた黒髪も姉よりも幾分長く、体を動かすたびに床にそよいだ。

「上総介様、男子《おのこ》が生まれようものならば、わが家の当主の座に据えまする。いや、女子《めのこ》でも、桓武の帝の血を受けたる女《おなご》ならば、近隣の長者供の憧れの的となりましょうに。ともあれ、お気に召した方を上総介様の閨《ねや》に差し向けますゆえ」

姉埼大夫は顎髭を撫で、酩酊した眼で睨むようにして念を押した。

上総のみならず坂東各地においては、干魃などによる不作で租税が出せずに公民が逃散《ちようさん》（公田を放棄して逃亡）し、その者たちを田夫や奴婢として隷属化させた百姓《ひやくせう》（大小土豪）たちが現れはじめていた。それら百姓《ひやくせう》たちは、隷属化させた田夫や奴婢を使って疲弊した公地を再開発して田畑《でんばた》を私有化（私営田化）していった。そして、その土地を守るために兵を養い、一所に命を懸けたのである。

また、他の土豪たちよりも抜きん出るために、坂東に下ってくる皇族、貴族たちの尊い血筋の胤（貴種）を、競ってわが家に入れようとしたのであった。この姉埼大夫もその例にもれなかった。

（坂東の地は満更でもないのぅ。都に居るときには、懸想《けそう》した公家の娘たちに数えきれないほどの文をしたためたが、返事をよこしたのは指を折るほどしかなかった。桓武天皇の子孫といえども皇室との血が薄くなっていて、三十の歳まで無位無官であったみどもを、気位高い京都《みやこ》の女どもは軽んじていたが、この地では、このように美しい娘がみどもに抱かれたがっている。上総国姉崎・海上の豪族の娘を抱いて、この一族の富と力をわが傘下に収めるなどとは、ゆめゆめ思うてもみなかったことじゃ。将に一石二鳥じゃのぅ）

　平高望は去来する昔のことやこれから訪れるであろう新たな事柄に思いを巡らせると、しばらく思案して腹を括ると、姉崎大夫に向かって鷹揚に伝えた。

「のう、大夫殿。見目麗しい二人の娘御のどちらかを選べというのは酷な話よ。どうじゃろうか、二晩泊めていただいて、今宵は姉白菊の方の夜伽を受けようぞ。そして、明くる宵に、妹の浜木綿ということではどうじゃ」

「ははっ、ありがたき幸せ。もし、上総介様のお胤が娘に宿れば、わが家の名誉でござりまする」

　姉崎大夫は両手をついて平伏した。板敷きの床に額を擦りつけながら、下卑た笑みが姉崎大夫の顔中に浮かび上がってきた。

四

　姉崎大夫がもくろんでいた娘たちの懐妊の兆しは見られず、この甘美な接待に味を占めた平高望は、上総の大小土豪たちの館を愛馬で駆け巡っては、同じように主の接待を受けて、その館の娘たちと一夜を共にした。

ただ、高望は娘との情愛や媾合《まぐあい》には溺れなかった。高望にとって、土豪の娘との情交は、あくまでも大小土豪たちを切り従える手段であったからである。また、土豪の娘たちの方も同じであった。家のために、京から下ってきた貴種、高望の胤が注がれ子種が授かればよかったのである。

いわば、高望を種付け馬のような役割としてしかみていない土豪たちに対して、この地で生きてゆくには開き直り、皇族の血の尊さと従五位下、上総介という地位と職を大いに活用し、坂東各地に平高望の血脈を増やしていくことが最良の策だと覚ったからであった。そして、高望の胤の男子《おのこ》や女子《めのこ》が坂東各地の土豪の娘の間に生まれた。

例えば、坂東に下った後に生まれた四男の良孫は上総天羽郷の村長《むらおさ》の娘に生ませた子であり、五男良文は武蔵村岡郷の土豪の娘に生ませた子で、六男良門は上野多胡の郡司《ぐんじ》の館に滞在した際の子であり、七男良正は同じく下総水守に兵を進めた際の村長の娘に生ませた子であり、八男良広、九男良茂、十男良村も上総や下総の小豪族の娘に生ませた子である。

上野国での僦馬ノ党を平定する際、拠点として遣ったのが武蔵国大里郡村岡郷（現埼玉県熊谷市）の土豪、村岡大夫の館であった。村岡大夫は兵馬を揃え加勢するとともに、娘を高望の夜伽の相手とさせたのであった。

「大胡の輩供を討つにはわが館を砦になさりませ。村岡郷のわが館から彼の地までは、わしの育てた駿馬を使えば一刻とかかりませぬ」

大里郡司を勤める村岡大夫は一山を抱え込むほどの広い館を持っていて、その中には、駿馬を養っていた。

「そうか、世話になるぞ」

高望は、いつもの通り鷹揚に応えた。坂東各地の館をめぐって、その接待に慣れきっていたから、それが当たり前の対応態度となっていた。

「奴らは馬を使って略奪を繰り返す群盗供ですから逃げ足も速く、短期では決着は着きかねますゆえ、気長に滞在し討伐するのがよろしかろうと存ずる」

村岡大夫は、他に思惑がありそうな表情をし、微かに頬を崩した。

「それもそうだな」

高望は村岡大夫の言に頷いた。そして、わが命に従わぬ僦馬ノ党の頭目や上野国の豪族たちを征伐し、この地一帯を支配下に収めるにはどうすればよいかの策を錬りはじめた。

(村岡大夫の申すとおり、この館を拠点にして押し出していけば、馬で動き回る盗賊供を成敗するのはたやすいな。また、盗賊供を討伐することで、わが意に従わぬ上野や下野、武蔵の豪族供を威し震えあがらせることもだいじなことじゃ。さて、どのように仕留めるかだな)

「去る年、上総の兵を率いて討伐に向かったが、その者供に逃げられてしもうた。ところで村岡大夫、そなたは村岡の牧で駿馬を育てていて馬のことは誰よりも詳しい。そこで聞くのじゃが、馬で動き回る盗賊供を征伐するには、どのような策があるかのぅ」

先年は、上総から、四日もかけて赤城や榛名の麓までやって来たのに、奴らは姿を消して、もぬけの殻であった。その手痛い失敗を思い出しながら、高望は村岡大夫に尋ねた。

「罠を仕掛け、不意討ちを喰らわすことでしょうな」

村岡大夫は柔和な顔をして、平然と応えた。

高望は自信ありげに応えた村岡大夫の顔をじっとみつめながら、この男を利用しようと考えた。

（上総からの出兵では、兵も疲れるし出費も嵩んでしまうたが、この男の手を借り村岡館に兵を集めれば好都合じゃ。それに、兵が整い出陣するまで、この館に滞在し、娘の夜伽も受けられるからのぅ）

高望はニンマリと笑った。

「大夫、世話になるぞ！　僦馬ノ党と称する盗賊供を討ち取った暁には、格別な報償を授けようぞ」

「ははっ、ありがたき幸せ。村岡大夫、上総介様の御為に粉骨砕身働いてご覧にいれます」

村岡大夫は高望の前に平伏すと、僦馬ノ党討伐の策を巡らせはじめた。

その夜、高望は大夫の娘あやめの夜伽を受けた。あやめは白の小袖に赤い小袴を着け、漆黒の長い髪を背に靡かせて夜具の前に座っていた。双眸を妖しく輝かせ、期待に頬をそめて座るあやめの姿は、坂東の村娘の野性味が溢れていた。高望は野性味溢れるあやめの姿をみつめた後、その手を取って厚い胸の中に抱き寄せた。そして、高望はあやめを抱いたまま夜具の上にもつれて転がった。

小袖と小袴を取り去ると、あやめのひきしまった小麦色の姿態が、燭台の灯の中でゆらめいて浮かび上がった。あやめは村岡の牧を営む大夫の娘だけあって大柄で、乗馬で鍛えられた姿態には無駄な肉は寸分もなかった。小麦色の肌は健康そのもので、褥《しとね》の中でもあやめは奔放であった。馬を乗りこなすように高望の身体に跨って熱く悶え、馬の嘶きのような悦びの声をあげた。

あやめは未通女《おぼこ》娘ではなかったが、いままで交わった多くの娘にはない魅力が滲み出ていた。いや、これまで牧童たちをはじめ何人もの男と交わった豊かな経験を持つ娘であったが、高望を一瞬のうちに虜にさせた。

またあやめも、久しぶりに味わう性愛に身も心も委ね、事後も高望の胸に躯をあずけて、頬を上気させてなおも甘え続けた。

「上総介様、父《とと》さまから上総介様は都の高貴な方と聞いていましたので、ひ弱な方とばかり思うておりましたが、それは逞《たくま》しゅうて、わたくしの肌と合いまする。今宵一夜で、あなたさまの躯が忘れられなくなりそうでござります。もう離しはしませぬぞ」

あやめは高望の耳許に唇を寄せ、妖しい微笑みを浮かべながら囁いた。

「みどももそうじゃ。そこもとの姿態は天下一品！　媾合《まぐあい》は荒馬を乗りこなすような激しさじゃったの」

高望は、この娘こそ坂東の土が育んだ奔放で純朴な女だと感じた。

「坂東は広うございます。奥地では荷駄を運ぶにしても、遠出をするにしても、また、畑を耕すにしても、馬はなくてはならぬものでござります。それゆえ、女《おなご》でも馬を乗りこなさなければ仕事になりませぬ」

あやめは高望の胸の中で、坂東で暮らしていくためには馬が必要不可欠なものだと語った。そして、男のみならず女でも、馬との関わりの中で暮らしていることを高望に諭した。

「そうか、坂東では女でものぅ。京の女とそこが違うところじゃ」

高望は、京都のなよなよとした蒲柳《ほりゆう》の質《しつ》の女とまったく違う、つくられていない素朴な素直さを持つ坂東娘の姿を、あやめとの交わりで覚った。

「いっしょに暮らしていると馬は可愛いものでございます。仔馬のときから可愛がって育てた馬を市に連れていって売りますが、手放すときには涙が出てきてしかたござりませぬ。ところが、馬もわたくしの気持ちがわかるのか、同じように嘶き涙を流すのでございます。それが辛うございます」

あやめは馬市での愛馬との別れを思い出したのであろう、悲しそうな顔をしてつぶやくと、高望の厚い胸に縋るようにして続けた。

「また、荒馬を乗りこなすときには、主人は馬に負けてはなりませぬ。馬は自分の主にふさわしいかどうかを量っているのでございます。だから、どんな荒馬でも一回乗りこなせば従順になります。これは、人と人との関わりにおいても同じなのではないかと存じまする」

「そうか、人との関わりにおいても同じのぅ……」

あやめが何を伝えようとしているのか、高望は推し測った。

――あやめの申す通り、主従のつながりも同じようなものだ――

高望がこれから先、坂東の地において割拠する豪族を従え、治安を維持し、勢力を扶植するためには、荒馬を乗りこなすように、主にふさわしい強さと権威を持たなければならないと考えた。そして、あやめは聡明な女だと感心し、高望の胸の中が熱く滾ってきた。

平高望は僦馬ノ党を討伐するまでの間、この村岡館に逗留し、聡明で情熱溢れるあやめの夜伽を受けることにした。

「高望さまは北天に輝く星、妙見菩薩様の化身のようでございます。わが家は古来より妙見様が守護神でございますれば、七つ星の主星《あるじぼし》であられる破軍《はぐん》の星（北極星）の権現様として、いつまでもここに居ってくださいませ」

高望は坂東娘のたくましさと素直さに絆《ほだ》され、素朴な美しさを持ったあやめに徐々に惚れていった。そして、他の誰よりもあやめを愛した。

高望とあやめとの二人の間に男児が生まれた。名付けて村岡五郎良文。この五郎良文こそ、千葉氏をはじめとする坂東八平氏の遠祖となった男子《おのこ》である。

五

寛平十年（八九八）は、四月二十六日に改元して昌泰元年となる。坂東に下向してちょうど十年が経った六月半ば、平高望は村岡大夫の策を受け入れ、上総、下総の兵と武蔵村岡郷の兵馬を揃えて、赤城山麓に陣を敷いた。上野の僦馬ノ党が、またぞろ徒党を組んで略奪をはじめたからである。

「いまこそ、奴らを叩きつぶしましょうぞ。罠を仕掛け、赤城山麓から追い込み、荒磯川で待ち伏せして討ち取りましょう」

村岡大夫に傀馬ノ党の動きを探らせている間に、上総、下総から配下の騎馬武者を密かに呼び寄せ館に集めた。そして、信濃国から上野国に長蛇の列をなして動きだした傀馬ノ党の動きを捉えたのであった。

六月半ば、村岡大夫の手勢百余騎の加勢と上総、下総から呼び集めた騎馬武者たち合わせて五百余騎の高望の軍勢は村岡館を出て、仁田、大室、厩橋を通り、多胡邑の荒磯川と赤城山麓天神平に陣を敷いた。

天神平には二百余の徒を野に伏せさせて、吾嬬から中之条を通過し笠懸に抜けようとする上野傀馬ノ党を挟み撃ちにして殲滅する策である。榛名山麓から赤城山麓を通過する傀馬ノ党を後方から荒磯川に追い込み、荒磯川河原で待ち受ける騎馬武者三百余によって討ち取る戦法である。罠を仕掛け、勢子が後方から追い込み猪や鹿を狩る山狩りと同じ戦法であった。赤城山麓天神平に陣を敷いた軍兵は、姿を隠すために野に伏せて傀馬ノ党一団が通るのをじっと待った。

利根川上流の曲がりくねった峡谷に建てられた見張り櫓《やぐら》に上ると、荒磯川が眼下に臨め、細ヶ沢川や赤城白川や寺沢川が白い蹟を抱き、川面が所々、小波のように煌めいていた。

半刻ほどして、騎馬武者を先頭に荷駄を括り付けた人馬の列が連なって現れた。馬は脚の太い農耕馬でそれを曳く徒はほとんどが樵か田夫らしき者たちばかりであった。手鉾や太刀は持っているが、襤褸を纏い、甲冑や胴巻、脛当や籠手もない雑兵の群れだ。皆、まちまちのいでたちで、褌一丁に刀を差している者もいれば、裂けた着物を着て手鉾を担いでいる者もいる。また、それらの徒をさしずしている将らしき者も、着物の胸をさらけ出し臍を剥き出して、鞍のない裸馬に跨っている。

高望と側近の将たちは、それらの者たちが川堤近くまで来るのを、櫓の上から睨みながらじっと待った。そして、先頭の騎馬武者たちが川を渡ろうとしたとき、天神平にいる伏兵に向かって合図の狼煙を上げさせた。

野に伏していた徒たちは、野盗の群れが通り過ぎると、旗差し物、幟を掲げて立ち上がり、鉦や鼓を鳴らし喊声を上げて、後方から一団を追いはじめた。僦馬ノ党一団は、不意に後方から襲ってくる武者たちに驚き、足並みが乱れ、逃げるように河原に追い込まれていった。

櫓の上で、それをじっとみつめていた高望は、合図の軍旗《いくさばた》を挙げ、河原で待ち伏せていた騎馬武者たちに向かって大声を張り上げた。

「かかれ！　奴らを挟み撃ちにして河原で討ち取れ。今度こそ仕留めるぞ」

高望配下の騎馬武者や徒たち五百余が、荷駄隊に前後から襲いかかった。

(馬の扱いに慣れ、逃げ足の速い奴らとて、河原ならば馬も脚をとられる)

高望は櫓の上から敵の動きをみつめ、仕掛けた罠にまんまと嵌った野盗の一団にほくそ笑んだ。

鬨の声をあげて襲いかかった高望配下の騎馬武者に不意を突かれ、先頭を進む頭や腹心らしき鎧、胴巻きを着けた騎馬武者や荷駄を警護していた五、六十騎の騎馬一団は浮き足だっていた。敵騎馬一団の隊列が崩れ、高望配下の騎馬武者たちによって一気に蹴散らされていく。奇襲によって野盗団はあっけなく瓦解し、荷駄を運ぶ数千の樵や田夫たち雑兵は右に左に逃げまどい斬り倒されていった。

河原では雄叫びと悲鳴が錯綜し、馬の嘶きが谺した。

配下の者たちによって斬り殺される荷駄運びの雑兵たちの絶叫と血飛沫が河原に飛び散り、川面が血でどす黒く濁ってきた。僅か半刻で勝敗は決したが、無抵抗の者たちを惨殺したような悔いが、高望の胸の中に残った。

「手に負えぬほどの悪党、野盗の群れでござりますれば、容赦は入りませぬぞ。奴らを討ち取ることこそ、坂東の安寧を手に入れることでござる」

村岡大夫は、僦馬ノ党の悪行を、そう訴えて高望の出陣を促したが、目の前で斬り倒される者たちの多くは襤褸を纏った樵や田夫たちの群れであった。村岡大夫に謀られたような後味の悪さを感じ、高望は櫓から急いで駆け下りた。そして、愛馬に飛び乗り河原まで駆け寄ると、配下の騎馬武者たちに向かって片手を高く掲げ、引揚げの合図を大声で命じた。

整然と引き上げる高望配下の騎馬武者たちに比して、その者たちは、散り散りになって四方八方に逃げ去っていった。半裸のまま、折れた刀を握って走る者もいれば、素手で這い蹲って逃げている者もいた。

戦い後、郎従たちが負傷した野盗の頭らしき男二人を高望の前に引き立ててきた。縄を掛けられ脚を引きずりながら引き立てられた男二人は不敵な面構えをし、落ち込んだ双眸の奥で両眼だけが異様に光っていた。

「不覚にも囚われの身となってしもうたが生き恥をさらしたくねぇ。はやく首を刎ねろ！」

片方の男が高望を睨んで喚《わめ》いた。その男の風采は冴えず世を拗ねているように見え投げ遣りの不貞《ふて》不貞《ぶて》しい態度であり、両眼は憎しみに燃えていた。

「よかろう。望み通り首を刎ねてやるが、その前に、おぬしら、なぜ馬を連ねて金品、荷駄を盗るのじゃ」

「おぬしが都より遣わされた押領使と称す官匪か！　都から下ってきたおぬしら官の手先に話してもわからぬわ」

「そうかわからぬか。然れども、このまま何も言い残さずに冥途に逝ってしもうては、おぬしらの言い分は闇の中に消えてしまうぞ」

「言うたところで聞き届けてはくれまい」

頭らしき男は不貞腐《ふてくさ》れてそっぽを向いた。

「上総や下総の俘囚供と同じで政《まつりごと》に不満があるのであろう。俘囚の話を聞いてもっともだと思うた。それゆえ、みどもは俘囚の扱いを改め善処を尽くしておる」

高望は自ら胸襟を開いて、頭目の言を誘った。

「みどもはそなたたちの話を聞く耳は持っておるぞ。どうじゃ、話してみぬか」

床几に座した高望は、縄を掛けられ地べたに跪く男の顔を覗き込んで穏やかに諭した。憎しみの光を放っていた男の両眼が幾分和らいできた。

「なら、冥途への置き土産に聞かせてやるわ。おぬしが頼っておる村岡大夫はくわせ者よ。奴はわれらのお頭であったが、昔の仲間を見捨ててわれらを潰そうとしておる。変わり身の早い男でのぅ。奴はわれらを裏切り、盗んだ銭を独り占めにして馬を手に入れ、牧を営んで分限者になっておるが、一皮剥けば盗賊の頭よ。いや、村岡大夫だけではないわ。坂東では百姓《ひやくせう》供も同じよ。他人の土地を略奪して大きゅうなった輩が、いまでは村長《むらおさ》や郡司《ぐんじ》になり、村の治安を守るとぬかして元の仲間や手下を取り締まったり誅伐したりするのだからな」

男は口を尖らせ、顔を歪めて叫んだ。

「貞観の大地震《おおなえ》以後、世は疲弊し、度重なる天候不順で飢饉にみまわれておる。それなのに、国司やその手先となった村長や郡司は租を取り立て課役を課す」

泥だらけのもう片方の男が、先の男の言に相槌を打ち、開き直って訴えた。

「租が納められぬゆえに田畑《でんばた》を捨てて逃散し、生きていくために野盗に転じただけよ。わしらの土地を盗んで大きゅうなった百姓供《ひやくせう》とどう違う。いや、わしらが汗水流して作った米や麦や粟や稗などを租や庸や調として、京から下ってきた国衙の官吏供が有無を言わさず取っていく。いわば、おぬしらが一番の大悪党よ」

高望は、二人の顔を交互にみつめ、その言い分を聞いてしばらく思案をした。

(坂東に下ってから、この野盗の訴えるようなことは数多く見てきたし、仕えておる家人たちの多くは、そのようにしてのし上がってきた者供だ。治世にあっては情に流されず、邪知奸佞の才と果敢な行動力を持った奴が世に憚るのが常よ。この者供は生憎その才と力を持ち合わせていぬが、馬を扱う技量は誰よりも負けぬな。よし、この野盗供もみどもの家臣に取り立ててみようか)

「おぬしらの言い分、ようわかった！　二人とも堂々たる論を張り、なかなかの気位じゃ。おぬしらが気に入った。どうじゃ、みどもの家来にならぬか。働きによってはそれなりの銭や田畑《でんばた》を与えるぞ。拒むならば、首を刎ねる！　しばらく猶予を与えるゆえ考えてみろ」

高望はそう言い残して、床几から立ち上がり戦陣を後にした。

六

信濃、上野、下野一帯を荒らしていた野盗団を制圧した高望は、それら僦馬ノ党を騎馬武者一統として配下に加えて強力な武士団を創っていった。

このように、坂東に着々と勢力を築いていく高望を頼って上総、下総、常陸、武蔵、上野、下野一帯の郡司、村長たちは、高望との私的な主従関係を取り結び、名簿《みょうぶ》を捧げてきたり田畑《でんばた》を寄進《きしん》したりした。

名簿を捧げるとは、高望に臣従するということであり、田畑《でんばた》を寄進するとは、より権威のある庇護者を得ることによって、田畑《でんばた》の実質的な管理権を得ようとした百姓《ひゃくせい》たちの苦肉の策であった。

さらに、管理権を得た者は、それに留まらずに租税対象外の不輸《ふゆ》の権を競って得ようとした。こうして、坂東各地の土豪たちは、耕作地の管理権とともに租税対象外の不輸の権を得るために、高望に土地や物品の寄進を行い、高望の勢力は益々大きなものとなっていった。

ともあれ、高望は、坂東各地の大小さまざまな土豪たちに支えられることによって、期せずして、坂東に広大な支配地と数多くの家人を抱え込んでいくのであった。「兵《つわもの》の棟梁《とうりょう》の家」もしくは「武家」と称せられるのは、高望が好むと好まざるとに関わらず「一所懸命」を旨とする坂東の土豪たちを配下に従えていくことによって為されたのであった。

また、上総介として着任して以来、高望は大小豪族たちを切り従えていくと同時に、他面、各地域の小土豪たちが行っているように、経済的な地盤を得るために、自らも多くの田夫、奴婢たちを使って、逃散によって生じた荒れ地や未開の地を、私財を投じて数多く開墾した。

しかし、私財を投じ私的に開墾した田畑《でんばた》（私有田、私有畑）でも、介という職を解かれて離任するときには官有物になってしまう。即ち、国に返さなければならない律令（法令）の規定があった。

それゆえに、高望は上総介の任期が終わっても、前上総介《さきのかずさのすけ》の名を語り、その職をほしいままにして、坂東から立ち去ろうとはしなかった。

それどころか、上総の地を基盤にして、さらに、下総にまでその勢力を広げて、子飼（利根）川流域に莫大な銭を投じて畑や新田を開拓したのであった。そして、上総の武射や山辺や埴生の地はもとより、下総の相馬、石田、豊田、羽鳥の地を、都から引き連れてきた太郎良望（国香）や次郎良兼、三郎良将たちに譲り渡し、また、各地域の村長や郡司の娘に生ませた息子たちを庇護して、後に坂東八ケ国に蟠踞《ばんきよ》した武士団の坂東八平氏（上総、千葉、三浦、土居、秩父、大庭、梶原、長尾）の祖となったのである。

七

晩年、上総武射にある良兼の館から、国香の嫡男の元服式に出た平高望は孫の貞盛に祝辞を授けた。

「貞盛とは、心正しく行いを盛んにすという佳名《よきな》じゃ。その名に負けぬよう励め！　よいか貞盛、爺は都落ちして坂東に足場を築いたが、そなたは、この下総石田で力を蓄え、いずれ都に上って威を奮え。いまに、その時が来るであろう」

鬢の白髪を掻き上げ、高望は孫の成長に目を細めた。

「はい、お祖父様の数多の武勇や苦労話は父上から伺っております。お祖父様のご要望通り、いずれ都に上り、都で威を奮うような武者になってみせまする」

貞盛は貴公子のような色白の顔を赤く染めて応えた。

「よう申した。それでこそ、わが直系の孫よ。下総介国香よ。よい息子を持ったのぅ。実に良い元服式じゃ！」

高望は満ち足りた表情をして、国香の顔を見た。祝い酒に酔った国香も嬉しそうに目を細めて頷いていた。

太郎貞盛を上座にして、その右脇には弟の次郎（繁盛＝常陸大掾家祖）が御神酒を持って座り、その隣には加冠役の上総介良兼が烏帽子、直衣姿で座している。良兼は上総国武射の館から、この元服式のために父高望に付き従って、わざわざ下総国の石田館までやって来たのである。

上手左脇には当主の国香が座り、そのすぐ下座に、豊田から小次郎（将門）が従兄弟貞盛の元服式に駆けつけ、緊張した面差しで座している。小次郎は奥羽俘囚征伐に出向いた鎮守府将軍の父良将の名代として参列したのである。

　高望は、その健気な姿を目にして、続いて声をかけた。

「小次郎、そなたももうじき元服じゃのぅ」

「はい。父上が帰郷するのを待って執り行う手筈になっております」

　下総国相馬の館から父良将の名代として来ている小次郎（後の平将門）は、祖父高望の問いかけに胸を張って応えた。

「そなたの父良将は鎮守府将軍として武勇誉れ高いが、そなたの面構えは父に勝るとも劣らぬ。元服には、爺がそなたの父の名一字を取って命名してやろうぞ」

　高望は、小次郎の顔を凝視して、小次郎こそ、坂東の地が生んだ武者《もののふ》の男子《おのこ》だと思った。そして、元服式に座す国香の嫡男貞盛との違いを感じとった。

「父上からも将《まさ》の名を継げと仰せつかっております」

　二人を見比べる高望の胸の内も気にとめず、小次郎は堂々と言った。

「そうか、将を継げとのぅ。将とは兵を率いて勝ちに導くという意で良い名じゃ。ところで小次郎、そなたの嗜好は何じゃ。貞盛は文《ふみ》、漢書《かんじょ》と管弦《かんげん》じゃそうな」

「わたしくは、豊田の野育ちゆえ、何もありませぬが、あえて申せば、弓矢と野駆けでござりましょうか」

「そうか、そりゃあ頼もしい。それでこそ坂東武者じゃ。では小次郎、爺と轡を並べて野駆けをしようぞ」

高望はそう言って小次郎を誘った。窮屈な席に座し、小次郎は脚をさすっていたからである。

高望と小次郎は互いの愛馬に乗って駆け出した。そして、子飼の川堤に二頭の馬を止め、高望は鞭をかざして辺りを指し示した。

「小次郎、よく見るがよい。肥沃な地じゃ！　ここは爺が家人や田夫たちと額に汗して伐り開いた地じゃ。そなたに譲り渡す故に、この地をしっかり守り、坂東の武者として雄飛するのじゃ。爺もそうして生きてきた」

高望が何気なくつぶやいたこの言葉が、以来、小次郎（平将門）の耳にこびりついていた。

そして、自らが伐り開いたこの土地が、子の国香、孫の貞盛と将門との抗争の火種になろうとは、この時、平高望、露ほども思っていなかった。

桓武平氏略系図

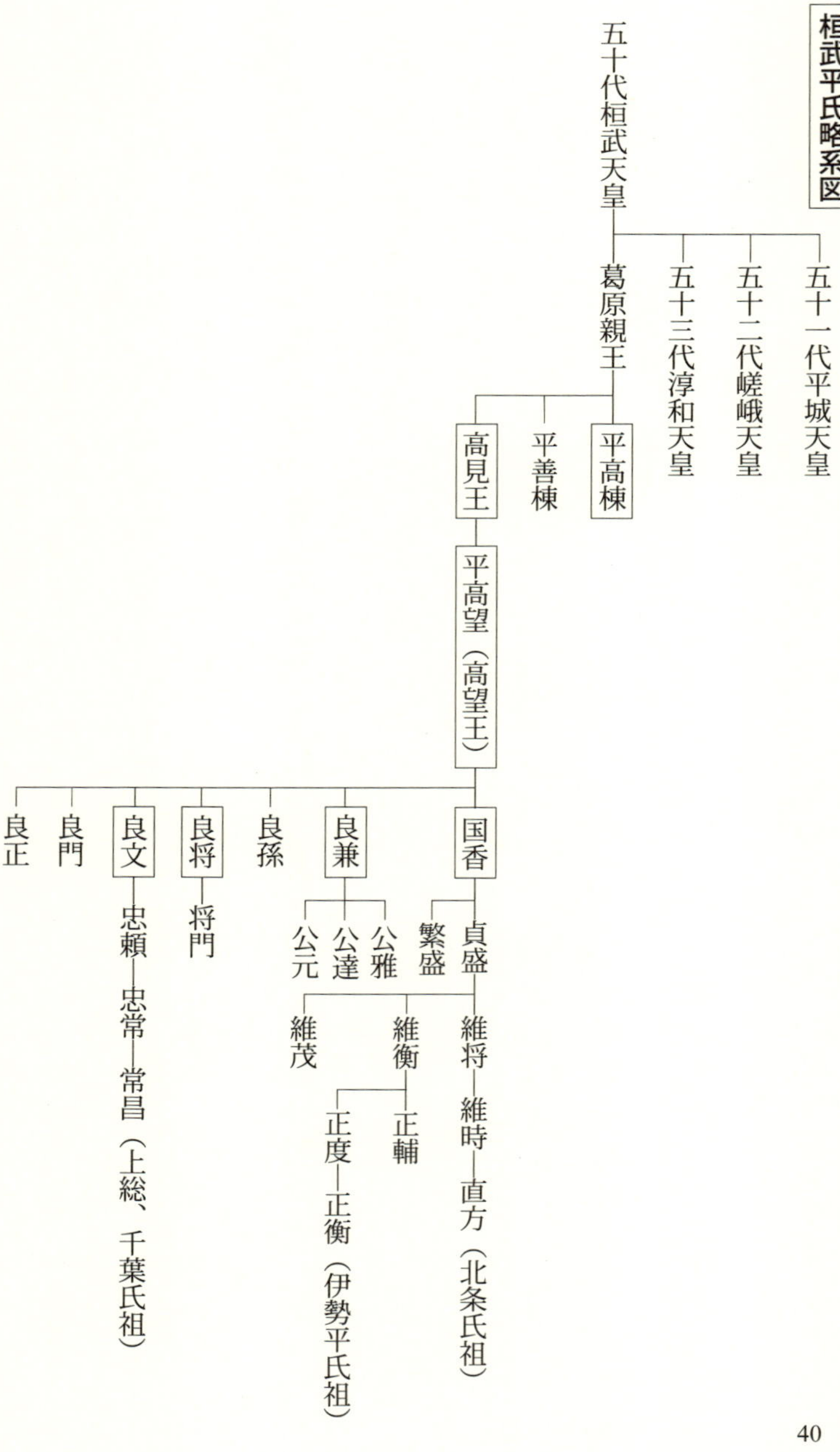
五十代桓武天皇
五十一代平城天皇
五十二代嵯峨天皇
五十三代淳和天皇
葛原親王
平高棟
平善棟
高見王
平高望（高望王）
国香
良兼
良孫
良将
良文
良門
良正
貞盛
繁盛
公雅
公達
公元
将門
忠頼
忠常
常昌（上総、千葉氏祖）
維将
維時
直方（北条氏祖）
維衡
正輔
正度
正衡（伊勢平氏祖）
維茂

（その二）　不動明王上陸

――寛朝の平将門調伏――

一

「前法皇《さきのほうおう》（宇多天皇、後に法皇）様を御祖父としていただく寛朝《かんちょう》御坊とまろとのご縁じゃ。本日、出家したそこもとを内々にお呼びしたのは、まろからたっての願いがあったからじゃ」

十七歳になったばかりの朱雀《すざく》天皇は御簾《みす》の中から身を乗り出して、懐かしそうに七歳年上の従兄《いとこ》の寛朝をみつめた。

天慶二年（九三九）の霜月（旧暦十一月）朔日のことである。

内裏清涼殿《せいりょうでん》に召された寛朝は、御簾を通して映る御姿《みすがた》に向かって、法服の袖を包み込むようにして平伏《ひれふし》した。

「朱雀天皇《すざくのすめらみこと》様、たっての願いとは何でございましょうか。拙僧で叶うことならば何なりと仰せくだされませ」

寛朝は平伏したまま応えると、頭を少し上げて、その御姿を仰ぎ見た。

寛朝が出家する際、祖父宇多法皇の住まう仁和寺に招かれた席で、お会いした際には、まだ、四つであり、中宮の藤原穏子《ふじわらのやすこ》や乳母たちに取り囲まれて育ち、ひ弱な皇子であった。だが、いま目の前に座す朱雀天皇は、御簾を通しての拝謁ではあったが、凛々しく成人していた。

皇后穏子は前関白太政大臣藤原基経の娘であり、兄時平の陰謀によって大宰府に左遷され、怨みをもって亡くなった菅原道真《すがわらのみちざね》の怨霊や祟りを恐れて、幾重にも張られた几帳《きちょう》の中で寛明親王（朱雀天皇）を育てていたと聞いていたからである。

――あの時分、都では前参議（菅原道真）の怨霊さわぎが市中に蔓延していた。そして、上も下も恐れおののいていたからな。それにしても、あの怨霊騒ぎの中で、朱雀の天皇《すめらみこと》様は立派に成人なされたことよ――

寛朝は感慨深げに、御簾の中の御姿を仰ぎながら、宇多、醍醐天皇の苦心の政《まつりごと》と京の様子を振り返った。

平安王朝の都であった京は、為政者による権力闘争の場であるとともに、権勢欲、色欲、物欲盛んな亡者たちの巣窟でもあった。夜の洛中は深い闇に塗り込められ、闇に跳梁する者供が徘徊していた。貴族や裕福な者供から零細な民、奴婢まで夜の闇を恐れ、闇の中には無数の魑魅魍魎《ちみもうりょう》が蠢《うごめ》いていると噂されていた。

また、その闇の世界や不穏な世相を利用して、奇怪な童に化けた茨木《いばらき》（酒呑）童子《どうじ》や鬼の面被りをした鬼童丸《きどうまる》、鬼火太夫《おにびだゆう》等の盗賊団が我が者顔で跋扈《ばっこ》し、その夜盗の群れは、貴族や富豪の屋敷を襲撃し金銀財宝を奪い、殺戮をほしいままにしていた。それら犠牲者の死骸や行き倒れとなった民、奴婢たちの腐乱した骸《むくろ》が各所に散乱、放置されていて、洛中至る所で死骸の悪臭が漂っていた。

権勢家に連なる者たちは、傭兵を雇って屋敷の警固に万全を尽すと共に、洛中に浮遊する怨霊・悪霊から身を守るために、屋敷の中に数多くの陰陽師《おんみょうじ》（呪術師）たちを抱えて、祓除《はらいよけ》、禁厭《まじない》、物忌《ものいみ》、鬼《き》霊《りょう》、占筮《せんぜい》などを執り行って家内安全や身の保全をひたすらに願い祈らせていた。だから、人心は不穏におののき、安倍晴明《あべのせいめい》や道摩法師《どうまほうし》など特別な霊力、霊術を持った陰陽師たちや真言密教の僧侶たちが怨霊・悪霊を祓うために大内裏や公家の私邸に雇われ重用されていたのである。この寛朝《かんちょう》御坊も宇多天皇に連なる血脈の尊さばかりでなく、真言密教の仏法秘伝を究め、その霊力によって鎮護国家を護持する僧侶の一人として、時の為政者から高い評価と信頼を得ていた。

――前法王様は政《まつりごと》を自らの手に取り戻そうとして苦心されたが先天皇様によって委ねられた准三后白河様（藤原良房）の摂政《せっしょう》の職《しき》、後を継いだ堀河太政大臣様（藤原基経）の関白《かんぱく》の職《しき》の世襲の壁は、あまりにも厚くて、それを崩すことは至難の業であったが……――

寛朝は御簾の陰に映る朱雀天皇に祖父宇多法皇の御姿を重ねながら、祖父が天皇親政の理想を掲げ行った政《まつりごと》（寛平の治）の苦難の数々を思い起こしていた。

祖父の宇多天皇は、絶対的な権力を握っていた関白太政大臣藤原基経《ふじわらのもとつね》が寛平三年（八九一）正月に死去すると、後を継いだ若年（二十一歳）の嫡子藤原時平《ときひら》の力を抑えて、天皇親政をとりもどそうとした。藤原北家の専横を嫌った宇多天皇は、藤原北家長者の時平を、慣例に従って参議にする一方で、源能有《みなもとのよしあり》、藤原保則《ふじわらのやすのり》、菅原道真《すがわらのみちざね》など藤原北家嫡流から離れた人材を抜擢したのである。

そして、六年後の寛平九年（八九七）七月三日、宇多天皇は出家し、突如、十二歳の皇太子敦仁《あつひと》親王を元服させて、即日譲位（醍醐《だいご》天皇）したのであった。三十歳になって、これからというときの宇多天皇の出家は、朝廟閣議を驚かせた。それは、力をつけてきた藤原時平を抑える苦肉の策であった。法皇となり幼帝の後ろ盾になることによって藤原北家の勢力を抑えようとしたのである。

新たに即位した醍醐天皇は、宇多法皇の妹の為子内親王を正妃にし、藤原北家嫡流が外戚となることを防ごうとした。また、譲位されると同時に除目《じもく》（位階任命）によって菅原道真を権大納言《ごんのだいなごん》に任じ、藤原時平とともに政《まつりごと》を二人で牽引するように命じたのであった。

藤原北家というのは、大化の改新の功によって中臣鎌足《なかとみのかまたり》が藤原氏を名乗り、その子不比等《ふひと》の息子たちが北家、南家、式家、京家の四家に分かれて始まった権勢家である。この北家からは冬嗣、良房、基経といった辣腕の権謀家を擁して、他の三家を抑えるばかりでなく、天皇に代わって政《まつりごと》を行う摂政、関白の地位を手に入れて絶対的な権力を掌中に収めた一族であった。この権勢家の藤原北家を宇多、醍醐天皇は抑えようと図ったのである。

ところが、昌泰四年（九〇一）正月、菅原道真は、藤原時平の策謀に嵌り、斉世親王を皇位につけようとしているという嫌疑をかけられ、大宰府に左遷されるという事件（昌泰の政変）が起こった。菅原道真は大宰府に左遷された後、身の潔白を訴え、濡れ衣を着せた権力者の藤原時平に激しい怨みを抱きつつ、大宰府の地で、延喜三年（九〇三）の二月に亡くなった。享年五十九であった。

これ以降、時を経ずして様々な怪異な事件が頻発したのであった。

謀略を仕掛けて廟堂から追放した藤原時平は三十九歳の若さで病床に伏し、四十五日間も高熱で魘《うな》され、悶え苦しんだ後に死去した。また、道真失脚の筋書きを書いたとされる参議の藤原菅根《ふじわらのすがね》は、内裏に渡る廊下で、季節はずれの雷の直撃を受けて全身黒こげの焼死体となった。さらに、時平、菅根に加担した右大臣の源光は狩に出て落馬し、蝮に咬まれて死ぬといった数々の奇怪な事件が続いていて、道真の怨霊と人々の口に噂されるようになっていた。

だから、皇后穏子は自分の産んだ寛明親王を、藤原氏の犠牲となって死んでいった菅原道真などの怨霊・悪霊から守るために、都中の陰陽師を呼び集めて、幾重にも張られた几帳の中で育てたのであった。この寛明親王が、兄時平の死後、跡を継いだ北家の長者藤原忠平の圧力によって天皇の位についた朱雀帝である。

「仔細《しさい》は准三后（藤原忠平）から聞いたであろうが、坂東では平将門《たいらのまさかど》と名乗る桓武帝の血を受ける不埒な武者《もののふ》が各所で争乱を起こし、まろの詔《みことのり》にも従わずにわが祖法を踏みにじっておると聞く」

朱雀帝の透き通った甲高い声が御簾の中から聞こえてきた。

「寛朝御坊は真言密教の学理や秘匿の霊術を学び、深く身に付けておると伺っておる。そこでじゃ、彼の地に出向いて、そなたの法力を以て、その争乱を鎮めてくりゃれ。辺鄙な東戎《あずまえびす》の地へ、しかも、争乱まっただ中の地へ赴かせるのは心苦しい限りじゃが、まろは御従兄の御坊を頼りにしておりまするぞ」

朱雀天皇の影が、御簾を通して微かに揺れるのを寛朝は見届けた。

従兄という血筋を持ち出して寛朝を説得しようとする朱雀帝の必死の思いに、天皇として祭り上げられている十七歳の帝《みかど》の置かれている立場と心情を、寛朝は覚った。そして、徐々に心が絆《ほだ》されていった。尊き血統や血族の情というものがあるとしたら、御簾を通して向かい合う彼我のように頼りないものだと思う反面、弟のような天皇が思い煩《わずら》う政《まつりごと》のために、何とか力添えをしなければならないと思う複雑な心情が、寛朝の中に湧き起こってきた。

このようにして天慶二年（九三九）霜月朔日、寛朝は、朱雀天皇より直々に平将門調伏の勅命を受けるとともに、霜月半ばに、准三后・太政大臣藤原忠平から正式に平将門調伏のための坂東下向の宣旨を受け取った。この時、寛朝二十四歳。十一のときに出家得度してから十三年の年月が経っていた。

二

朱雀天皇の勅を受けると、寛朝は、すぐさま高野山金剛峯寺に出向き、金剛峯寺に在す真言大僧正の承諾の下に京都高雄山神護寺に向かった。そして、師走初めに、護摩堂に安置されていた不動明王像を護持して、厨子と輿を連ねて難波ノ津に赴いたのが、師走も十日を過ぎていた。寛朝の配下に付き従う者たちは、藤原忠平が付けた警固の武者たちや高雄山神護寺僧坊にいた壮年、若年の僧たちである。また、不動明王は弘法大師（空海）が唐からもたらした密教根本尊の大日如来の化身で、その内証を現したものとされている秘仏であった。

辰《たつ》の刻（午前八時）、仮に設《しつら》えた不動明王像安置所を出た寛朝一行は、尊像を厨子に乗せて、沖に停泊する船に向かった。柔らかい冬の朝の陽差しを受けながら、寛朝一行は浜辺をゆっくりと歩いた。難波ノ津の白い砂浜と青い松林が、瞳《め》に眩しく輝き、朝日を受けて凪の海に浮かぶ三艘の船が雄々しく映った。

「寛朝殿一行の法力によって、東国の戦乱を鎮めてくだされ。多くの民はこのように朝早ようから浜に集まり、一行をお見送りいたしておりますぞ」

難波ノ津の郡司が浜辺で出迎え、甲冑を付けた郡司警固兵や萎烏帽子《なええぼし》、水干姿《すいかん》の郡司役人、それに、襤褸《ぼろ》を纏《まと》った民や奴婢たちを指差して胸を張った。郡司の後ろには人垣ができていて、波打ち際に繋いでいる伝馬船の所まで続いている。

寛朝はその言葉に軽く頷くと、高野山侍僧や難波ノ津の寺々の僧侶たちの導きによって歩き伝馬船に乗った。浜に繋がれていた数艘の伝馬船は寛朝ら一行を乗せると、沖に停泊する護持船に向かって一斉に漕ぎ出していった。そして、一行が大船に乗り移ると、すぐに、舳《みおし》（船首）と艫《とも》（船尾）の両方の錨を巻き上げて、三艘の船はゆっくりと動き出した。

艫矢倉《ともやぐら》を備えた大船には不動明王像と僧たちを乗せ、付き従う伴船には、忠平配下の警固武者たちが乗って、不動明王像を護持する大船を護衛した。伴船（警固船）の厳重な警護の下で、三艘の派遣船が難波ノ津を出航したのは天慶二年(九三九)暮れも押し迫った師走半ばのことであった。やがて、水夫《かこ》たちの漕ぐ櫓の音と櫓漕ぎ音頭の単調な掛け声が、耳に伝わってきた。寛朝は水夫たちの櫓漕ぎ音頭に負けじと不動明王御真言の声明《しょうみょう》を唱え始めた。その声明に引きずられるように従者数十名の僧たちの声明の声が船中に響きわたってきた。

「のーまく　さんまんだー　ばーざらだん　せんだー　まーから　しゃーだー」

不動明王像を厨子から降ろして艫矢倉に設《しつら》えた仏壇に安置した後、不動明王像に向かって御真言を唱え始めたのである。それに向かう寛朝と従者の僧たちの姿が、艫矢倉の扉から差し込む陽を浴びて神々しく輝いていた。また、僧たちが唱える真言の音律が海に響き空に谺した。不動明王御真言の声明に促されるように難波ノ津を出航した三艘の大船は、南東の柔らかい風が吹く海を、南に向かって進んでいった。水夫たちは櫓を漕ぎ、帆を上げて摂津、和泉の海から紀伊の海へと向かって船を進めていく。

洲本を過ぎ、淡路の生石鼻に向かって進むと、紀伊灘に出る最初の難所、友ヶ島瀬戸にさしかかる。この友ヶ島瀬戸を抜けると紀伊灘に出るのであるが、何本もの潮流が、この狭い瀬戸で合流し渦巻いている。摂津ノ津の方向から流れる潮と紀伊灘の方向から流れる潮とが、ここで互いに激しくぶつかり合って大小の渦巻ができあがり、波を蹴立てて回っていた。その潮流に巻き込まれると、櫓や櫂は弾かれるし舵の効きは悪くなって、思わぬ方向に追いやられてしまう。大船でも左右に大きく傾き、また、弾き飛ばされて、所々に散らばる岩礁に乗り上げ難破してしまう危険な場所、まさに海の難所である。先導していた伴船が紀伊灘からの潮に押し戻されて、対岸の淡路の方に流されていった。護持船と後続の伴船の二艘は潮を乗り切ろうとして水夫たちに櫓や櫂を漕がせているが、それでも、紀伊の方向から流れる潮流に妨げられて少しも進まない。

「あの島を越えると、摂津からの潮に乗り、紀伊灘に押し出されるぞ！」

船頭の和泉《いずみ》ノ三郎《さぶろう》が友ヶ島を指さして大声をあげた。潮がゴーゴーと音をたてて流れ、あちこちで渦巻いた大きな潮の花が幾十となく連なっている。海面に起こる竜巻のような渦潮は、藻などの漂流物を蹴散らせ、巻き込んで海の中へと沈めてゆく。水夫たちは、船腹の漕ぎ板から大櫓を出し、漕ぎ穴からは櫂を出して必死で漕ぎ、潮間を縫うようにして船を進めていく。そして、激しい渦潮が巻き起こっている生石鼻を通過して、やっと友ヶ島の脇まで辿りついた。

一刻（二時間）もの間、舵取《かんとり》や水夫《かこ》たちは潮流と闘って、摂津から流れる潮に乗り、艫《とも》を押されるようにして二艘の船は、紀伊灘の方向に吐き出されていった。潮に押し戻され淡路の方向に流されていった先導の伴船も、水夫たちの櫓漕ぎ声も荒々しく、後から追いかけてきた。

舵取や水夫たちが潮流と闘っている間中、寛朝たちも艫矢倉に安置した不動明王像に向かって高らかに御真言を唱え続けた。

しばらく進むと、左手遠くに熊野の山々が夕日に照らされて朱色に輝いて見える。寛朝は身を翻して、阿波の山並みに沈む夕日を眺めた。空を真っ赤に焦がし阿波の山々に沈む太陽に向かって目を細めた寛朝は、荘厳な大自然の営みに促されるように合掌して、大数珠を摺り合わせた。夕日は阿波の山々を真っ赤に染め、その後、山の稜線を浮き上がらせて沈んでいった。

二艘の供船は主船を囲むように前後に並んで走り、夕闇せまる紀伊の海を進み、地《ぢ》に向かって取り舵（左舷の方向）に舵をきった。そして、日もとっぷりと暮れてから月明かりとともに田辺の湊に入っていった。田辺は熊野の山々への入口であり、寛朝も高野山金剛峯寺から護摩壇山での山岳修行の明けた翌々日に龍ノ神道からこの田辺の湊に下ってきたことがある。

「あれは五、六年前のことであったか……。山岳修行と回峰行は困難を極めたな。田辺の街に下りてきたときは、極楽浄土に達したようであった」

護摩壇山での山岳修行とは、急峻な崖の岩場に座して雨風に打たれながら天地と向かい合い己に鞭打ち、回峰行とは、年に百日から二百日と山々を歩き続けて修行を行うことをいう。行満ちても僧位が上がるわけでもないし何らの役得が得られるわけでもない。ただただ生き身の不動明王を己の眼で観たい、それと一体になりたいという願いのもとに修行を行う。自身の悪心を抑え、善の心を生ませるために修行を行い、そこから、霊的な力を得るという密教の極意に迫るための苦行であった。岩場に座し、急峻な山々峰々を走破し、断食断水、不眠不臥の護摩行を行った後、初めての娑婆が熊野の奥深い山々を下ったところの田辺の街であった。

母の懐にいだかれたような安らぎの街であったな！——

寛朝は、湊にゆらめく灯をみつめながら懐かしそうにつぶやいた。

翌朝早くに、田辺の湊を出航した三艘の船は、日が西に傾く頃には、紀州の南端串本ノ岬の沖を迂回し、熊野灘に達した。

熊野灘は常に荒れて高波が襲い、しかも、紀伊半島を迂回する潮流が複雑に絡み合っている海で、水夫たちが最も懼れている海の難所なのだ。三艘の船は、熊野新宮大社勝浦の湊をめざして、熊野の山々を左手に臨みながら進んでいった。

夜が迫ってくるとともに、海は濃紺から暗い黒褐色に変わり、熊野の山々から大洋に向かって吹き下ろしてくる風が強くなった。

「西風が吹いてきたか。このぶんだと、夜になると、大西に変わるな」

船頭の和泉ノ三郎が帆柱を見上げて唸った。船頭の顔が濃い影を刻んで浮かび上がっている。大西という冬を告げる北西の強い風が吹くと、船は吹き流されてしまう。三郎は帆柱を見上げながら思案した。甲板では、水夫たちが慌ただしく走り回り、帆の張り具合と向きを調整している。船が大きく左右に傾き、若い僧たちの顔が引《ひ》き攣《つ》った。

「寛朝さま、船は大丈夫でしょうか」

若年の僧の一人が不安な面差しで、寛朝を仰ぎ見た。

「一心に御真言を唱えていれば、揺れ動く船の上でも不安は取り除けるものじゃ。不動明王の御真言とは無になることじゃ。世の諸悪、内にある諸悪を憤り、怒りで身を焼き尽くそうとも心は無になることじゃ。僧正様から常日頃教えていただいておるであろう」

若い寛朝が、老齢の大僧正のように落ち着いて若年《じゃくねん》の僧を諭した。その声に壮年の僧たちも大きく頷き、「さぁ、御真言を唱えようぞ」と自らを奮い立たせるように叫び、高らかに声明を唱え始めた。

寛朝も本心は不安であったが、僧たちの手前、動じない落ち着いた態度を示さなければならなかった。また、寛朝自身も不動明王のように「アチヤラ・ナータ」(揺るぎない仏法守護者)になろうと、常日頃、心懸け、修行を積んでいたからでもあった。

「のーまく　さんまんだー　ばーざらだん　せんだーまーから　しゃーだー〜」

寛朝の先導する声明の声が潮風の唸りを切り裂いて高らかに谺し、その声に続いて若い多くの僧たちの声が海に響き渡った。

船頭の和泉ノ三郎は舳の錨綱止め支柱にしがみついて夜の海を睨んだ。夜の闇が深まるにつれて風が強くなり、波のうねりが大きくなってきた。

「半帆じゃ。半帆にするぞ！　帆を半分ほど降ろすぞ。帆綱を引けーぃ」

三郎が潮風の唸り声を切り裂くように命じた。

甲板にいた七、八人の水夫たちが、その声を受けて帆綱に取り付いた。風が強くないときに半帆にすると、船は進まず潮に流されてしまうし、風の強いときに全帆で走ると、船は海面を滑るように走り去り、時折、起こる突風に煽られて転覆の懼れも出てくる。それを見極めるのが船頭の勘と経験である。船頭の決断一つで、船が難破するかどうかが問われるのだ。七分帆から半帆にはしたが、それでも帆は強い風を受け、帆柱は撓《しな》り、凄まじい勢いで船は走っていく。帆柱、帆桁はミシミシと軋《きし》み、帆は唸り声をあげて強風を受け続ける。船は、押し寄せてくる高波にぶち当たりながら、暗くなった海を飛ぶように走っていく。

ドーン、ドーン、ドドドドドーッと護持船の船体に波が当たる音が耳をつん裂き、キィーキィーキィーと船体が軋む音が響いてくる。

船は、絶えることなく迫ってくる高波を舳で受け、それをかわしながらどんどんと進んだ。舳は波を乗り切る毎に空に向かって大きく跳ね上がり、続いて波間に沈み込む。また、舷側を襲う横波が、船の船体を右に左にと振り回す。

真っ暗になった海のなかで不安と恐怖とが寛朝一行を包み込む。それでも、寛朝は闇に向かって艫《とも》矢倉《やぐら》に座り、両掌を合わせて数珠を摺り合わせて御真言を唱えた。寛朝の脇には若い僧たちが、寛朝の声明に合わせて声を上げ続ける。舳《みおし》で砕けた波が甲板を洗い、後方艫矢倉に座る僧たちの足下まで達した。それでも僧たちは、寛朝の声明に合わせて声を上げ続ける。僧衣の膝下は潮水で濡れそぼったが、寛朝をはじめとする僧たちは憑かれたように一心不乱に唱和した。

三

「われらが調伏する平将門とは、どのような悪霊でござりますか」

若い僧の一人が、揺れ動く船の艫矢倉の中で、真顔で寛朝に尋ねた。

揺れ動く船の中で、初めの頃は引《ひ》き攣《つ》った顔をし、嘔吐を繰り返していた僧たちも、湊や津寄りの地走《ぢばし》り、日和《ひより》待《ま》ちの長い航海が続き、それに慣れてくると、世間話や坂東の政情や様子を尋ねるようになってきた。

寛朝は、その僧の顔をしげしげとみつめてから、ゆっくりと口を開いた。

「平将門とは悪霊、物怪のたぐいではない。坂東における荒武者の名じゃ」

僧が思い違いしたように、都では平将門は、朝廷の命に服さない悪逆非道の反逆者とされていたし、坂東から逃げ帰ってきた守《かみ》（国司）や介《すけ》（次官）たちが逃亡を正当化するために吹聴した将門禍が誇張されて民に広がっていたからであった。

山法師（大衆）や密教僧、修験僧たちの間では、呪いの護摩木に平将門の名を書いて、火の中に投げ入れたり、公家の屋敷では、平将門や藤原純友を象《かたど》った藁人形に五寸釘を打ちつけたりすることが流行《はや》り、また、それを公に為すことが、時の権力者に取り入る僧や下級公家たちの立身出世の方策にもなっていた。それに加え、為政者に取り入ろうとする輩たちから流される意図的な風聞によって、庶民の間では「悪霊のような人」との噂が広がり、噂が広がる毎に、いつの間にか「人」が取り除かれて、悪霊、物怪などの怪異なものになり変わっていた。

「うむ、そなたが悪霊と間違えるのもいたしかたないことじゃ」

寛朝はとりとめなく流される風聞に溜息をついた。いつの世でも、無知蒙昧で善良な民を焚きつけて利を得ようとする狡賢《ずるがしこ》い輩《やから》が権力者の傍らにいたからだ。

寛朝は、宇多天皇第八皇子敦実《あつみ》親王の子として、幼少の頃から媚《こ》び諂《へつら》う周囲の者たちの言動でそれを知っていた。また、それらの者たちが意図的に流している他人の噂や世間の風聞を苦々しく思っていたからでもある。

「准三后（藤原忠平）に近い公家や僧や陰陽師供が彼の者を陥れるために流布させた流言じゃ。それが、巷に流れる間にいつのまにやら悪霊になってしまうのじゃからのぅ。それが巷の噂、風聞というものの怖ろしいところよ。われらとて、何時、邪僧や鬼僧にされるかわからぬぞ。それゆえにこそ、僧たるものは、その真義を確かめるべき心眼を持たねばならぬ」

寛朝は自戒するように、年若い僧を諭した。

「ことの起こりは利根、子飼川流域の豊田、猿島一帯の土地争い、一族間の所領争いと聞くが……」

平高望の孫平将門が、伯父の下総介兼常陸大掾平国香、上総介平良兼、水守郡司平良正などと、父親の良将が将門に残した常陸や下総、小貝川流域の遺領をめぐって争ったのが、このたびの坂東争乱の起因であった。武略と器量に優れた将門は、一族間の抗争に勝利して、常陸、下総、上総などに勢力を拡大し、配下の土豪たちに担ぎ上げられて、国司の命に背くようになったのである。

坂東では、律令制度が崩れて田畑《でんばた》を私有化する新たな領主層（大小土豪）が起こってきた。土豪どうしの抗争に加えて、京から下ってきた国衙《こくが》の守《かみ》、介《すけ》、掾《じょう》、目《さかん》などの地方官人が土豪どうしの土地争いの鎮圧に当たり、それら在地領主を支配下に入れて勢力を伸ばすことが盛んに行われていた。また、それらの争いによって、百姓《ひやくせう》（大小土豪）たちは、所有する耕作地を守るために、家の子、郎党、郎従たちに武器を持たせ、馬を錬らせて武力を養い、一所に命を懸ける武者の集団が現れてきた。

坂東に下ってきた平高望《たいらのたかもち》（高望王《たかもちおう》）の子孫一族は、地方官人として土着した名門武家として、血統と武略を持って、それらの百姓《ひやくせう》たちを傘下に収め、さらに強力な武士団を創っていった。平将門は、この高望の三男良将《よしまさ》の次男で、父の良将は下総国佐倉に領地があったが、将門はそこを拠点にし、下総国相馬郷、石井郷に進出して、伯父の国香たちを制圧していった。また、将門は一族間の抗争を通し、坂東一帯の土豪たちの支持を得て、それらを傘下に収める中で、朝廷・公家政権に対抗する勢力が形成され、坂東自立への道を歩むようになったのである。

「きっかけは、前常陸大掾《さきのひたちだいじよう》　源　護《みなもとのまもる》の息子たちが、国香に唆されて将門を襲ったことからこの争乱が始まったのじゃ。いや、そもそもは、先に申したように、父良将の遺領を伯父たちに奪い取られたことから始まったと聞いたがのぅ……」

事の真実とは何か、それを見極める力を養うことがだいじだと教わった高野山真言僧正の姿を思い浮かべながら、尋ねた若い僧たちに寛朝は応えた。

承平五年（九三五）二月、将門は前常陸大掾源護の息子　源　扶《みなもとのたすく》、隆《たかし》、繁《しげる》等に常陸国真壁郡野本（筑西市）で待ち伏せ襲撃されるが、罠を仕掛けた三兄弟の軍勢を各所で撃退し、源扶、隆等を討ち取る。

そして、三人の背後に父親の源護と将門の伯父平国香がいることを知って激怒し、源護の営所があった真壁へと軍勢を進め、源護の本拠野本を焼き払い、その後、国香の営所石田を攻めて焼討ちにし、伯父の国香を焼死させた。

「その後、水守《みもり》の叔父平良正《たいらのよしまさ》とも争い、良正に加勢を求められた平良兼《たいらのよしかね》も加わって、下総国利根の一帯だけでなくなり、常陸国、上総国、下野国をも巻き込んで、坂東一帯に争乱が広がってしまったようじゃ」

寛朝は調伏される平将門のことや争乱の経緯を話して、坂東の安寧のために、調伏しなければならない武将であることを配下の若い僧たちにわからせようとした。

同年十月、将門は源護と姻戚関係にあった叔父の平良正も新治郡川曲（八千代町）で撃ち破り、良正は逃げ帰って、上総介平良兼に救いを求める。国香亡き後、一族の長者として将門の追討を決意した平良兼は、国香の子平貞盛を誘って承平六年（九三六）六月二十六日上総国武射郡の館（横芝光町屋形）を発し、将門を攻めるが、逆に将門の奇襲と反撃によって、良兼は命からがら、下野国府に助けを求めて逃げ込む有様であった。

「さらに、天慶二年の二月には、武蔵国まで飛び火して、事を益々複雑にした」

寛朝は話を続け、争乱の核心に迫っていった。

天慶二年（九三九）二月、武蔵国に赴任してきた権守の興世王《おきよおう》と介の源経基《みなもとのつねもと》（清和源氏祖）が、足立郡司武蔵武芝《たけしば》との紛争に陥り、将門は両者の調停仲介に乗り出し、一端、和解は成立したが、今度は、京より新たに赴任してきた武蔵守百済王貞連《くだらのおうていれん》と権守興世王との争いが始まり、興世王が将門を頼ったことから、それを庇護し国司百済王貞連との戦いを強いられて、朝廷への叛乱とみなされるに至った。

——京で仕えた九条家の家司の話では、若き日の小次郎（将門）は武勇に優れ、人の情に厚い真っ直ぐな男と聞いていたが、その真っ直ぐな心意気が、周囲の胡乱《うろん》な者たちに担ぎ上げられてこのたびの争乱を引き起こしたのかも知れぬな——

寛朝は、将門調伏の宣旨を受けてから、自ら手を尽して調べた情報に同情をしたが、調伏の主としての使命もあり、心を鬼にして将門に向かう決意をした。

「そればかりか、追討使平貞盛の軍勢を打ち負かした平将門は、軍勢を下野国、上野国に進めて国府を占領し、坂東を分離独立させせようとした。また、配下の武将たちの論功行賞のため、畏れおおくも廟堂の行うべき除目を自らが行ったと聞いた。これは、明らかに、朝廷に対する叛逆じゃ。いや、国家の秩序、安寧を願う万民への謀叛じゃ。それ故にこそ、われらは心を一つにして平将門が服すべき調伏を行うことこそが天命であり、また、真言の心に従うことでもあるのじゃ」

寛朝は立ち上がって高らかに叫んだ。船矢倉に響きわたるその叫び声で、寛朝の骨格優れた大きな体躯が益々膨らみ、随行の若い僧たちには山門の仁王像立像のようにみえた。

四

寛朝ら一行を乗せた三艘の船は、熊野の湊、知多の津、敷智、橘、菊川の津を経て駿河府中の湊に入り、数日間の日和待ち風待ちをして難所の石廊崎を回った。その後、相模、三浦の津を経て、安房洲崎、野島崎を迂回し、一月《ひとつき》余もかかって、正月の二十日過ぎに九十九里尾垂ヶ浜《おだれはま》（横芝光町尾垂）に辿り着いた。

尾垂ヶ浜には、前上総介平良兼の子息、平公雅《たいらのきみまさ》、公連《きみつら》、公元《きんもと》たちが一族郎党を率い、また、栗山川河口に住む海夫《あま》たちを従えて寛朝一行を出迎えた。

将門との戦いに明け暮れた父親の平良兼は前年（天慶二年）の六月に病死したため、嫡男の公雅が後を継ぎ、この正月に追捕使とともに上総大掾《かずさだいじょう》の職《しき》に新たに任じられていた。この公雅の命によって、羽崎、屋形関、尾垂浜一帯の海夫たちが召集されて不動明王尊像護持船を出迎えた。

男たちは寒風吹きさらす中、褌一丁で冬の海に入り、護持船と伴船二艘から降ろされた伝馬船を待ち受けて補足綱を掛け、女たちは乳房も露わに、伝馬船に掛けた綱を引いたり、薪を焚いて汁や粥の炊き出しをした。

海夫たちは、九十九里の遠浅の海に胸まで浸かり、浜辺に近寄ってきたそれらの伝馬船を一艘ずつ皆で取り囲み、命懸けで砂浜に曳き上げたのである。

「寛朝御坊におかれましては、真言尊像を伴い、遠路はるばる都からお越しいただきましてありがとうござります。まずは、わが館にてごゆるりとくつろがれて、小次郎（平将門）の調伏の策を錬られませ」

平公雅は不動明王護持船を尾垂ヶ浜に出迎えると、直ちに、寛朝一行を上総介館（横芝光町屋形）に案内した。そして、寛朝を客殿に案内し、座るやいなや、平公雅は将門追捕の様子を話し始めた。

「この正月九日、参議藤原忠文《ふじわらのただふみ》様、同じく小野維幹《おののこれもと》様のお二方が東海・東山両道の追捕使に任じられ、十一日には両道に太政官符が発せられました」

「参議の藤原忠文様が追捕使にのぅ」

寛朝は平公雅の顔を静かにみつめて、その言葉をなぞった。

「御意、さらに、一月十九日には藤原忠文様が征東大将軍に任ぜられて、従弟の小次郎（平将門）を征伐するために、追討軍の編成を発布されました」

「ところで上総ノ大掾（平公雅）殿、前《さきの》追討使であらせられた兵部少尉《ひょうぶしょうじょう》（平貞盛）殿は如何なされましたか」

「はい、戦うごとに小次郎（将門）めに敗れて、行方知れずになっております。小次郎は、本家の跡目を継いだ貞盛殿と司《つかさ》の藤原為憲《ふじわらのためのり》殿を撃ち破り、その後、下野国、上野国に兵を進めて、その国府を占領してしまいました。そして、武蔵権介興世王供に焚きつけられるまま、身の程知らずにも、新皇と称して坂東の独立を宣言したと聞きました。また、配下の者供に、小次郎は除目《じもく》をも行っております」

公雅はいまいましそうに顔を歪めた。

追討使平貞盛の軍勢を打ち負かした将門は、天慶二年十二月、さらに軍を進めて下野国、上野国の国府を占領した。そして、興世王の進言を受け入れて、坂東を朝廷から分離独立する宣言をした。また、それにともなって自ら除目（職の任命）をも行い、下野守平将頼、上野守多治経明、常陸守藤原玄茂、上総守興世王、下総守平将為、安房守文屋好立、相模守平将文、伊豆守平将武等、配下の諸将を国司として任命したのであった。

「その国司を任じている最中《さなか》の十二月十五日に、国府の隣りにある惣社の巫女の一人が、突然、髪を振り乱して走り寄って、まろは八幡大菩薩の使わし女《め》じゃ。まろの位をまろが蔭子の平将門に授けん！この位記（辞令）に連署するは前右大臣正二位菅原朝臣道真の霊なるぞ！と神憑《かみがか》って叫んだとのことじゃ。この惣社の巫女のことは、将門を神格化するために、おそらく、策謀家の武蔵権介興世王あたりが仕組んだ戯《ざ》れ事《ごと》であろう」

公雅は渋面をつくって言い放った。

「惣社の巫女が八幡大菩薩の使わし女《め》じゃと、また、前右大臣正二位菅原朝臣道真の霊じゃとな」

神がかったとはいえ惣社の巫女ごときが、国の行く末を決める政《まつりごと》に口出しすることは許せぬと思った。また、それを仕組んだ武蔵権介の興世王の策謀に、寛朝は憤りを感じた。そして、その策謀にまんまと嵌った将門は、勇猛な武将には違いないが、清濁合わせ持つ度量の広い為政者としての器は持っていないと判断した。

――将門は馬を疾駆させ、弓矢の道には長けておるそうじゃが、興世王などの曲者たちを黙らせる威厳はないな。そのような男が坂東を切り従えて政《まつりごと》を行えば、坂東はよけいに乱れる！――

父良将の遺領を伯父国香たちに横領されて立ち上がった将門に、寛朝は同情の心を持っていたが、公雅の話を耳にして、それが胸の内から徐々に消え去り、坂東の安寧のために調伏一心へと傾いていった。

「御意！　それゆえに御坊の真言の法力を以て、そのような気狂い女を呪詛《じゅそ》し、小次郎を調伏してくだされ」

公雅は、寛朝の顔を仰いで呻いた。

「上総ノ大掾殿、船から降ろした不動明王尊像を、敵平将門の営所や陣を見下ろす丘の上に運び、調伏いたしたいのじゃが、お手伝い願えますするかのぅ」

寛朝は公雅に向かって命じるように、不動明王尊像の移動・安置を依頼した。

天慶三年（九四〇）二月朔日。平公雅の力添えによって、不動明王尊像は下総国不動ヶ岡（公津ヶ原=現成田市公津ノ杜）に設置された安置所に移された。

この地は、将門の父良将の旧領佐倉と本拠地石井・豊田との間にくい込む楔《くさび》に当たる地であり、下総台地から利根川へと続く小高い丘陵地の背骨でもあった。戦場からは遠く離れていたが、寛朝をはじめとする僧たちは戦場に臨む将兵と同じ心意気であった。僧の信念、即ち、武者の矜恃に通ずるものである。寛朝等数十名の僧たちは、不動明王尊像を立て、北西石井の地に向かって調伏を始めた。

九字の手刀を空で縦横に切り、「臨兵闘者皆陣烈在前《リンピョウトウシャカイジンレツザイゼン》」の掛け声高らかに唱えて自らの邪を払った。

その後、「天元行躰神変神通力」を、心を一つにして声明し、「勝《ショウ》」の一字を加えて、「臨兵闘者皆陣烈在前勝」を繰り返し、繰り返し、唱えた。また、木枠を組んだ大護摩壇に、「将門調伏」と記した護摩木をうず高く積み、それを火の中に投げ入れて焚き上げた。火炎が空を焦がすとともに、僧たちの声明の声が、下総の野山を駆け巡り、天空に響きわたって雲に谺する。

一刻半（三時間）もの間続いた声明が終わると、休む間もなく、寛朝が僧たちに向かって叫んだ。

「朝廷に逆らう悪逆非道の魔王平将門が動けなくなるように、続いて、不動金縛りの法を行おうぞ」

「おーぅ！」僧たちの喊声が続いた。

僧たちは、声を合わせた声明によって、戦う騎馬武者のように昂揚していた。いや、心は燃えたぎる不動明王の炎のようにメラメラと燃え上がり、寛朝は不動明王そのものになっていた。燃え上がる大護摩壇の火が寛朝や僧たちの姿を赤々と照らし、空を焦がす炎とともに霊気漂う声明が天空に谺した。寛朝は続いて、内縛印を結び不動明王の中呪を唱える。次ぎに剣印を結び真言のことば「おん、きりきり」「おん、きりきり」と唱えた。

寛朝の呪文に続いて、僧たちの縦横に切る刀印の音が空に響き、「おん、きりきり。おん、きりきり」の声明が、駆け上がる龍のように空に舞い上がった。

その後、寛朝は剣印《けんいん》から刀印《とういん》に結び変えて、再び真言の「おん、きりきり」を唱えて転法輪印《てんぽうりんいん》を結び、次ぎに、外五鈷印《げごこいん》を結び直して、「おん、きりきり」と唱える。さらに、諸天救勅印《しょてんきゅうちょくいん》を結んで、大呪《おおのろい》の「おん、きりうん、きゃくうん」と、天に向かって声を張り上げた。しばらく、狂ったように手指を動かし印を切って叫んでいた寛朝は、最後に右手を縦横に切り、両手を合わせて外縛印《げばくいん》を結んだ後に、安置している不動明王尊像の前に静かに平伏した。

このような真言密教の呪文と不動金縛りの調伏が将門の本拠の石井に向かって、半月近くも、昼夜、繰り返して行われた。

天慶三年の一月晦日、将門に敗れて隠れていた平貞盛が下野国押領使藤原秀郷の合力を得て、四千余の軍勢を揃えて出陣した。

二月一日、下総国川口で将門は貞盛、秀郷の軍勢を迎え撃ったが、多勢に無勢、千騎の将門勢は押されて退却。地の利のある本拠地に敵を誘い込んで大勝負を仕掛けようとするが、貞盛、秀郷は将門の策に乗らず、将門の本拠石井の民家を焼き払って撤退した。そこで、将門は僅か四百騎の手勢を率いて、それを追い幸島郡北山を背にして陣を敷き、平貞盛、藤原秀郷、藤原為憲の連合軍を待ち伏せした。そして、北山の山麓で戦いの火蓋が切って落とされたのである。

「討ち取れ公家供の手先の貞盛、秀郷を！　坂東に武者の国を！　武者の天下を！」

坂東の荒野に将門の絶叫が谺した。率いる四百騎に将門の気迫が乗り移る。疾風と化した将門勢はひしめきあう秀郷配下の軍勢に縦横無尽に斬り込み、矢を射かけた。将門は風を背にして矢合戦を有利に進め、四百の寡兵でありながらも四千余の連合軍を矢継ぎ早に攻めたてた。将門の熾烈な攻撃で、貞盛、秀郷、為憲の軍勢は各所で敗れ、将兵三千余が散り散りになって逃げ去っていく。秀郷は必死に陣形を立て直して、残った精鋭の五百余騎をかき集め、決死の覚悟で将門の軍勢に向かっていった。

天慶三年二月十四日、巳《み》の刻（午前十時）のことである。

その日も、寛朝は、戦場から離れた不動ヶ岡の地で、いつもの通り大護摩壇を焚き、将門調伏の祈祷を始めていた。まさにその時であった。晴れていた不動ヶ岡一帯の空が急に黒雲に覆われ、大粒の霰《あられ》や雹《ひょう》が矢のように大地に向かって降ってきた。と同時に、土煙を蹴立てて竜のように砂塵が舞い上がり、天空高くで凄まじい閃光と地をゆるがす雷鳴が轟き渡った。その凄まじい閃光は天地を駆け巡り、引き裂くような雷鳴とともに、山を越え丘を越えて戦場の北山山麓めがけて進んでいった。

「あっ、天が平将門を懲らしめたぞ！」

寛朝は、真言の霊感を得て、天を仰いで大声で叫んだ。

未申《ひつじさる》の刻（午後三時）、あれほど勝ち誇っていた将門の軍勢が、鬨の声をあげて自陣に引き返す途中、急に疾風が巻き起こったのである。将門の騎馬隊に向かって凄まじい風が吹きつけ、騎馬の足並みが乱れてきた。土埃が舞い上がり、馬の嘶きが空に響き大地を駆け巡った。

武勇を誇る将門も、さすがに手立てを失い、まさに金縛りにあった時である。秀郷の陣から射られた大矢が、呻り声を上げて将門に向かって飛んでいった。そして一瞬のうちに、将門の眉間に突き刺さっていた。瞬時の出来事で、将門にも何が起こったのかわからなかった。

勇猛果敢に坂東各地を駆け巡っていた平小次郎将門は、愛馬から落ちて二度と起き上がらなかった。享年三十八。坂東の自立を夢見た武者《もののふ》の最後であった。

＊寛朝が京都高雄山から護持し、平将門を調伏した不動明王尊像は、六百三十年後の永禄年間に、成田村十七軒党の名主が、不動岡（元不動）からおよそ一里先の現在地（成田山新勝寺）に移して現在に至っている。（但し、近年、本尊の不動明王像を調査した処、鎌倉後期の仏師作とのことが判明、謎が深まる）
また、上陸地の尾垂ケ浜（横芝光町尾垂）には、成田山貫首大僧正照定謹書の不動明王「御上陸之地」という石碑と青銅製の大きな不動明王像が九十九里の海に向かって建てられている。

皇族略系図

- 宇多天皇
  - 醍醐天皇
    - 朱雀天皇（醍醐天皇第十一皇子）
  - 斎中親王
  - 斎世親王
  - 敦慶親王
  - 雅明親王
  - 敦固親王
  - 斎邦親王
  - 敦実親王
    - 雅信（宇多源氏祖）
    - 寛朝（広沢僧都、大僧正）
    - 重信
    - 寛信
    - 雅慶（勧修寺僧正、大僧正）
  - 載明親王
  - 行中親王
  - 行明親王

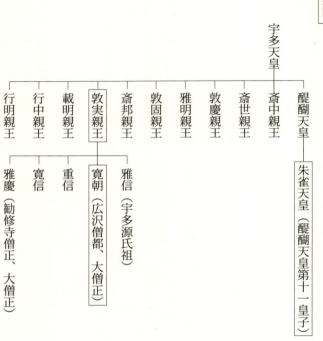

（その三）　平忠常《たいらのただつね》　蹶起《けっき》す

一

「なに、われらを追討する宣旨が下っただと」

下総相馬館から上総国の大椎《おおじ》城に本拠を移した平忠常《たいらのただつね》は、本丸主殿間《とのものま》に座したまま、京から早馬で立ち返ってきた家人に問い質した。

「御意」

「内大臣藤原教通《ふじわらののりみち》卿、中納言源師房《みなもとのもろふさ》卿、参議藤原明通《ふじわらのあきみち》卿、それに、僧運勢《うんぜい》殿に宛てたみどもの真意を綴った書状は、いかがいたした」

「無念にも、苅田殿、岩橋殿、椎名殿は検非違使《けびいし》別当藤原経通《ふじわらのつねみち》の手の者によって捕らえられてしまい、四通ともきゃつの手に押さえられた由にござります。わたくしめも検非違使の衛兵供に追われて、命からがら逃げ延びて、仔細を殿にご報告するため、早馬で上総に立ち帰った次第で……」

長元《ちょうげん》元年（一〇二八）八月朔日、検非違使別当藤原経通の命により、藤原明通、僧運勢のもとにいた忠常の配下の三人が捕らえられ、そのことを一刻も早く知らせるために、京に派遣していた家人が、馬を継いで立ち帰ってきたのであった。

忠常は、昔仕えていた藤原教通やその周囲にいる源師房、藤原明通、僧の運勢などの有力者に追討停止の働きかけをしていたのであったが、それも、追い落とそうとする勢力に拠ってついえたのであった。

「そうか、ご苦労であったな。して、誰が追討使に決まったのじゃ」

「平直方に中原成通のお二方でござります」

「直方が追討使に決まっただと。直方め、われらを潰すために摂政頼通卿《せっしょうよりみち》に働きかけて、追討使の地位を手に入れたな。クソっ、直方などに服してたまるか」

平忠常は、拳を握り、歯軋りして唸った。

長元元年八月六日、平忠常とその子常昌《つねまさ》（常将）らを追討する宣旨が下された。

それは、下総、上総国各所に私営田を持ち勢力を扶植しつつあった平忠常に対して、同族の平維衡、維将、維時、維幹、直方らが対抗して、その力を削ごうと図ったことから起こった坂東における一族間の紛争が要因であった。

平直方は、将門を討った貞盛の曾孫である。平貞盛、繁盛兄弟は将門を討ったことによって、中央政界の官人として出仕した。そして、兄貞盛《さだもり》の子孫は代々、京に居住し、摂関家と主従関係を取り結び、衛門府、衛士府、兵衛府等の役人を歴任した後、受領《ずりょう》・国司として任地に下ることが多く、弟繁盛《しげもり》の子孫は父親平国香《たいらのくにか》の遺領を継いで常陸を地盤に勢力を拡げ、代々、常陸大掾《ひたちだいじょう》として国衙を取り仕切っていた。

それに対して、下総国相馬に館を構える平忠常は、祖父平良文以来、根っからの土着武者であった。祖父良文は武蔵国村岡郷に拠って坂東各地を伐り拓き、太田郷（武蔵）や将門の遺領の相馬郷《そうまごう》の再開発や下総国埴生郷、同じく下総国印東荘《いんどうの》、上総国千葉郷、同じく上総国夷隅荘《いすみの》などに私営田を持つに至った。また、父の忠頼は良文の伐り拓いた地を基盤に兵を養い、従兄弟の貞盛、繁盛に対抗するため、京に出仕し摂関家の侍者《さぶろうもの》として関係を築き、上総、下総の介《すけ》（次官）を歴任し、後には、正四位下陸奥守の地位を得ている。

忠常は、その遺領を父忠頼から譲り受けて、相馬郷の私営田を管理し、若い時分には、父と同じように京に出仕して内大臣藤原教通に仕えている。この教通は道長の庶子で位は従二位内大臣、嫡男の頼通が従一位太政大臣に比して、常に風下に立っていた。また、貞盛の子の維衡、維将、孫の維時、曾孫の直方は藤原北家本流の道長、頼通に仕えて出世の足がかりを得ていたのに対して、忠頼、忠常の方は、藤原家の傍流に仕え、しかも、維時、直方によって叙任をことごとく阻まれていた。

権力者に平伏し、貢ぎを贈って任官する都の暮らしと、藤原氏内の権力闘争に嫌気がさして、忠常は坂東の地に帰ってきた。そして、自らの力を蓄えるために私営田を増やそうと決意したのである。

忠常は相馬一帯の田夫や館に仕える下人たちを使って、自らが先頭に立ち、利根川流域の湿地や未開地の開墾を推し進めた。

忠常も直方も基は同族で、坂東に下ってきた賜姓平氏の高望王の子孫であるが、忠常は都での立身出世を諦め、祖父良文以来営々として築いてきた坂東の地を基盤に、未開地を開墾する百姓《ひやくせう》に戻ったのであった。

百姓《ひやくせう》とは、未開の原野を開墾し、その土地の名《みよう》を姓《かばね》にした私営田領主のことであり、これらの百姓《ひやくせう》は、開墾した田畑《でんばた》を守るために家の子、郎党、下人たちに刀や弓、手鉾や槍などを持たせたことから武者《もののふ》という武力組織が生まれたのである。国家の軍（健児《こんでい》、防人《さきもり》）制度が解体した平安中期、坂東ではこれらの百姓《ひやくせう》こそ武者《つわもの》の基盤であった。

忠常は、京から立ち帰ってきた家人の言上によって、追討を受ける身になったこれまでの経緯を顧みた。

二

「父上、一大事でござる！　下総の国衙使供がわが相馬牧《そうまのまき》に入り込んできて、狼藉を働いております」

忠常が田夫や館の下人たちといっしょに衣川《きぬがわ》（小貝川）近くの荒地、葭原を開墾していると、嫡男の常昌が顔色を変え、息を切らして駆けつけてきた。

「狼藉じゃと」

「はい、わが相馬牧に入り、田夫、下人、牧童供を威し、牛馬の首に綱をかけて持ち去ろうとしております」

「牛馬の首に綱をかけておるじゃと！　直ぐに行く。その軍馬を貸せ。常昌は、その辺にいる農耕馬に乗って営所に帰り、家人供を集めてこい」

忠常は、息子常昌の乗ってきた馬に跳び乗ると、開墾地から、すぐ間近の相馬牧に馬を走らせた。

相馬牧に着くと、国衙使一行二十数名が牛馬の首に綱をかけて引いていこうとしていた。

「待たれよ。国の使といえどもなにゆえわが営所に入り、牛馬を連れ去ろうとするのか」

忠常が怒鳴った。

「われらは国司様の下命により、貢ぎの馬や牛を取り立てに参った」

「貢ぎの馬や牛を取り立てに参っただと？」

「さようでおじゃる」

この国衙使は国司が京都から引き連れてきた公家あがりの腹心であろう。薄化粧に眉墨をひいた末成り瓢箪《ひょうたん》のような顔の男である。

「これは異なことをうけたまわる。国府への租《そ》と庸《よう》（正税）はすべて米穀で納め終えておるぞ。それなのに、牛馬を貢ぎで納めよとは何故である」

忠常が、烏帽子に直衣姿で馬に跨る国衙使を睨んで、怒りの声をあげて問い詰めた。

「先に納めてもろうた米穀は租と庸の分じゃ。その他に、この地の調《ちょう》の貢ぎがまだでおじゃるから、それを取り立てに参った」

「調の貢ぎとは、一体なんでござるか」

「言わずと知れた、相馬の特産である牛馬の貢ぎのことでおじゃる。それゆえに、未進の分を受け取りに参ったのじゃ」

国衙使は、権威を嵩に着て言い放った。

「未進じゃと。調は、租庸と合わせて、いままでどおり米穀で納めておるはずだ」

忠常が声を荒げて抗弁した。

「今年から、それに加えて、牛二十頭、馬十頭を納めていただくことになったのじゃ」

「それは何故」

「貴殿が新たに開拓した利根の地は水利の便よく、肥沃な田畑《でんばた》にもなる。未開の地といえども、この地は下総国の国衙支配地であるゆえ、切り拓いた田畑《でんばた》に応じた租を差し出すべきであろう」

国衙使は冷笑するように忠常を見下して言い放った。

「然るに、新たに開墾した利根の地の租が未進であるゆえ、昨秋の庸調をこれに充て申した。というわけで、利根の地の庸と調の貢ぎが未だ上納されておらぬゆえに取り立てに参ったのじゃ。国衙及び国司様への貢ぎは当たり前のことでおじゃるぞ」

国衙使は新たに開墾した地からの租税を徴収する理を一方的に説き伏せようとした。

しかし、国衙の管轄内といえども、利根川流域は葭や蘆が生えた未開地であった。この未開地を開墾するのに、下総国衙の資金的、人的な援助は一切無かった。それなのに、開墾地からの租税を差し出せとは理不尽極まりない申し分であった。忠常は国衙使の一方的且つ理不尽な申し分を聞き、だんだんと腹が立ち、堪えていた怒りが胸の内に湧き上がってきた。

藤原道長、頼通と続く、朝廷の権威にすがる公家政権に対して、いまこそ、坂東武者の実力を見せなければならないと忠常は思った。

また、先祖を同じくする坂東平氏でありながらも、平貞盛の子孫たちは京の公家政権に取り入って、同族を圧迫し力を削ごうとする身勝手な姿勢に、忠常は憤りを感じた。

「国の使、国衙支配地と言うが、下総の国府からは何らの助力はいただいてはおらぬぞ。この相馬の地は将門様の遺領であり、耕す者もなく荒れ果てていた。また、利根の地は父忠頼とともにみどもが額に汗して伐り拓き、育ててきたものであるぞ」

「そなたが額に汗して育てた地であろうとも、先程から申しておるように、これらの土地は下総国の国衙支配地であって、忠常殿の私田《わたくしでん》ではござらぬ。それゆえに貢ぎを納めろと申しているのじゃ」

国衙使は顔に薄笑いを浮かべて、馬上から辺りを見回しながら言い放った。

「父忠頼の代には、新たに開墾した利根の地の租税は国衙府に納めたことはござらぬ。また、みども父忠頼に倣《なろ》うて遺された先祖の田畑《でんぱた》を切り盛りし、先例に従うて租、庸、調の正税は国衙にきちんと納めておる。それなのに、今年より新たに開墾した地からも租を納めよとは、理不尽極まりない申し出よ」

国衙使の租税の取り立てに、忠常は怒りの色を濃くして再び反駁した。

「理不尽とは聞き捨てならぬ。ご先代が租の税を納められていようといまいが、貴殿が開墾した利根の地は下総国衙の管轄内の領地なのじゃ。それゆえに、貢ぎを納めるのは当たり前のことであり、ものの道理ぞ」

怒りの色を濃くした忠常の顔を一瞥した国衙使は、それでも平然と言い放ち、取り立てを強要しようとした。

「さようなれば、牛二十頭、馬十頭は滞っておる貢ぎの代わりに引き連れていく。者供、よく働きそうな丈夫な牛や脚の速そうな駿馬を選び、国衙に運べ」

農耕馬や牛は田畑《でんばた》を耕し、荒れ地開墾の際に大きな力を発揮する。また、駿馬は坂東武者の機動力になるかけがえのないものである。その牛と馬を三十頭も租税として国衙に取られては、忠常の私営田経営が行き詰まってしまう。死活の問題であった。

この国衙使の強硬な態度は、同族で衛門府の役人である平直方と常陸大掾の平維幹《たいらのこれもと》とが手を組んで、下総国司藤原如信《ふじわらのよしのぶ》を焚きつけて動かしているからに違いないと、忠常は判断した。

「待たれよ！　国の使、国司の下命といえども得心《とくしん》できぬ。われらが育てた牛や馬を汝等《うぬら》が勝手に連れ去ることは許さぬぞ。帰れ！」

「国司様の下命が得心できぬとは、世迷い言を申すのもいい加減になされよ。国司様の下命は何ものにも勝るものであるぞ」

国衙使は、怒った忠常の表情を眺めながらも傲慢に冷たく言い放ち、馬上から見下した。

「帰れ、帰らぬか！　われらの牛馬を汝等が連れ去ろうとするならば、この弓矢がそこもとの胸を射抜くぞ」

そう叫ぶと、忠常は鐙の脇に携えていた弓矢を取り出し、鏃を国衙使の胸に向けて弦を引き絞った。

「おたわむれはいい加減になされよ」

と国衙使は短く叫んだが、忠常の怒りの眼差しを覚って、その表情が一瞬のうちに強張った。

「待て、待て！　小次郎殿。みどもは国司様の命で参っただけのただの使いの者じゃ。わが意で馬を取り立てようとしておるのではないぞ」

いままで権威を嵩に睥睨《へいげい》していた国衙使は、顔色を変え震えながら弁明した。

「また……このことは都におわす国司様のみならず、介（次官）の殿も認めておるからのぅ」

蒼白の顔をした国衙使は、懐からあたふたと二枚の証文を取り出して、忠常の前で広げた。

「見てくだされ、国印じゃ、国印じゃ！　国印でごじゃるぞ。ここに、国司様と介の殿の印が押されておるであろう」

国衙使は震える手で、印の押された二枚の証文を忠常にかざした。よく見ると、一枚は国衙への牛馬の献上催促状で、下総国の長官《かみ》藤原如信と下総国衙の次官《すけ》の県犬養為政《あがたいぬかいのためまさ》の署名がしたためてあり、もう一枚は、兵部少輔《ひょうぶしょうゆう》平直方《たいらのなおかた》と常陸大掾平維幹の連署・認状であった。

（やはりのう、京にいる貞盛の子の維衡《これひら》、維時《これとき》一統の差し金であったな。奴等は摂関家に取り入って権勢を振るい、同族であるわしの官位昇進を阻んだばかりか、このたびも、われらを追い落とそうと、下総国司や介たちを動かして、牛馬を取り立てようと企てておる。ここで奴等に屈服すれば、この先、如何なる難題を突き付けてくるかわからぬ）

下総国の長官藤原如信は前常陸大掾平維衡とは昵懇《じっこん》の中であった。だからこそ、平維衡と関係の深い県犬養為政を現地管理人として下総介に任じたのであった。また、繁盛の孫平維幹を常陸大掾に任じたのも、公家政権の政略と深く関わっていた。このたびの牛馬三十頭の国衙への上納を企てたのは、明らかに摂政藤原頼通につながる下総守藤原如信と前常陸介平維衡《さきのひたちのすけたいらのこれひら》、衛門府佐《えいもんふすけ》平維将《たいらのこれまさ》、兵衛府《ひょうえふ》少尉維時《しょうじょうこれとき》、それに、常陸大掾平維幹とが、裏で取引をし互いに手を組み、忠常に圧力を掛けてきた証しでもあった。

「長官、次官の国印があり、一族の長者の認状があろうとも、いわれなき貢ぎには、みどもは承伏しかねる。とっとと立ち去れ！　さもなくば、国の使といえども、この弓矢でそこもとの胸を射抜くぞ！」

忠常は怒鳴ると、構えていた弓矢を国衙使の胸元に向け、弓柄《ゆづか》を握って弦《つる》をさらに強く引き絞った。

「待て、待て！　待ってくりゃれ。それを射るでない。射ってはならぬぞ。射れば、国司様に歯向かう逆賊として一族もろとも公から追討を受け、同族の鎮守府将軍家（貞盛系統）及び常陸大椽家（繁盛系統）から謀叛人として小次郎（忠常）一族は誅伐されようぞ」

国衙使は震えながら言うと、後退りをはじめ、一目散に馬を跳ばして逃げ帰った。配下の輩たちも国衙使を追うように走り去っていった。

三

「新たに天下ってきた国司様は、われら百姓《ひやくせう》の訴えを退けて、租税米の他、義倉《ぎそう》への備蓄だと申して、麦、大豆の徴収や京へ贈る馬の貢ぎなど求めて参りました。前上総介《さきのかずさのすけ》殿、われらの苦衷を察して、国司様に談判していただきたく候」

万寿五年（一〇二八）六月、安房国の国衆《くにしゆう》たちは国司平惟忠《これただ》（維忠）の租税取り立ての厳しさに窮し、蹶起して安房の賀茂社境内に立て籠もった。

そして、忠常に加勢を乞うとともに名簿《みょうぶ》を捧げてきたのであった。名簿を捧げるとは、平忠常に臣従するということである。

安房国の国衆たちがなぜ忠常に名簿を捧げたのかは、忠常が下総国司の租税徴収に力で対抗し、国衙使たちを腕ずくで追い払ったことが下総のみならず上総、安房にまで伝わり、国衆（弱小土豪）たちが忠常の庇護を求めて傘下に入ろうとする気運が高まってきたからである。国司の権威とそれに連なる有力豪族の力に屈しない忠常の武者魂《つわものだましい》が、下総や上総や安房の国衆たちに頼もしく映ったからであろう。

「頼りにされ名簿を捧げた安房の国衆供を見捨てれば、武者の道理が立たぬわ！」

安房の国衆から助力を請う火急の早馬が到着するやいなや、忠常は営所や営所近隣にいる騎馬武者たちをかき集めて、八十数騎を率いてその日の夜半に出陣した。そして、翌未明に手下水海（手賀沼）を渡り、印旛の湖水を迂回し、印東（佐倉、臼井一帯）の丘陵を越えて、その日の夕刻には上総国大《おお》椎《じ》の砦（千葉市緑区土気）までやって来た。

大椎の砦（後に、忠常の本拠大椎城になる）には次弟の中村太郎将常《まさつね》が留守を守っており、忠常一行を迎え出た。そこで、兵馬を休ませて将兵たちの夕餉《ゆうげ》をとった。その間、次弟の将常は末弟の山辺次郎頼尊《よりたか》に兵を率いて合流するよう伝令を飛ばした。

翌々日の未明、頼尊の将兵の到着を待って、卯の刻（午前五時頃）に中村太郎将常、山辺次郎頼尊の将兵を加え、総勢二百余騎を率いて、忠常たちは大椎砦を出発した。そして、安房国衙をめざして進んでいった。

長柄、長南と上総の丘陵を馬で駆け抜け、昼には夷隅に出て、上総から安房に連なる山々の麓を縫うようにして麻綿原、天津の海に出た。もう、陽は西に傾き始めていた。そして、海沿いの崖道や浜辺を通り、丸御厨を経て安房国衙にたどり着いた。

忠常の騎馬武者が国衙の大門に勢揃いしたのは、西の空が真っ赤に染まる夕暮れ時であった。夕日を背にして逆光の中に浮かぶ門扉の前に居並んだ二百余騎の騎馬武者たちは、国衙庁を守る衛士を威圧した。

「安房国司 平 惟忠殿《たいらのこれただ》に火急の用件がござって、平小次郎忠常が参った。お取り次ぎを願おう」

忠常は扉を固く閉ざした国衙の大門前に進み出ると、夕焼け空に轟きわたるような大声を張り上げた。

轟きわたる忠常の大音声に、数人の門番たちが門扉の中で狼狽《うろた》えた。

「国の司様、前上総介が数多くの将兵を率いて押しかけて参っております」

安房国衙の大門を警固していた兵部少 尉惟伴《ひょうぶしょうじょうこれとも》と配下の国衙衛士たちが血相を変えて内裏に駆け込み、国司の平惟忠に伝えた。

「忠常めが、安房の国衆・百姓《ひゃくせい》供に祭り上げられて、身の程知らずに、わが国衙庁に押しかけてくるとは、何たる不遜！」

惟忠は、苦々しい表情をして、周囲の者たちの狼狽をよそに傲慢に言い放った。

「われらの後ろには、摂政関白様がついておる。奴が、世間知らずの愚か者でも、それくらいの頭は働くはずじゃ。もし、忠常が狼藉を働いたならば、兵部少尉、国衙の衛士たちを指揮して奴を討ち取れ」

惟忠は、舎弟で副臣でもある兵部少尉惟伴に向かって命じた。

「しかし、戦仕度をしていない国衙の衛士では、奴らを討ち取ることはできませぬ。奴らは甲冑を纏い手鉾や大太刀や弓矢を手にしております。戦うては負けるは必定。ともあれ、この場を収めるために奴の言い分を聞くとみせかけて騙しましょうぞ。その後、国衙と誼を通じている近隣土豪たちの加勢を得て、戦仕度を整えてから奴らの帰路を塞ぎ、襲いかかるのが得策！」

兵部少尉惟伴が国司の平惟忠に入れ知恵をした。

「うむ、嘘でも奴の言い分を聞くのは耐え難いが、仕方あるまい。甘言を用いて油断させようぞ。兵部少尉、奴をここに通せ」

惟忠は惟伴の言葉に頷くと、忠常に会うことにした。

その後、政庁内裏に案内した忠常と対座すると、安房国司の惟忠は愛想笑いを顔に浮かべ、忠常に向かって甘言を弄した。

「前上総介殿、京の衛門府以来でござりますな。貴殿は坂東に帰られて国衆から慕われ、また、あちこちに所領を増やし随分と羽振りがよいことを耳にしておりまするぞ。みどもは、相変わらず、しがない宮仕えじゃ」

腰を低くして機嫌を取りながらも皮肉を言う惟忠の顔を睨むと、安房の百姓《ひゃくせい》たちの窮状を、忠常は国衆に代わって訴えた。

「前置きを省いてずばり申すが、貴殿が安房国に下ってきて以来、租や庸や調の正税の他、随時に取り立てておる課税で、安房の百姓《ひゃくせい》は喘いでおる。その百姓《ひゃくせい》たちの苦衷は存じておろうのぅ」

忠常は、平惟忠の顔を凝視して、単刀直入に用件を伝えた。

「みどもとて、百姓《ひやくせう》供をいじめたくないのでごじゃるが、正税の高が少ないと、中央から催促されてのぅ。板挟みになっておるみどもの胸の内も察してくりゃれ」

惟忠は頭を抱え、さも困っているような素振りをした。

「然れども、国司の勤めとは、国の民が安寧に暮らせることに気を配り、政《まつりごと》を行うことではないのか」

「その通りでごじゃるが、民が安寧に暮らせるためにも、飢饉に備えて国衙の倉を潤さなければならぬのじゃ」

「租の他、そなたが着任して以来、庸や調の税が増えたと百姓《ひやくせう》供は訴えておるぞ。百姓《ひやくせう》から搾り取って、相変わらず、出世のために摂関家に貢いでいるのであろう」

「あまりの申しようでござりますなぁ。しかし、談判に来られた前上総介殿の面子もござりますれば、ここは貴殿の顔をたてて、庸や調の収め日を延ばしましょう。また、義倉への麦、稗、大豆の収納は、当分、猶予いたしましょう。それ故、今宵は、お引き取りいただきませぬかのぅ」

惟忠は、忠常の意を汲む素振りをしてその場を繕った。

「よかろう！　この約定、きっと守れよ」

忠常は念を押すと、惟忠の言葉を信じて国衙を後にし、賀茂社に蹶起して集う百姓《ひやくせう》たちのもとへ立ち去った。

四

槍《やり》や鉾《ほこ》を手に持って賀茂社境内を埋めつくしていた蹶起の国衆たちに、談判の結果を知らせると歓声が上がった。そして、蹶起していた国衆・百姓《ひやくせう》たちは、鑓や鉾などを収めて、家人、田夫たちを連れてそれぞれの地に帰っていった。

忠常一行も、賀茂社で野営した後、翌朝早く、安房賀茂明神を後にし、帰途についたのであったが、仁我浦（和田浦）にさしかかったところで、国衙の衛兵や寄力する豪族配下の騎馬武者たちに行く手を阻まれた。

朝日が昇り、一面を覆っていた海霧もだんだんと消えていくと、忠常の乗る愛馬が嘶き、突然、両脚を空に高く掲げて止まった。

「あっ、平惟忠の旗印だ」

弟の中村太郎将常が驚愕の表情で叫んだ。

目を凝らしてみると、行く手には霧の切れ間から惟忠の私兵や国衙衛士の旗印が翻り、手鉾（小薙刀）、鑓を構えた軍勢が所狭しと並んでいる。

「兄者、後ろにも！」

今度は山辺次郎頼尊が、馬の手綱を捻りながら叫んだ。

（しまった！　罠を仕掛けて待ち伏せしていたか。惟忠め、みどもを騙したな。何たる卑劣な輩！　奴の狙いは初《はな》からこのわしにあったのか。貢ぎを強制して百姓《ひやくせう》たちを蹶起させたのも、誘《おび》き出すための策であったのか）

忠常は胸の内で叫んだ。そして、軍勢の中程にいる立派な鎧を着けた武者に向かって、忠常は大音声をあげた。

「わが行く手を阻むとは何事ぞ。みどもに戦さを仕掛けるつもりか！　そこもとの名を証《あか》せよ！」

その武者は連銭葦毛の駒をおどらせて陣頭に跳び出て、劣らぬ程の大音声で応えた。

「吾は安房国司平惟忠の舎弟左衛門尉惟伴なり。国司の命に服さぬ謀反人前上総介を誅伐いたす。覚悟せい！」

惟伴は朝霧を裂くように大声で叫ぶと、胸の内で忠常を嘲った。

（上総介め、汝《うぬ》はおおたわけよ！　油断して、われらの罠にまんまと嵌《はま》りおったわ。可哀想じゃが、おぬしの首を貰うぞ）

惟伴は、罠に嵌った忠常を冷笑すると、脇を固める配下の者に合図の法螺貝を吹き鳴らさせた。

濃霧に姿を隠して弟の惟伴が忠常勢の通る道を塞ぎ、背後を国司惟忠が自ら軍勢を率い、前後を包囲したのである。霧の合間からざっと見たところ、国衙の軍勢は忠常勢を遙かに凌ぐ三、四百の将兵が前後を囲んでいる。

国衙の軍勢に前後を囲まれ、逃げられぬことを覚った忠常配下の騎馬武者たちは動揺し陣形を崩しはじめた。乗っている武者たちの心の動きが馬に伝わり、落ち着きがなくなってきて首を左右に振ったり、小刻みに土を踏みならしたりした。また、興奮した馬は、時折、首を空に向けてけたたましく嘶いた。

「者供、狼狽《うろた》えるな！　守護神の妙見大菩薩様にわれらは守られておるぞ。それ故に、われらは負けぬ！」

忠常は、一族が崇める守護神の名を高らかに叫ぶと、郎党たちの動揺は徐々に収まってきた。忠常の檄を飛ばす落ち着き払った叫びと神仏の加護を信じたからだ。

前と後ろは敵の軍勢で、左手は瓦礫の丘陵が続き、右手は波が砂浜に打ち寄せ、黒々とした岩礁を洗っていた。

(見たところ敵は歩兵が多い、われらは騎馬じゃ。浜辺に逃げれば、馬は砂や岩礁に脚をとられて動けなくなる)

黒鹿毛の駒をおどらせて、辺り一面を概観した忠常は瞬時に決断した。

「浜辺に逃げるとみせかけて丘陵を駆け上がるぞ。者供、日頃鍛えた馬乗りの技を敵に見せつけてやろうぞ」

忠常が叫ぶと、次郎頼尊が進み出た。

「兄者、みどもが囮《おとり》になって浜に駆け込み、敵を誘い込むから、その間に、兄者は丘に駆け上がって、敵を攪乱、殲滅させせようぞ」

忠常は、豪勇誉れ高い末弟頼尊の顔を見て頷き、

「よし頼んだぞ、次郎！　手勢を率い、できる限り鬨《とき》の声を張り上げて浜辺を駆け抜けろ。敵がそれ

につられて動いたら、途中で引き返して戻ってこい。行け、次郎！」

と言うと、右手を掲げて、丘陵を駆け上がる合図を配下の騎馬武者たちに下した。

「者供、わしの後に続けーぃ」

忠常が叫ぶと同時に、旗鉾を掲げた頼尊が手勢五十数騎を率いて大声をあげながら仁我浦の浜に駆け込んだ。朝霧の合間からその動きを見た国衙の軍勢が、それに誘われるように雄叫びをあげて砂浜になだれこんだ。

「忠常が浜に逃げこんだぞ！　追えー、追えーぃ！」

法螺貝と喊声が仁我浦の浜に谺し、惟伴を先頭に国衙の軍勢がわれ先に浜に殺到した。軍勢の数からすれば国衙兵の方が圧倒的に優勢だ。手鉾や太刀を使った白兵戦になれば、平惟忠、惟伴の率いる軍勢の勝利は明らかであった。海に追いつめて挟み撃ちにすれば、忠常の軍勢は壊滅する。

「まんまと策に嵌りおって」

平惟忠はニヤリと笑った。前を阻んでいた惟伴の軍勢だけでなく、後ろで逃げられぬように挟んでいた惟忠も先頭にたって浜辺に駆け下った。その隙に、頼尊の手勢三十数騎は浜辺から駆け上がり、惟忠の後陣を崩した。惟忠が浜辺から駆け上がり頼尊の手勢を追おうとしたときは、もう既に頼尊の手勢は惟忠の軍勢の脇を駆け抜け後方に去っていた。

「小兵にかまうな！　本隊を潰せーぃ！」

惟忠は国衙兵に向かって叫んだ。

海霧が一面に漂う浜辺を前後から追いつめていくと、前方の将兵と後方の将兵がでくわした。

「これは、いったい？」

惟伴が怪訝な顔をして首を捻った。

「前上総介の軍勢が消えたぞ。探せ、探せ！」

忠常勢を包囲し、前から迫ってきた惟伴が配下の手勢に向かって叫んだ。

「前上総介め、どこへ失せよった」

惟忠は馬の手綱を左右に揺らしながらあわてて叫び、海霧煙る浜辺を捜しはじめた。惟忠の乗る馬は砂浜をせわしげに徘徊しながら、首を左右に振って嘶いた。

「どこに消えた。さては、この霧に隠れて逃げ失せたか」

惟伴が辺りを見回しながら悔しそうに唸った。

「兄者、直ぐに追っ手をかけましょうぞ」

惟伴が兄の国司惟忠の顔を見て、催促するように言うと、惟忠は動こうとする馬を宥めながら霧のかかる辺り一面を見渡した。その時、一瞬、惟忠の中で不吉な予感が閃いた。そして、丘陵を仰いで馬上の惟忠は凍りついた。乳白色に煙る霧の向こうに、忠常の騎馬隊が整然と一列に並んで見下ろしていたからである。

惟忠は血の気の引いた蒼白の顔をし、辺りを見回している惟伴に向かって怒声をあげ、鞭をかざした。

大小の石や岩、倒木が剥き出しの急斜面を忠常の軍勢は音もなく駆け上がっていたのだ。惟忠がかざした鞭の先を仰ぎ見た途端、惟伴の顔色が変わった。

その時である。忠常の右手が天を突き、安房国司の軍勢に向かって振り下ろされた。それを合図に、忠常の騎馬隊が鬨《とき》の声をあげてドッと急斜面を攻め下ってきた。

浜辺に群がる国司の軍勢は、駆け下りてくる忠常の軍勢に怖じ気づいて浮き足だった。数倍の軍勢ではあったが、皆狼狽《うろた》えて右往左往し、烏合の衆と化してしまった。

「狼狽えるな！　狼狽えるでない！　陣を立て直せ！」

惟忠が命じたときには、既に遅かった。忠常は駆け下りながら弓弦に矢をつがえ、大矢が放たれた。惟忠はその鏃を馬の首を左に捻ってかわした。国司惟忠の危機を察した弟惟伴が兄の盾になって忠常に対峙した。

惟伴は惟忠の前に進み出ると、急いで、背の矢筒から矢を抜き取って、向かってくる忠常めがけて矢を構えた。そして、惟伴は馬腹を蹴り、駆け下りてくる忠常に向かった。捨て身の一騎討ちである。惟伴は馬を疾走させながら、馬上から弓弦を力の限り引き絞った。と同時に、目の前まで近づいた忠常めがけて矢を放ったのであった。

惟伴の放った鏑矢は、空気を振るわせ潮風を切り裂くように、忠常めがけて突き進んだ。それを見た忠常は、咄嗟に馬の横腹に貼り付くように身をかわした。惟伴の鏑矢は忠常の乗る馬の鞍をかすめて瞬時に通り過ぎた。

「射ぬいたぞ！」

惟伴は胸を張って大声で叫んだ。忠常の姿が馬上から消えたからだ。

その時である。馬の横腹に貼り付くように身をかわした忠常は、再び鞍の上に起き上がると、矢筒から大矢を引き抜いた。そして、強く引き絞った弓弦から忠常の大矢が放たれていた。目にも止まらぬはやさであった。

惟伴が気づいたときには遅かった。すでに、忠常の放った大矢は唸り声をたてて惟伴に向かっていたからだ。

「ギャー」

鏃が惟伴の身体を跳ね上げ、惟伴は海霧を突き破り、浜辺に轟き渡るほどの甲高い声をあげて馬から落ちた。胸から鎧を貫いた大矢は背中まで刺し通し、血糊のついた鏃が抜き出ていた。

馬から転がり落ち、瞬時に絶命した惟伴のところに忠常は駆け寄り首をねじ切ると、血の滴る惟伴の首を鐺の刃先で貫き、高々とかかげた。

「国司の舎弟、兵部少尉平惟伴を平小次郎が討ち取ったぞ！　者供、これを見よ！」

忠常の雄叫びで、国司兵は戦意を失い逃げ腰になった。

国司惟忠も勇猛ではあったが、舎弟の惟伴が討ち取られたことに動揺し、国衙めざして一目散に逃げ出した。惟忠が逃げだす姿を目にした国衙勢は浮き足立ち、散り散りになって、われ先に逃げはじめた。

「陰謀を巡らせみどもを騙した国司の惟忠も許せぬ。者供、国司の首もあげよ！」

忠常は味方の騎馬武者に檄を飛ばした。勢いに乗る忠常の軍勢は喊声をあげ、逃げ去っていく敵将兵に向かって追撃をはじめた。

「追え、追え！　討ち洩らしてはならぬぞ！」

忠常が叫んだ。忠常勢は、総崩れになって敗走する国衙の軍勢を怒濤のごとく追った。敵将兵は手鉾や鑓などを投げ捨て、われさきに国衙庁めざして逃げていった。

五

戦いの趨勢を見ていた仁我浦、安馬谷一帯の国衆《くにしゅう》・百姓《ひやくせう》供が下僕や田夫を従えて忠常勢に加わってきた。百姓《ひやくせう》供は自分の耕作地を守るために、常に勝った方に味方する。それぞれの百姓《ひやくせう》は下僕や田夫に手鉾や鑓や弓などを持たせて、十人、二十人と率いて加わってくる。

賀茂、三芳近くにまで進軍する中で、近郷の国衆・百姓《ひやくせう》供が次々と加勢し、後から追いかけてくる。

忠常の軍勢は当初の二百余騎から、いつの間にか五倍以上の千数百までふくれあがった。多くの百姓《ひやくせう》供は徒兵《かち》となり、忠常の郎党の騎馬武者を後ろから集団で追う。その徒兵に下僕や田夫などの百姓《ひやくせう》兵が次々と加わってくるのである。

その中で、国衙兵に守られた国司平惟忠は必死に馬を駆りたてて、安房国衙に逃げ込んだ。

「者供、火矢を持って安房国衙を囲め！」

忠常の命に応えるように、徒たちは鬨の声を張りあげ、鑓や手鉾や弓を高く掲げた。そして、八丁（約八百米《メートル》）四方の広い国衙を取り囲んだ。

「火矢を放てーぃ」

忠常の命で、松脂をたっぷり染み込ませた綿布に火をつけて大弓で射った。四方八方の弓手からそれが放たれ、炎が尾を引いて宙を舞い、政庁の門扉や板塀に突き刺さった。そこから、忽《たちま》ち火が燃え上がっていく。板塀を飛び越えて政庁内に入った火矢は庭木を焼き、国衙内の建物を焦がしはじめる。

政庁や国衙使の家並み、駅家などが黒煙に包まれ、燃え上がったことを確認した雑兵たちは、火矢に代えて、人を射る矢を弦につがえて門扉に狙いを定めた。

間もなく、国衙府政庁の門扉が開き、平惟忠に仕える下人たちが燻り出されてきた。

「押せ！　押せ！　押せ！」

忠常の号令で、雑兵たちは弓矢を構え狙い撃ちにし、騎馬武者たちは、太刀や手鉾を振り回して政庁内に突入していった。髪を逆立て全身を返り血で染め、太刀を翳し、雷鳴のような凄まじい声で号令する忠常の姿は、まるで摩利支天の化身のようであった。

斬り合いとなり、初め、頑強に抵抗していた惟忠の郎党や国衙府の衛士たちも、忠常の騎馬武者たちの勢いに押されて、斬り倒されるか逃亡をはじめる。政庁の建物内では、役人、雑色、下女たちが逃げまどってあちこちで喊声や悲鳴が轟き、次々と矢に射抜かれて倒れていった。まるで、そこは阿鼻叫喚の地獄絵のようであった。

「国司平惟忠殿、見参！」

忠常が館内に轟き渡るほどの声で叫ぶと、それをめがけて、惟忠の郎党が駆けふさがった。敵将めがけて忠常が馬上から大太刀を振り下ろし、続いて薙ぐと、白刃が稲妻のように閃く。甲冑の裂ける音とともに、敵将は袈裟懸けに斬られ、膝を折るようにして崩れ落ちた。

「国司平惟忠を捜せーぃ」

忠常の命で、騎馬武者たちが燃え盛る館の中に突撃すると、雑兵たちは喜び勇んで後に続く。国衆・百姓《ひゃくせう》に率いられた雑兵（下僕）たちの役得は、館内に並ぶ倉から米俵や金品を盗むことと国衙に仕える若い女たちを手込めにすることである。そのために、雑兵たちは常に勝つ方、強い方に味方するのだ。

「太郎、次郎、雑兵たちの勝手な振る舞いを許すでないぞ。命に服さない輩は首を刎ねろ！」

忠常が弟の将常、頼尊や郎党たちに声高に命じた。

「倉や女は後だ！　国主を捜せ。平惟忠を捜せーぃ」

物色をはじめた雑兵たちに向かって頼尊が一喝した。郎党や国衆たちに付き従う田夫などの俄《にわか》雑兵《ぞうひょう》たちは、建ち並ぶ米倉を横目で睨みながらも、母屋に向かって突き進んだ。

「国司惟忠はどこにおわす。われこそは前陸奥守《さきの》忠頼が嫡男、前上総介忠常なるぞ！　出《いで》よ！」

忠常が母屋の門前で名乗りを上げると、手鉾を手にした惟忠が従者に脇を固められて、フラフラとよろめきながら出てきた。

「こ、小次郎……う、汝《うぬ》は、この儂《わし》に……安房国司の儂に向かって、何たることをしでかしたのじゃ」

惟忠は忠常の幼名を蔑むように叫ぶと、狼狽《うろた》えて定まらぬ両眼を、馬上の忠常に向けて呻いた。

「汝は、国司に歯向かい、天子様や藤原摂関家をないがしろにする愚か者めじゃ。いまに天罰が下るぞ」

目の前で自分を見下ろす忠常を、惟忠は仰ぎ睨んだ。その眼は侮蔑と屈辱と憎悪と怨嗟の色を宿していた。

「何を申すか。一族のことも、坂東の民のことも考えずに摂関家の顔色を伺って私腹を肥やす汝《うぬ》こそ、天罰が下るわ！　いや、みどもが天に代わって汝を誅す！　それとも、これまでの責任をとって自刃して果てるか！」

忠常は安房の国司惟忠を罵り、馬上から冷然と見下ろした。

「摂政従一位（藤原頼通）様の命に服して何が悪い。従一位様は天子様から政《まつりごと》を託された国の主《あるじ》なるぞ。汝こそ、従一位様の政《まつりごと》に従わぬ悪逆非道の反逆者じゃ」

惟忠は忠常を睨んで反論した。

「反逆者だと？　理不尽な税の取り立てをする国司にわれら房総《ふさ》の民は苦しみ泣いておる。その者供を救う為なら反逆者という汚名も結構だ！」

忠常は国衙中に轟き渡るほどの大声で応えた。

「国司に逆らう忠常めが！　汝には天罰が下ろうぞ！　いや、みどもが鬼となって下してやる！」

惟忠は忠常を睨むと、大声で喚きながら政庁の奥に駆け込んだ。奥の方であくまでも抵抗するつもりなのだ。

忠常は配下の郎党、雑兵たちに、容赦なく政庁への攻撃を命じた。次々と火矢が政庁の板塀や屋根に突き刺さり、燃え盛ってきた。その燃え上がる火によってつむじ風がわき起こり、轟音とともに炎が空高く立ち上がった。

「安房国司平惟忠は自害を拒み、焼死を選んだか……」

忠常は、炎と黒煙に包まれて燃え上がる政庁内裏を前に、胸の内でつぶやいた。

豪壮な趣を伝える政庁内裏や国司、国衙使の屋敷、衛士や雑色、下女たち諸々の家々、それに、木々が繁っていた広い庭園などが、自分の手で焼き尽くされている現実を、忠常は夢の中の出来事のように、呆然とみつめた。

「悪夢の中に身を置いているようじゃ。みどもの行く手を阻んだ維時や直方等との闘いに勝ち残るために、奴らの手先、平惟忠を手にかけてしもうたな。房総《ふさ》の国衆を守るためとはいえ、とうとう、京におわす天子様や摂関家を敵に回して戦うはめになってしもうたか……」

忠常は燃え上がる紅蓮の炎に眉を曇らせ、唇を強く噛んだ。その後、馬上の忠常は空を仰ぐと、黒煙上がる大空に向かって声高らかに叫んだ。

「いや違う、摂関家の手によって中央の政《まつりごと》が私《わたくし》され、それに連なる公家やその走狗《そうく》の侍者《さぶろうもの》供に虐げられておる房総の国衆たちのために、この忠常は立ち上がったのだ。坂東の独り立ちをめざして蹶起した武者《もののふ》の雄将門様のように、みどももこの地に旋風を巻き起こしてやるのだ！」

その雄叫びは、立ち上る黒煙とともに大空に吸い込まれて消えていった。

＊万寿五年（一〇二八）六月、安房国衙の焼打ち後、長元四年（一〇三一）三月、忠常が追討使の甲斐守源頼信に降伏するまで上総、下総、安房は争乱の真っ直中になる。そして、平将門と同じ運命をたどることになった。

略系図

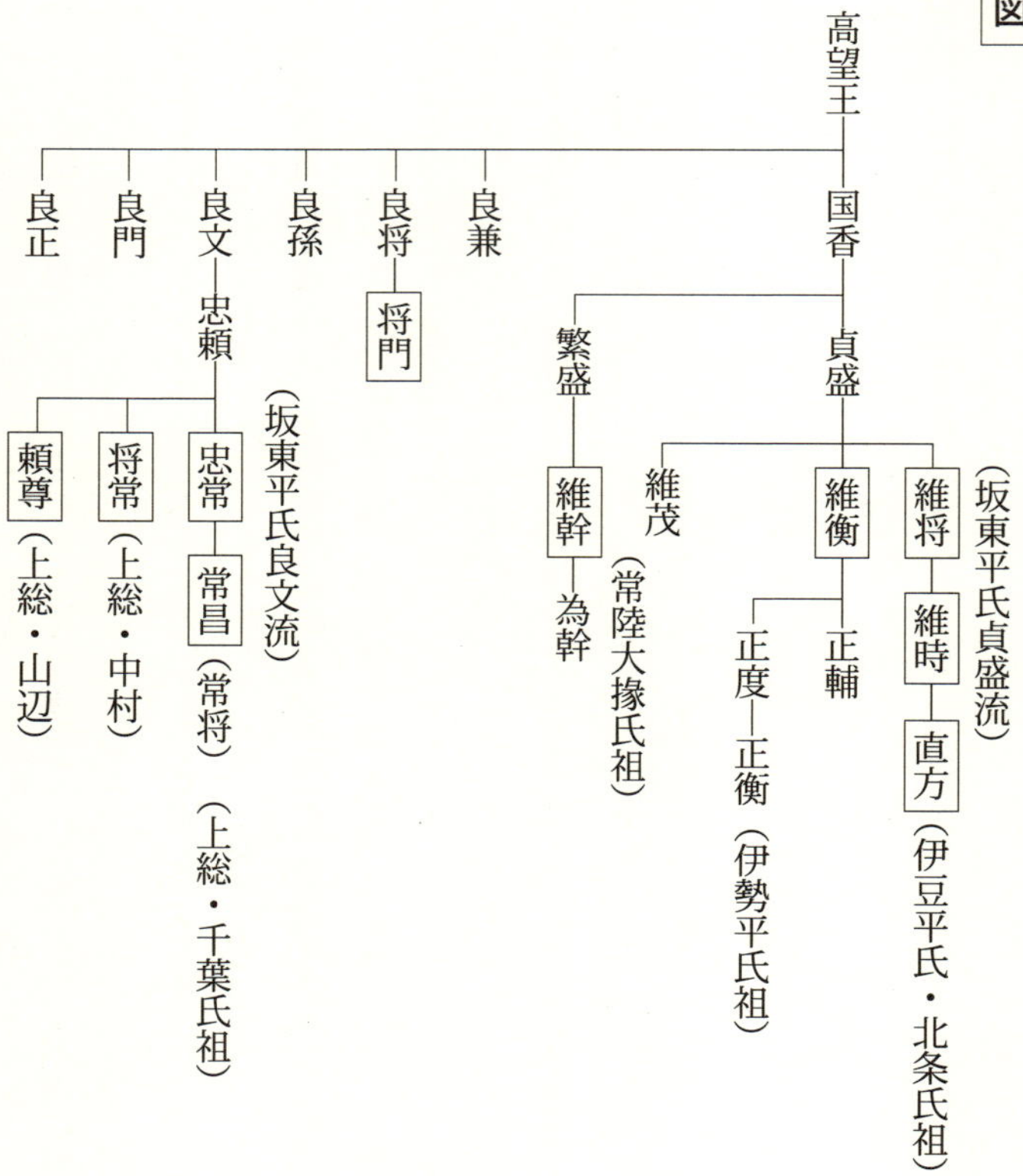

＊安房国司平惟忠（維忠）は貞盛系統の庶子と比定。

（その四）　安房の頼朝

一

石飛礫《いしつぶて》のような横殴りの雨が頼朝主従の乗る舟を襲い、風は益々強くなってきた。暗闇のなかで砕け散る波だけが白く際立ち、牙を剥いて襲いかかってくる獣《けもの》のように見えた。

「悔しさと怒りが渦巻くみどもの胸の内を、この荒海が現しているようじゃ」

頼朝は暗い海に目を這わせて唇を噛んだ。

治承四年（一一八〇）八月二十八日、夜陰に乗じて真名鶴（真鶴）崎を出た頼朝主従七人の乗る舟は、南東の風に吹きつけられて木の葉のように揺れ動いた。

十一日前の八月十七日、三島明神の祭礼の宵に、伊豆国の目代《もくだい》山木《やまき》判官《ほうがん》平兼隆《たいらのかねたか》の館を夜襲して旗挙げには成功したが、山木兼隆の横死の報告は、即刻、伊豆、相模、武蔵の諸豪族の間に早馬で伝わり、翌日には、平家側の武将大庭《おおば》景親《かげちか》が伊豆、相模、武蔵の豪族たちを招集し、軍兵三千騎で、頼朝の陣を石橋山に包囲した。

それに対して頼朝側は、舅の北条時政、時政の嫡男宗時、四郎義時の他、誼を通じていた反平家派の狩野茂光、子息の親光、土肥実平、遠平父子、土屋宗遠、義清、忠光兄弟、岡崎義実、義忠、宇佐美祐茂と嫡男政光、次男実政、天野遠景、政景等々の伊豆の小豪族の一部と近臣の加藤景廉、安達盛長、比企能員及び和田義盛、佐々木定綱、経高、盛綱、高綱等兄弟などが相模や安房や武蔵より馳せ参じた。それでも、それら寄騎の武者を合わせても僅か三百騎に足りず、三浦半島の衣笠山の館より駆けつけて合流しようとした三浦義澄の二百余騎を加えてもせいぜい五百騎ばかりの軍勢であった。

陣を張った石橋山は、山と言うよりも海に落ち込む小高い丘である。東の方角には、相模湾が広がり太平洋の大海原につながり、西の方角には、塔ノ岳から明神ヶ岳、早雲山、駒ヶ岳へと続く箱根の山々が連なる裾野にあり、小田原、鎌倉へ向かう出入り口となっていた。

それを大庭景親は塞《ふさ》いだのである。前方には大庭景親を大将として、箱根湯本にかけて二千騎で陣を張り、さらに、三浦一族との連携を断ち切るために酒匂川沿いに、川を背にして畠山重忠ら七百余騎が陣を敷いて待ち構えていた。また、背後からは、伊東祐親《いとうすけちか》の一族郎党およそ三百騎が、頼朝の軍勢めがけて阿多美（熱海）から迫ってきた。

石橋山の頼朝の軍勢は海を背に、十数倍の敵に三方から包囲されてしまった。それを打破し、三浦義澄の軍勢と合流して鎌倉に向かおうとした頼朝勢は、数に勝る敵の一方的な攻撃になすすべもなく完敗し、将兵は四散し山の方に追い込まれていった。頼りの北条時政とその一族郎党は、大庭景親指揮下の軍勢に蹴散らされて散り散りになり、時政と息子の小四郎（義時）は、命からがら箱根湯坂を抜けて甲斐に落ちようとした。時政は、途中の箱根山中で小四郎や近臣たちと相談し、使いを甲斐に派遣し、甲斐源氏の加勢を求めようとしたが、それも敵によって阻まれ、山中をさまよい続けたあげく、間道や獣道を引き返して海岸にたどり着き、土肥郷岩浦から舟で安房国をめざして漕ぎ出たのであった。

また、援軍で駆けつけようとした三浦義澄の二百余騎は、畠山重忠、河越重頼、江戸重長らの平家方の将兵七百余騎が酒匂川沿いに陣を張っており、行く手を阻まれてしまった。その上、昨夜からの雨で酒匂川は増水しており、濁流の渦巻く酒匂川の渡河は無理と思われたが、義澄は乗馬に手慣れた騎馬武者を選び、上流めがけて駆け上がり、川の流れを利用して下流めがけて流されながら対岸に押し渡ると、油断していた敵陣をめがけて側面から突撃した。勇猛果敢な義澄と精鋭の騎馬武者たちの奇襲、猛攻によって、寄せ集めの平家方軍勢は各所で撃ち破られて陣形が崩れていった。

しかし、頼朝が石橋山の戦いで敗れ、頼朝の軍勢が四散したことを知った義澄は、深追いを避けて直ちに反転し、衣笠山の館に向かって退却を始めた。

畠山重忠は崩れた平家方軍勢の陣形を立て直すと、退却する義澄の軍勢を追撃した。そして、由比ヶ浜小坪坂で三浦勢に追いつくと、しんがりの和田義茂に襲いかかった。義茂を見捨てるなと叫ぶ義澄の命によって、三浦勢も攻めかかり、激戦となった。この小坪坂合戦で双方とも多数の死傷者を出したため、追っ手の畠山重忠は河越重頼、江戸重長の手勢や大庭景親が派遣した加勢の軍勢の到着を待って攻勢をかける策をとった。他方、義澄等三浦勢は重忠の攻撃の手が緩んだ隙に、死傷者を収容して衣笠山の館《やかた》に逃げ帰ったのである。

二十六日の午後、河越重頼、江戸重長等の平家方将兵が到着すると、畠山重忠はすぐさま追撃を命じ、義澄の後を追って進み、三浦一族の本拠であった衣笠山の館を囲んだのであった。それに対して、三浦勢は衣笠山の館に立て籠もって戦ったが多勢に無勢。三千余騎の畠山重忠、河越重頼、江戸重長等の軍勢に囲まれた三浦介義明《みうらのすけよしあき》、義澄《よしずみ》は奮戦空しく各所の土塁、物見砦が壊されて敗色濃厚となった。

「次郎、よう聞け！　追い腹は許さぬ。次郎義澄は安房に逃れて、三浦家の再興を必ず図るのじゃ」

父親の三浦介義明は息子の義澄に、三浦家再興を託して安房に逃れるよう命じた。

「安房にはおぬしの亡き兄太郎義宗の配下の者供が多数おるゆえ、必ず加勢してくれようぞ。みどもは、この館の主として館と運命をともにする。源氏累代の家人として、源家の旗挙げに加わることができて幸せであった。武者《もののふ》としてこれ以上の栄誉があろうか！　武衛（頼朝）殿の消息は未だわからぬが、強運の持ち主ゆえに生きておるであろう。おぬしは安房に逃れて武衛殿に忠節を誓い、寄力するのじゃぞ。よいな！」

義明は、息子の義澄に向かって強い口調で命じた。

義澄とその近臣・若党十数名は、父義明の命によって衣笠山の館を脱出して、配下の水夫が操る軍船で安房に向かった。

その後、三浦介義明は、畠山重忠等の平氏側軍勢と死力を尽くして戦い、奮戦空しく敗れて、八月二十七日未明に衣笠山の館は焼け落ちてしまった。享年八十九歳、三浦一族の当主三浦之介義明の最後であった。

また、北条時政の嫡男宗時は、石橋山の戦いに敗れて、土肥から平井郷に逃げ延びたが、阿多美から追ってきた平家方伊東祐親の軍勢三百余に囲まれて討死にした。

さらに、若い頃に剛腕・勇猛で聞こえ、伊豆大島に拠って伊豆の国司に歯向かった鎮西八郎源為朝を追討して捕らえた狩野茂光も、大庭景親配下の将兵に囲まれて自刃して果てたのであった。

また、頼朝自身も伊豆の山中を三日もさまよい、昼は敵の目を避けるために巌谷に隠れ、夜間に獣道を歩くという有様であった。しかし、三浦介義明が言ったとおり、頼朝は強運に恵まれていた。山中の巌谷に隠れている処を敵の武将梶原景時にみつかったが、景時の機転によって助けられたのである。その後、石橋山からいっしょに落ち延びた土肥実平の道案内によって、頼朝は石橋山から根府川、江之浦を越えて真名鶴岬に出たのであった。そして、土肥実平の知り合いの船頭の協力によって、こうして小舟と水夫を手配され、安房国をめざして落ちていった。

「それにしても、武士《もののふ》が戦《いくさ》に敗れて落ちるというのは、惨めなものよの……。寒空の中、雪に被われたあのときの近江の荒野を思い出す」

頼朝は唇を噛み、舟縁の板を掴んだ手指に力を込めて、二十一年前の平治の乱のときのことを思い出した。

平治の乱で平清盛の軍勢に敗れた父義朝《よしとも》主従三十騎は息子たちを従えて東国へ落ちのびていった。大原を抜け、古知谷を経て、琵琶湖畔の和邇《わに》ヶ浜へ向かおうとしたとき、途中の近江国龍華《りょうげ》で落武者狩りをしていた僧兵の一団に襲われた。相手の人数が少なかったので、右に左にと斬り伏せて、ようやく落ち延びたが、その際、次兄朝長《ともなが》は闇から放たれた矢を腿に受けて負傷した。東の空が明るむ頃、琵琶湖畔に達し敵襲が予想された大津の浜を何とか通り抜けてほっとした一行は、昨日早朝からの合戦続きで、人馬供に疲れきっていた。その上、昨夕から降り続く雪と寒風とで凍え、口をきく元気もなく、父義朝の馬の進む方向に、ただ黙々とついていくだけであった。

近江国は、昨夜からの雪で白一色に覆われ、比叡から吹き下ろしてくる北風が灰色の湖面を渡って凍りつくような寒さであった。遠くに見える湖面が灰褐色に映り、あとは行けども行けども白一色に被われてた荒涼とした銀世界が広がるだけであった。近江から美濃へと進むにつれて、さらに雪は深くなってきて、飛雪が舞い上がって一行の行く手を阻んだ。

昨夜、僧兵の放った鏃に毒が塗ってあったのか、時が経つにつれて、朝長は馬上で唸り声を発し始めた。その呻き声は益々高くなり、馬上で苦しそうに悶え続けた。そして、次兄の朝長はとうとう傷の痛みに耐えかねて、青墓《あおそ》で腹を切って自害し、父の義朝に首を刎ねてもらったのである。享年十六歳であった。

「いまでも、次兄朝長が腹を切り、父上に首を刎ねられたときの光景が鮮明に甦ってくる」

頼朝は、吹き荒ぶ潮風に向かって唸った。

（父上、みどもは、もうついては行けませぬ。だが、武者として、また、源家の棟梁、義朝の子として敵の手にかかるのは恥辱！　自害して果てまするゆえ、首を刎ねてくだされ！）

苦しそうに喘ぎながら朝長は訴えた。そして、その場に鎧を脱ぎ捨てると、最後の力を振り絞って、脇差しを腹に突き刺した。父の義朝は涙を振るって太刀を抜くと、息子朝長の首を一瞬のうちに刎ねた。真っ白い雪の上に血しぶきが飛び散った。転がった次兄朝長の首からは血が噴き出て雪が赤く滲んできた。

雪が真っ赤に染まる光景を、頼朝はいつまでも記憶の中に留めていた。自分もあのようになるのかと思うと怖かった。蛭ケ小島に流された後でも頼朝は、そのときの次兄朝長の苦しむ姿や雪の上に飛び散った真っ赤な血や転がった首の夢を見て、魘《うな》されることがあった。

朝長の首を埋めた父義朝は、敵にめだつことを懼れて郎党や雑兵を北国へと逃がし、自らは息子義平、頼朝を連れ、近従の三騎を従えて、美濃、尾張へと向かった。

近江より美濃へと向かう途中の関ヶ原は、もっと雪が深かった。北国から伊吹山に吹きつける吹雪が義朝主従六騎の行く手を阻んだ。

一昨夜から眠っていなかった頼朝は、雪の舞う中、馬上で揺られつつ居眠りを始めた。馬上での居眠りを馬睡《うまねむ》りというが、二夜にわたって一睡もしていなかった頼朝は、つい馬睡りをしてしまった。初陣に出て、そのまま落人となった十三歳の頼朝は、雪の広野で朦朧としながらも父義朝の馬の後を追い続けた。何度も落馬しそうになり、そのつど意識が戻ったが、すぐに睡魔が襲ってきて意識が途切れてしまう。やっと目覚めたときには、父義朝一行の姿は見えなかった。雪の広野にただ一人置き去りにされた頼朝は、落ち武者という身分を忘れて、不覚にも吹雪のなかを父の名を叫びながら捜し始めた。頼朝は、雪の降りしきるなか馬を走らせてあちこち探し回った。

ちょうどそのとき、平頼盛《たいらのよりもり》（清盛の弟）の家人平《たいらの》弥平兵衛宗清《やへいびょうえむねきよ》一行と遭遇し、その手勢によって取り囲まれ捕らわれてしまったのである。平宗清は、尾張国司となった平頼盛の目代《もくだい》（国司代＝地方官人）として、一族郎党を率いて尾張の国府に赴く処であった。

「しかし、みどもは運が良いのかも知れぬな……」

飛沫でずぶ濡れになった頼朝は、揺れ動く舟の上で呻いた。運が良いのではないかと思うと、微かな希望が頼朝の胸の中で膨らんできた。

敵の大将源義朝の三男を捕らえた平宗清は、落人狩りの褒賞をめあてにして氏長者《うじのちょうじゃ》平清盛に俘囚《とりこ》を直接送らず、主従の義を重んじて主人の平頼盛（清盛の異母弟）の方に送ったのである。その宗清の判断が、頼朝の運命を左右したのであった。

平頼盛の館に護送された頼朝は、頼盛の母池ノ禅尼の目に止まり、いたいけない十三歳の貴公子の姿が、池ノ禅尼の亡くした子の家盛（頼盛の兄）にあまりにも似ているということもあり、池ノ禅尼は清盛に助命の嘆願をしたのであった。

本来なら、即刻打ち首のところ、継母の切なる願いを清盛も聞き入れないわけにはいかずに、遂に助命を承諾し、罪を一等減じて伊豆国《いずのくに》蛭ケ小島《ひるがこじま》への流刑とした。

「乳母《めのと》の云うとおりみどもは、清水寺の銀の正観音に護られているのかも知れない」

先日、巖谷に納めた正観音尊像は頼朝が三歳のおり、三善《みよし》の乳母（三善康信の母）が清水寺に参籠して、幼児の将来を懇ろに祈った際、十四日を経て夢のお告げがあり、忽然と小さな二寸の銀の正観音尊像が現れたので、乳母共々、それに帰依し尊崇してきたのであった。

「あのとき、父義朝一行とはぐれていなかったならば、長田忠致《おさだただむね》の刃で斬られていたかも知れぬ」

頼朝は、池ノ禅尼から貰った数珠をしっかり握って、吹き付ける潮風に向かってつぶやいた。

父義朝と家臣の鎌田政家ら四騎は、尾張国野間の長田忠致の館にたどり着いた。長田氏は高祖父源義親以来の源家の旧臣であり、忠致の娘が鎌田政家の妻であったことから、義朝一行は気を許してしまった。そして、長田忠致は義朝一行を匿うような素振りをし、義朝を湯殿に案内して、風呂に入っている処を、忠致の命を受けた郎党たちによって襲わせたのであった。源家の棟梁、源義朝も家人の裏切りによって、あっけなく斬り殺されてしまった。義朝、三十八歳であった。

また、義朝に最後まで付き従っていた近臣の鎌田政家も不意打ちによって、長田館の郎党たちの白刃に倒されてしまった。

武蔵国大蔵館に拠って勢力を持っていた叔父義賢を急襲して討ち取り、悪源太と怖れられていた勇猛な長兄の義平は、尾張国に入る前に父義朝の命を受けて別れ、美濃国から北国へ源家の勢力挽回をめざした。別行動を取っていたために、長田忠致の刃からは逃れることはできたが、その武勇誉れ高い義平も美濃の家人たちの裏切りによって平家の武者供に捕らえられた。そして、京都の市中を引き回され六条河原で打ち首になってしまった。鎮西八郎為朝の再来とも称され源家再興の要であった長兄義平は無念の内に二十年の短い生涯を終えたのであった。

「だが、こたびの負け戦でも、みどもは命拾いをした。あの敵の武将は、確か、梶原平三景時と申していたが、拙者を討ち取り首を届ければ、平家からの恩賞にありつけたものを。見逃して立ち去り、この頼朝の命を助けてくれた……銀の正観音に護られているということは、あるいは、神や仏がみどもに何かを期待しているのかも知れぬ」

頼朝は腹の底から唸ると、舷側を掴む手に力を入れ、さらに強く鷲掴んだ。爪が舷側の板にくい込んで割れ、血が滲んできた。

この石橋山の戦いの際にも、その正観音尊像を肌身離さなかった。出陣に際して、頼朝は正観音尊像を髻の中に秘めて戦に臨んだ。運が開けることを正観音尊像に託していたからだ。また、石橋山の戦いに敗れた後、大庭景親の軍勢に追いつめられ、いよいよ危ういと見た頼朝は、それを山中の巌谷に祭り、正観音尊像に自分の運命を託した。

草の根を分けてでも探し出そうとする大庭景親配下の将兵たちに頼朝主従七人は逃げまどい、朽ちて倒れた大杉の洞に隠れた。足跡を辿ってきた大庭一族の将、梶原景時は杉の大木の所まで来ると、この倒れた杉の洞を地に這い蹲って中を覗き込んだ。洞の中に隠れていた頼朝と眼が合い、観念した頼朝は脇差しを抜いて自害せんとするところを押し止めると、「ご心配無用、後はみどもに任されよ」と伝えるやいなや叫んだ。

「奇怪な臥し木めが！　誰も居ぬわ！　平三景時に無駄骨を折らせた。後で焼き払ってくれよう」

杉の大木を蹴飛ばし、「どこを捜してもこの山中には隠れて居ぬわ。あちらの山が怪しいぞ」と大声で言うと、配下の雑兵を連れて立ち去っていった。

落ち武者狩りから逃れた頼朝一行は、九死に一生を得て、八月二十八日夜、土肥実平の案内で真名鶴岬にたどり着き、この浦の船頭次郎大夫の舟で安房に向かって漕ぎ出したのである。

船頭次郎大夫と二人の舸子《かこ》が漕ぐ舟は暗い海の中、襲ってくる波を切り裂くように進んでいった。舟は上下左右にゆれ動き、舳や舷に当たる波が臓腑の底にまで響いた。暗黒の海の中で波濤だけが白く滾り、遠くから迫ってくる。砕け散った波が甲板を洗い、海面でわきたつ飛沫が石飛礫のように頬を叩き、髪にかかった飛沫が頬を伝わって流れ落ちる。目が塩水で焼けるように痛い。頼朝主従七人はずぶ濡れになりながらも揺れ動く舟の舷にしがみついていた。

「船頭！　この嵐でも、舟は安房に辿り着くのか」

頼朝のそばに仕えて長い安達藤九郎盛長が潮風を切り裂くような大声で、船頭の次郎大夫に向かって尋ねた。藤九郎は比企尼の女婿で、金子や紙や筆を持ってしばしば蛭が小島を訪れ、無聊に苦しむ頼朝の話し相手となった武者である。また、旗挙げ以来、近臣として頼朝を守り続けている。その藤九郎が不安な面差しの頼朝や供の者たちを気遣って船頭に声をかけたのである。

「へい。これくれいの波を怖れていては、豆州の海人《あま》はやれねえだ。われらは海に生き、海に命を張っておりやすのでな。なにしろ、冬の西伊豆の海はこんなもんじゃねえですからのぅ」

「そうか、それにしてもひどい時化《しけ》じゃの」

そう言った後、船酔いした藤九郎は、舟の手摺から身を乗り出して嘔吐した。それにつられ、頼朝も海に向かって吐き出そうとしたが、一昨日から、何も食べていなかったので、吐き出す物は胃液だけであった。それでも、胃液を吐き出すと気分が落ち着いてきた。

その時不意に、流人として蛭ヶ小島に護送された日、頼朝の片手を両掌で包み込んで、祈るような面差しで諭した池ノ禅尼の姿と言葉が、頼朝の耳に潮風に乗って響いてきた。

――この後は、ゆめゆめ平家への仇返《あだがえ》しなどお考えなされぬよう。また、いかにそそのかす者があろうとも、大刀習いなどなされぬよう心しておきなされ。仇返しなどをなされば、また、血なまぐさいことに手を染め、生死の狭間《はざま》を彷徨《さまよ》うようになるほどにのぅ。ただただ亡き親兄弟の追善ご供養ひたすらにお過ごしなされや――

池ノ禅尼の涙ぐんだ優しい面差しと手の温もりが頼朝の中に温かく広がり、その姿が暗闇の海の向こうに現れてきた。

――そちはわが子のようじゃ。相国殿《しょうこくどの》（平清盛）が命を救ってくださったからには、父、母それに兄君の菩提を弔ってたもれ。この数珠を刃の替わりにお持ちなされ。供養の心の深い人には必ず神仏のご加護がありましょう——

池ノ禅尼は、頼盛と清盛の嫡子重盛を介して清盛に助命嘆願したばかりでなく、伊豆に流されると決まるや、頼朝の付け人まで探してくれた。蛭ケ小島への配流が決まったとき、身の回りの世話をする源家ゆかりの雑色《ぞうしき》三人を加え、また、乳母《めのと》の比企尼《ひきのあま》に文をしたためて、頼朝の行く末を託したのも池ノ禅尼であった。

比企尼とは、京で仕えていた乳母の一人であり、後に、武蔵国比企郷の主、比企掃部介《ひきかもんのすけ》のもとに嫁ぎ、夫と死別してから髪をおろして仏に仕え、比企尼と呼ばれていた。

「みどもは、池ノ禅尼さまとお約束したことを十三年の間ひたすら守り続けてきたが……わが命を守るためは、そのお約束を違えることもいたしかたなかった。身に降り掛かってくる火の粉は払わねばならなかったからな」

頼朝は、伊豆国蛭ケ小島に流されてきて以来、十三年間、その約束を守り続けてきた。

「しかし、源氏の血を受けたという宿命《さだめ》と、世の趨勢《ならい》がみどもを血なまぐさい戦《いくさ》や政《まつりごと》に引き戻してしまった。その始めが、伊東祐親《すけちか》に命を狙われたことからだ」

吹きつける潮風と飛び散る飛沫《しぶき》を全身に受けながら、伊東祐親の娘八重姫とのことを思い出した。

二

八年前の承安二年（一一七二）、頼朝二十六歳の春のことであった。伊東祐清《すけきよ》に誘われた頼朝は、比企尼の娘婿で近侍していた安達盛長とともに、東伊豆の伊東の地へ野駆けをした。その際、伊東の館に立ち寄り、祐清の妹の八重姫と出会ったのである。

池ノ禅尼との約束通り、二十六の歳まで女《おなご》も知らず、読経三昧に過ごした頼朝は、茶を運んできた美しい姫の楚々とした姿が目に焼き付いて離れなくなった。それ以来、八重姫の幻に憑かれ、読経も、写経もうわの空になってしまった。経を写す際も、八重姫の幻が字面に浮かび、心を澄まそうと唱名している最中にも、その美しい姿が目の前に現れ、まとわりついて離れなくなってきた。

——流人の分際で、みどもは伊東の姫に恋慕してしもうた——

頼朝は吐息をつき思案した。いままで通り女色を断ち切って供養一筋に生きるか、滾る想いを姫にぶつけるかを悩みぬいたすえに、八重姫へのせつない想いを和歌と文にしたためて送り届けた。そして、蛭ケ小島を抜け出して伊東の館に向かったのである。

恥じらいながらも八重姫は頼朝を迎え入れた。その日以来、頼朝は、五里（約二十キロ）の道をものともせずに馬をとばして通い始めた。頼朝にとって、八重姫と過ごすその一刻だけが無上の喜びであり、生きている証となった。また、八重姫との情愛が深まるにつれ、いままでの読経三昧の暮らしが無味乾燥のものとなってきた。これまでのことを振り返ってみると、ただ生きる屍のような暮らしであったことに頼朝は気づいた。

「振り返ってみても、八重姫と出会うまでは、前途に何の望みもなく、ただ池ノ禅尼さまとのお約束を守ることだけを心懸けて生きてきたが、それは、魂を抜き取られた骸《むくろ》のような十三年だった……姫との出会いと姫との交わりはみどもに生きる歓びを与えてくれた。だが、そのような歓びや女とのささやかな暮らしをみどもが望んでも、流人としてのみどもの身の上がそれを許さなかった」

頼朝は潮風に向かってつぶやき、唇を噛んだ。

頼朝は、毎日のように八重姫のもとに通い続けて、情を重ねるうちに、八重姫は頼朝の子を孕《はら》み、千鶴《せんづる》という男の子を生んだ。頼朝も八重姫も幸せであった。

ところが、大番役で京都に行っていて留守であった父親の伊東祐親《すけちか》は、三年の番役が終わって伊東に帰ってきて、初めて二人のことを知って驚いた。

祐親は、頼朝の子を娘が産んだことを平家方の役人に知られては一大事と恐れ、千鶴を八重姫から無理矢理引き離して、伊東松川の奥にある轟ヶ淵という溜池に投げ捨てて殺してしまった。

それでも怒りが収まらない祐親は、頼朝を討とうとして蛭が小島の頼朝のもとに配下の者を差し向けようとした。討手が蛭ヶ小島を襲おうとした寸前のところで、先回りした八重姫の兄伊東祐清の知らせで、頼朝は伊豆山の走湯権現に逃げ込んだ。

松明の炎を手に手にした伊東入道（祐親）の追手の者供が伊豆山走湯権現の総門を叩いたが、権現の貫首は自ら応対に出て、「そのような者は当社にはおられぬ。ここは天皇直々の詔を奉る大社でございますぞ。非礼があれば、伊東入道殿もただでは済みませぬぞ」という声で、渋々、引き返したのであった。

伊豆山走湯権現の僧兵たちに守られて、頼朝は危うく難を免れたのであったが、赤子を殺された上、中伊豆江間郷の小豪族、江間小四郎のもとに強制的に嫁がされて、生きるすべを失った八重姫は狩野川に入水して命を絶ってしまった。

「おのれ、伊東入道祐親め！　みどもが受けたこの屈辱、きっとはらしてやる」

頼朝は、鬼のような形相をし、不動明王のように白刃を掲げて燃えたぎった。いや、鬼になろうと決心した。

士《おとこ》にとって、妻というべき女《おなご》と無理矢理に切り離され、子供まで殺されたことで、頼朝は、十三年間守り続けてきた池ノ禅尼との約束を反故することを決意をした。

「かりそめの生じゃ……」

伊東祐親をはじめ伊豆の豪族たちは清盛の顔色を窺うだけの者たちであった。また、清盛の胸の内一つで、いつ毟り取られるかわからない生命だと頼朝は思った。いや、薄氷の上に座って清盛の死の宣告を待っているようなものだと実感した。

また、八重姫と引き裂かれた屈辱と淋しさから、それを境に、箍《たが》が緩《ゆる》んだようにあちこちの女に手を出し始めた。もともと、京育ちの貴公子である。坂東の土にまみれた野蛮な男たちとは違い、文を綴り歌を詠む、貴公子としての品位を兼ね備えた頼朝から恋文を貰うと女たちの多くは有頂天になり、すぐに頼朝を招き入れた。

「四方八方敵だらけだ。どうせ生きていても地獄じゃ。ならば、生きながらえて枯れるよりも、殺されても血の通った温かい女の柔肌に現世の極楽を見ようと思う」

横暴な力によって八重姫と引き裂かれた頼朝にとって、現世における己の無力さと屈辱にじっと耐えて、来世の極楽浄土を祈ってする読経や写経などでは鬱屈《うっくつ》した心を癒せなくなっていた。

池ノ禅尼と約束した父祖への追善供養ではあったが、どんなに読経や写経を行ったところで、現世においては力ある者の前では為す術もなく、理不尽な事柄にも屈服せざるを得ないことを、頼朝はこの事件によって思い知らされたのであった。そして、源家の嫡流として生を受けたからには、現世から目を背けて読経や写経を行うことは許されないことを知るとともに力を手に入れなければならないことを肝に銘じた。

だが、力を得ようとしても、頼朝を支えてくれるような家臣は、一人としていなかった。この苛立ちと悩みとの狭間の中で、一刻《いっとき》の刹那《せつな》であれ、女を抱いているときが、無力な自分の、ただ一つの癒しとやすらぎの刻《とき》となったのであった。

頼朝は、平家の目代、御家人や平家におもねる中伊豆の土豪たちの監視の目をかいくぐって、中伊豆一帯の中小土豪の娘たちの館に通い始めた。

それは、八重姫のときのような純愛なものではなく、屈折した頼朝の心の虚《うろ》を女の柔肌で癒すためと、中伊豆の土豪たちの娘をものにすることによって、それら土豪の中には頼朝に、味方する者が出てくるかも知れないという淡い期待や野心も含まれていた。味方する将兵を一兵も持たない頼朝の打算的な足掻《あが》きであった。

奈古谷の娘や良橋の娘、南条の娘、それに、平家の監視役でもあった有力な土豪北条の娘など手当たり次第に恋文を渡しては、その館を訪ね歩いた。

ある日、酒席に招いた北条時政の嫡男宗時《むねとき》が、席を辞して帰りかけた際、呼び止めて頼朝は一通の文を宗時に託した。北条家は、伊東祐親と同じく平家の家人であったが、嫡男宗時は平家の御家人であることを快く思ってはいなかった。だから、頼朝に近づいていたのである。

「すまぬが、これを、そなたの妹御に渡してくれぬか」

「妹と申されますと？」

宗時は怪訝な顔をして、頼朝に尋ね返した。

「保子どのだよ」

宗時は、頼朝が中伊豆のあちこちの娘に恋文を出し、手を出しているという噂を聞いていたので、にがにがしく思った。だが、平家の勢力を伊豆から追い出すためには、いつか頼朝を旗頭にして担がねばならぬと思っていたので、依頼通りに頼朝の恋文を黙って預かった。しかし、伊東の娘の二の舞になってしまっては妹が可哀相だと思い、また、上の妹で二十一になった政子を差し置いて、十七歳の保子に頼朝の恋文を届けたら、政子の立場はなくなると考えた。母親が早く死に、母親代わりとして、妹や弟の面倒をみていた政子は、いつの間にか二十歳を過ぎてしまっていた。そこで、宛名を見ると、保子とはしたためてなく北条家御息女とだけしか書いていなかったので、宗時は、頼朝の恋文を政子の方に渡した。

もし二人が結ばれれば、頼朝が、行き遅れている妹政子の伴侶になるばかりでなく、子でもできようものならば、伊豆の名もない地方豪族北条家に貴種の血が注がれ、他の豪族よりも一歩先んじることができると考えた。伊東祐親は平家を怖れたが、宗時は、頼朝とつながることにより、伊豆、相模の反平家勢力を糾合することをねらった。そしてそれには、保子より男勝りで気性の激しい政子の方が適していると考えたのである。

ただ宗時の気懸かりは、北条家当主の時政が、京都大番役に出仕していて留守であり、もし二人が結ばれた場合、父親時政が帰ってきてなんと言うかであった。だが、それを恐れていたら、北条家はいつまでたっても、伊豆の二流豪族から浮かび上がれないまま終わってしまう。

この北条宗時の野心と反平家への想いが、頼朝と政子の仲をつないだのである。

頼朝からの恋文に、政子は胸をときめかした。しかも、敬愛する兄が渡してくれたからである。そして、頼朝を館に招き入れた。また、頼朝は、野駆けで目にした保子の容姿をはっきりと覚えてなく、最初、政子のことを保子と勘違いしていた。だが、北条の館を訪ね、政子との関係が深まるにつれて、政子一筋になっていった。また、政子も逢瀬を重ねる毎に、頼朝のとりこになっていった。

「どうして、私のような女がお気に召したのでしょう」

「お会いし情を重ねるごとに、そなたこそ、拙者には無くてはならない女性《ひと》だと気づいたからじゃ。生を受ける前より神仏の前で契りを結んだ縁《えにし》のような気がしてなりませぬ。政子殿という美しい菩薩の前でなら、みどもは阿修羅にでも毘沙門天にでもなれます」

三十一歳になった頼朝は、女誑《たら》しの言葉をぬけぬけと言った。土にまみれて畑を耕したり狩をしたりする武骨な坂東武者の家に育った政子にとっては、頼朝の甘い言葉が音曲の音色のように響いた。そして、想いを寄せれば寄せるほどに、伊東の八重姫への嫉妬が募ってきた。

「佐殿《すけどの》は、伊東の八重姫さまのもとに通われていたとのこと、八重姫様のことをどうお思いでしょうか？」

頼朝の顔をじっとみつめながら、不敵にも政子は、伊東祐親の娘の八重姫の弱さを嘲笑していた。母親（伊東祐親の長女）の妹（叔母）でもある美しい八重姫への対抗心と嫉妬とが政子の中で芽生え増してくるのであった。

（私ならば、父親に赤子を奪い取られるような無様なことはしない。もし奪おうとするのならば、父を討ってでも赤子を守り、この方のもとに走るわ）

二人の関係が深まれば深まるほどに、政子は八重姫への嫉妬と憎しみが沸々とわき上がり、より一層、女《おなご》の情念が燃えたぎってきた。

「無聊で孤独な寂しい境遇がみどもを惑わしたのじゃ」

「ならば、わらわも寂しさをまぎらわすための、一刻《ひととき》のお慰みの相手なのでしょうねぇ」

二十一歳の政子は、問い詰めることによって狼狽《うろた》えて、甘い言葉を囁く十歳も年上の頼朝の反応を楽しんでいた。

「いや本気だ！　そなたはみどもにとって格別の女人じゃ。こうしていると慈母観音の前に跪いているようなやすらいだ心になるのじゃ。そなたには、汲み尽くせないほどの魅力が秘められ、泉のように滾々《こんこん》と湧き出ておる。みどもは、そなたの魅力の虜になってしまいましたぞ」

女の母性本能と虚栄心をくすぐる言葉を、頼朝は臆面もなく次々と耳元で囁き、政子を陶酔させていった。

こうして、逢瀬を重ね、やがて頼朝の胤を体内に宿した頃、父親、北条時政が大番役の任が終わって帰ってきた。しかも、手勢十数騎を伴うばかりでなく、若い後妻まで連れて帰ってきたのであった。

父親の北条時政は、さすがに年若い後妻の牧ノ方を伴って帰ったことを、息子や娘の手前、言い訳がましく紹介した。

「よいか、この新しい母御の御父君は大岡宗親殿と申されてのう。平相国様のご兄弟、池大納言（平頼盛）様の所領、駿河の預所をされておるお方だ。牧ノ方といっしょになるということは、わが北条家も、都の平家一門とのつながりができるというものよ。いや、それよりも一家には女親がいなくてはけじめがつかぬからの。それで娶ることにした」

「わらわが古《いにしえ》より伝わる駿河の大舎人《おおとねり》大岡宗親の女《むすめ》じゃ。こたび御父君と縁あって、中伊豆の北条館に下って参った。そなたたちの母者として励む故、よしなにたもれ」

牧ノ方というその後妻は、実家の羽振りの良さを鼻にかけ、このような伊豆の田舎に来てやったというような態度が言動の節々から見られた。

嫡男の宗時は、父親時政がいじましいほどに中央の権力にしがみつこうとする態度に呆れ失望するとともに、中年の田舎おやじに、このように若くてきれいな京育ちの女が、よく付いてきたものだと感心した。

一方、政子は、自分と歳があまりかわらない若い後妻の牧ノ方を一目見るなり、言葉では言い表せないほどの生理的な嫌悪感を持った。そして、政子は機先を制して、時政に頼朝とのことを話した。

それを聞いた時政は驚き、

「ならぬ、わが家は、桓武平氏の流れをくむ平家の末裔なるぞ。祖父の時方《ときかた》様が伊豆北条に在し、この地を拓き治めて、相国様（平清盛）からこの地を守る役を任されておる。その北条家の娘が、よりによって源家の流人なんぞと」

と大声で怒鳴りつけるなり、家人に命じて、政子を館の一室に閉じこめてしまった。そして、頼朝のことは内密にし、目代の山木判官平兼隆のもとに嫁にやろうとした。

そのことを下女から聞いた政子は、風雨の激しいある夜、監禁されていた部屋を抜け出し、着のみ着のまま裸足で、蛭ヶ小島の頼朝のもとに走った。

翌朝、政子が館から抜け出したのを知った時政は、急いで十四、五人の家人を呼び集め、政子を連れ戻すように言い含め、成り行きによっては頼朝を討てと命じた。しかし、それを押し止めたのが、嫡男の宗時であった。

「父上、短慮はなりませんぞ。ここで、もし伊東祐親の二の舞を演じれば、坂東武者の笑い者になりましょう。父上も、あのような若い母者を迎えられるほどの元気がおありなら、平家のご機嫌とりで一家の安泰を図るなど姑息な考えはお捨てなされ」

「一家の安泰を図ることが姑息だと。祖父時方様より預かった中伊豆北条の所領と北条の家を守るのが当主としてのわしが使命よ。何も好んで平家のご機嫌とりをやっているわけではないわ」

時政は声を荒げた。しかし、若い女を後妻として家に入れたという弱みもあり、また、坂東武者としての気骨を嫡男の宗時に指摘されて、内心たじろいでいた。

「むしろこれを機に、源家の貴種をわが家に迎え入れて、伊勢平氏を叩き潰すくらいの気概をお示しくだされ。父上が常日頃申す通り、わが北条家は桓武平氏高望王の跡を継ぐ坂東平氏の嫡流ではありませぬか。それを、庶流伊勢平氏の風下で顔色を窺うなど、先祖に対して申し訳ござらぬとは思いませぬか。父上も京で伊勢平氏ずれに仕える様々な屈辱を味わったはずではありませぬか。毅然と立ち向かいなされ！」

息子宗時にそう言われて、殿上人平清盛一門の栄華に引き替え、地下人として御所の警備を司り、公家たちの牛車の前で、地面に額を擦りつけて平伏し続けた姿を、時政は思い出した。そして、平将門、平忠常の蹶起による敗北以来、同族でありながらも公家やそれに取り入った伊勢平氏に虐げられてきた坂東武者の苦節の日々が甦ってきた。

(宗時の言う通りだ。北条家は平貞盛の嫡男維将《これまさ》の血筋をひく嫡流家の末裔なのだ。栄華華やぐ清盛一門の伊勢平氏は、もともとは平将門を討伐した恩賞に依って貞盛の庶子維衡《これひら》が伊勢に下ったのに始まったのであって、坂東平氏の方が本家筋だ。それなのに、われらが耕した田畑《でんばた》でとれた米や麦などを国衙の役人に横取りされ、その上、番役、大番役の兵役まで課せられているのは理にかなわぬことだな)

時政は、息子宗時の言う通り、大番役で味わった様々な屈辱を思い出し、それでも公家や伊勢平氏に這い蹲らなければならないのかと自問自答した。

「父上！　それでも、政子を佐殿《すけどの》から切り離し、弓を引かれると申されるのなら、留守を預かっていた拙者の責めでござります。まずは拙者が、父上の御前で腹を掻っ切ってお詫び申さねばなりますまい」

跡継ぎの宗時に、そこまで言われれば、押し通すことはできなくなった。しかも、宗時の言う通り、このまま平家に仕えていても中伊豆の小豪族のまま終わってしまう。また、伊豆の小豪族たちは、表面は平家に従っているように見えても、内心はかなりの不満を持っているのは事実である。まして、坂東一円に乱立する豪族たちはどのような動きをするかわからない情勢であった。

(まず、祖を同じくする上総、下総平氏の上総介広常、千葉介常胤の動向、それに上利根の下河辺行平、それから、武蔵の畠山重忠、豊島清光、葛西清重、河越重頼、江戸重長、相模の大庭景親、長尾為宗、波多野義常など豪族たちのうち源家に誼《よしみ》を持つ者も少なからずいる。また、常陸の佐竹秀義、甲斐の武田信義、安田義定、下野の足利俊綱、上野の新田義重など源氏の血脈を継ぐ豪族の動きも目が離せぬしのう。それら坂東の各所の大豪族に互して北条家がのし上がるには、宗時の言う通り、源家嫡流の佐殿を担ぐことしかないやも知れぬな)

時政は坂東各地に勢力を扶植している諸豪族の動きとその情勢を鑑みた。

時政は怒っていても冷静沈着に情勢を判断し、平家の翳《かげ》りを見逃さなかった。そこが、平清盛一統に取り入ることしかできなかった猪武者の伊東祐親と違うところであった。

「わかった、そちがそう言うなら、しばらく静観して様子を見よう」

時政は一端矛を収め、討手に差し向けようとした家人たちを解散させたのである。

時政が見逃さなかった平家の翳りとは、嘉応二年(一一七〇)七月の殿下乗合事件や安元三年

（一一七七）六月に起こった鹿ケ谷《ししたに》の謀議事件による反平家の動向を察知したことである。

殿下乗合事件というのは、法勝寺で行う仏事に向かう途中の摂政藤原基房《ふじわらのもとふさ》の牛車に出会った平清盛の嫡孫資盛《ちゃくそんすけもり》が下馬しなかったため、基房の供の者たちが無礼の咎で資盛の車を破壊するという狼藉を働き、清盛は基房を摂政職から罷免・追放した事件である。

また、鹿ケ谷の謀議事件というのは、後白河法王の近臣藤原成親、西光、僧俊寛、平康頼等が、京都近郊東山にある俊寛の鹿ケ谷別荘で平氏打倒の密議を行ったというもので、謀議の席にいた摂津源氏多田行綱が六波羅に密告し、四人は捕らえられ、西光は斬罪、成親は備前国に配流、俊寛と康頼は鬼界島に流されたのである。

また時政は、大番役で京都にいて、禁裏《きんり》（皇室）の不穏な動きや平家一門に対する公家や山法師、供御人《くごにん》や神人《じにん》（商人）、民衆の反感を肌で感じ、西国でも反平家の気運があることを察知していた。それで、一旦、矛を収めて、娘政子のことを静観することにしたのであった。

三

やっと時政に、頼朝との結婚を認めさせた政子は、やがて韮山北条館の一隅に新居を構え、間もなく大姫が誕生した。一児の母となった政子は、父時政や兄時宗の思惑とは反対に、平和で穏やかな暮らしに満足し、この家庭の幸せを誰にもこわされたくないと願った。しかし、時代が政子の願いとは逆の方に流れ始めたのである。

　頼朝と政子の穏やかな日々が始まったばかりのある日、文覚《もんがく》上人という荒法師が韮山の北条館を訪ねてきた。

　上人は、もと遠藤盛遠《えんどうもりとお》と名乗った武者で、人妻の袈裟御前《けさごぜん》に恋したあげく、間違って袈裟御前を斬り殺してしまった。罪を深く悔い、また世の無常を感じて出家した。以後、熊野山中で滝にうたれたり巌谷に坐して木喰行をしたり数々の荒行を積み、人々から荒聖と呼ばれるようになった。その後、高雄山神護寺の僧になったものの、あまりにも寺が荒れ果てているので、修復を発心して、後白河上皇に直訴しようとしたところ、それを押し止めた警護の武者数人を投げ飛ばして怪我をさせたために、激怒した上皇の命で伊豆に流されたという人物である。

「汝《うぬ》か、故左馬頭《さまのかみ》義朝の跡継ぎというのは」

　頼朝の前に立ちはだかった文覚は、身の丈六尺を優に超え、筋骨逞しい精悍な大男である。常人の倍もあろうかという大きな眼をカッと見開き、眼光も鋭く、射貫くように頼朝を見据えている。頼朝は、文覚上人の大きく鋭い眼から噴き出た熱気のようなものを感じ取った。

「拙僧は文覚じゃ。この近くの奈古屋寺に流人として参って居る。以後、お見知りおきを！」

　不遜な態度である。赤ら顔の鋭い風貌からして、僧というよりは、大江山に棲む赤鬼のような男であった。

「ところで、貴公をなぜ訪ねて参ったと思う。拙僧が、ただ貴公への挨拶のためだけに、ここ北条館に参ったと思うか」

「用件を伺ってみませぬとわかりませぬが……」

頼朝が惚けた態度で平然と応えると、文覚は姿勢を正し胸を張ると、館中に響き渡る声で一喝した。

「喝！」

文覚の叫び声に、頼朝は一瞬驚いたが、そんな素振りも見せず柔和な面差しで、平然と文覚を見つめた。頼朝のその姿を目にした文覚は、再び、居丈高に声をあげた。

「この愚か者めが！　汝は口惜しいと思わぬのか。汝の父を討ち滅ぼした平清盛は、都で太政大臣となり、平家一門、みな公卿、国司となって世にときめき、平氏にあらずんば人にあらずと言うて、奢りを極めておるぞ！」

奢り高ぶる平家一門のことは、比企尼の縁者や京の三善康信《みよしやすのぶ》等がもたらす情報で知ってはいたが、家来を持たない頼朝にとっては為《な》す術《すべ》のないことであった。

「しかるに汝は、ここに居てなにをした。平家の家人の娘に子を産ませたり、中伊豆の土豪の館を駆け巡り、あちこちの娘を誑《たら》し込んで遊蕩の限りを尽くしていると聞いた。乳母《めのと》からの支えで暮らしていながら、なんという情けない男であるか。それでも源家の棟梁か！」

文覚は頼朝を睨んで詰ると、おもむろに、龕《がん》の中から髑髏《どくろ》を取り出して、頼朝の目の前に突きつけた。

「これをなんと心得るか。これこそ、汝の父君左馬頭義朝公のしゃれこうべなるぞ」

土にまみれた頭蓋骨だった。一瞬、刃を胸に突きつけられたように思ったが、冷静になると、二十年近くも経った父の頭蓋骨がこのように形を留めているはずはない、遠の昔に土に帰っているはずだと頼朝は思い直して、文覚の赤ら顔といまにも崩れそうな髑髏とを交互に見つめた。

「京の墓所より掘り起こして持ってきた。受け取って供養せよ。読経もよかろう。写経もよいであろうが、それで、汝の父君左馬頭義朝公が浮かばれるであろうか。そのことよう考えてみよ」

頼朝を凝視しながらそう言った文覚は、背筋を伸ばすと、目を瞑ってしばらく黙っていたが、両眼を開くと、おもむろに口を開いた。

「いかなる力をもってしても傾く夕日を止めることはできぬわ。されば、落つる陽は送り、新たに昇る陽を迎えねばならぬ時がある。世の趨勢を見極め事を起こす時を知るべきこと。それが坂東武者を束ねる棟梁の器量よ。拙僧が汝に言いたかったこと、用件はこれだけだ！」

そう言うと文覚は立ち上がり、「〜照見五蘊皆空　度一切苦厄　舎利子　色不異空　空不異色　色即是空　空即是色〜」と唱え、胸に下げた大数珠を鳴らしながら帰っていった。

呆気にとられた頼朝であったが、髑髏を持参し、檄を飛ばす荒法師が居るというだけでありがたかった。文覚のように、頼朝の旗挙げを期待している者たちが世に少なからずいるのだと思うと、頼朝の胸は平家追討に向かって滾《たぎ》り始めていた。


治承四年（一一八〇）四月に、後白河法王第二皇子の以仁王《もちひとおう》が平氏討伐の令旨を諸国の源氏に発したのであった。この令旨を伝えて歩いたのは、源為義の十男新宮十郎行家、頼朝の叔父であった。この新宮十郎行家が以仁王の令旨を携えて頼朝のもとにやって来たのは四月の半ばで、叔父の行家は山伏姿に身を眩まして、平家追討の挙兵を行うように頼朝に催促した。

また、源《みなもとの》三位《さんみ》頼政《よりまさ》が、以仁王を奉じて挙兵する由の知らせを五月十日、京にいる下野の下河辺行平の使いが頼朝にもたらした。その後、宇治での戦いで頼政が敗死すると、六月十日に、平清盛は、以仁王の令旨を受けた源氏の残党を一斉に追捕する源家追討令を発したので、源氏の嫡流頼朝はもはや逃れられなくなった。ここに至って、頼朝は奥州の藤原秀衡を頼って落ちのびるか、挙兵して討手と戦うかの決断を迫られることになったのである。

ちょうどその頃、三浦義澄と千葉胤頼の二人が京都大番役からの帰路に北条館に立ち寄り、京の様子と頼政の挙兵、戦いの状況を頼朝に報告した。

「平家の将兵は勝つには勝ちましたけれど……」

義澄は平家の将兵の無様さを嘲笑うような顔をして頼朝に伝えた。

「僅か三百程の頼政殿の軍勢に平知盛率いる平家一門衆の将兵総がかり一万余騎で襲いかかりまして……まるで鼠一匹捕らえるのに数百の猫が襲いかかるといった按配《あんばい》で」

三浦義澄の言葉に、若い千葉胤頼が頷いて、その言葉を継ぎ足した。

「しかも、その鼠に噛まれ一万余騎の陣が崩れるという有様でございます。以仁王様を捕り逃がし、配下の将藤原景高に後を追わせるという体たらく」

胤頼は顔を歪めて叫んだ。

「この戦いで胤頼殿の兄者日胤阿闍梨様は以仁王様と運命を共にしましたぞ！　その霊を慰めるためにも武衛様のご決意を！」

義澄が頼朝の挙兵を促すと、胤頼は頭を深々と下げ紅潮した顔で訴えた。

「次兄・日胤阿闍梨の討死をきっかけに、父上も武衛様の挙兵を心待ちにしております。父千葉介常胤、千葉家の一族郎党を率いて馳せ参じると存じまする。また、みどもはその魁《さきがけ》となります」

――わが宿願の祈祷師日胤が以仁王様と運命を共にしたのう……――

頼朝は三浦義澄と千葉胤頼の真剣な表情を交互に見つめ、逡巡《しゅんじゅん》していた心を断ち切った。

その後、舅北条時政、義兄宗時親子と相談して、遂に挙兵の決意をした。六月二十四日、源氏累代の家人を招集するため、近侍していた安達藤九郎盛長、新藤小忠太光家を使者として相模、武蔵に派遣したのであった。また大願成就の暁には伊豆山権現に社領を寄進することを告げて神仏の加護を祈った。

安達盛長、新藤光家たちが帰ってきて、源家恩顧のものでも決心がつかず、招きに応ずるものは少なかったとの報告に、頼朝の決断は鈍ったが、それでも、北条時政、宗時を中心に八十五騎の武者を集めた。そして、三島神社の祭礼の日、警護の手薄いのを見計らい、伊豆の目代山木の館に夜襲をかけて、山木判官平兼隆を討ち取ったのである。旗挙げは成功したが、その後、味方の武者を集める暇もなく、鎌倉へ向かおうとする頼朝の行く手を、平家方大将大庭景親は三千騎の軍勢で石橋山に囲んで、一方的に攻撃を仕掛けてきたのであった。多勢に無勢、一瞬のうちに、頼朝の陣は崩されて将兵は四散し、こうして頼朝一行は、舟で安房国に落ちていったのである。

夜が明けて八月二十九日、安房の洲崎に近づくと、数艘の舟が荒波の中を漂っていた。しかも、こちらの舟に漕いでくるので、敵ではないかと訝しがり、頼朝、実平たちは船底に隠れた。そして、供の岡崎義実が舷に立って弓矢で射ろうとしていると、近づいてきた舟から、

「岡崎殿！　ご無事であったか」

と呼びかけられた。漕ぎ近づいてよく見ると、衣笠の館から逃れた三浦一族の和田義盛であった。

「岡崎殿　佐殿《すけどの》はどちらにおわします」

岡崎義実は三浦党の返り忠（裏切り）を警戒して、

「われらもお尋ね申している」

と応えた。

もう一艘の大船には三浦義澄一統が乗り込み、口々に安房の浦々を漕ぎ廻って尋ねたが見当たらぬと語り、義澄は、悔しそうに岡崎義実に向かって潮風を切り裂くように叫んだ。

「老いたる父上が敵に囲まれて自刃するのを振り捨てて、この地にやって来たのだが、甲斐なきことであったか。さては噂の如く討死なされたか。かくと知ったら衣笠の館に立て籠もって父上に従って討死したものを」

三浦義澄は声を詰まらせ、涙を流して言ったので、頼朝は立ち上がり、

「頼朝はこれにいる」

と言うと、三浦党から一斉に鬨の声があがった。

「者供、佐殿を護衛いたせ！　佐殿、これから先は三浦介義澄がお守り申し、安房国猟島《りょうじま》の地にご案内いたしまする」

三浦義澄の野太い声が潮風を切り裂き、高く透き通った秋空に響き渡った。

四

治承四年（一一八〇）八月二十九日、三浦義澄の案内で、頼朝は船頭次郎大夫と配下の阿子たちの漕ぐ舟で、土肥実平、安達盛長、岡崎義実等とともに、安房国平北郡猟島（鋸南町竜島）に上陸した。島では、三浦一族と誼を通じる島の網元、弥惣兵衛と太郎右衛門が配下の海人《あま》衆を率いて浜で待ちかまえていた。二十数名の海人たちが褌一丁で波の打ち寄せる海に入り、三艘の舟に綱をかけて浜に引き揚げた。

「ご無事でなにより。佐殿、この安房国で陣を立て直して、再び相模、伊豆に攻め上りましょうぞ」

笹竜胆（源頼朝の家紋）の旗の下で、北条時政と四男の義時は敗残の兵を率いて頼朝を迎えた。一旦は甲斐に向かおうとしたが、敵に行く手を阻められて失敗し、当初の軍議の通り安房国をめざして土肥郷岩浦を出航して、昨夜、猟島に渡っていた。

「舅殿、よくぞご無事で、何よりじゃ！　政子と大姫は伊豆山権現の文陽房覚に預けてまいったから、伊豆山権現の山法師たちが守ってくれよう」

頼朝は、舅の時政に娘と孫娘の無事を知らせた。

「平氏側といえども、大庭殿は義を重んじる坂東武者ゆえに、女《おなご》には手を出すまい。まずは安心よ」

時政がそう言って頷いた。

「だが、このたびの合戦で、多くの武士たちを失ってしもうた。三浦殿は館を攻められて御尊父義明殿を亡くし、北条殿は御嫡子宗時殿を討死させてしもうて……みどもは胸が張り裂け、両腕が千切られたような痛みよ」

頼朝は唇を噛んで唸った。

平家方に衣笠館を攻め落とされとき、八十九歳の当主三浦義明が討死し、北条時政の嫡男宗時も討死したことを悼む頼朝に、時政は、

「太郎宗時は佐殿にお味方して旗挙げするのがかねてからの願いでありました。それ故に、旗挙げに際して討死にしたことは本望でありましょう。されど、このまま引き下がっていては息子宗時の霊も浮かばれませぬ。安房に逃れたからには、安房や上総、下総の兵をかき集めて平家方に一矢を報いましょうぞ」

と言うと、三浦義澄も頼朝の前に頭を伏して、父義明の遺言を伝えた。

「父上は拙者を逃がす前にこう申されました。源家代々の恩をうけた儂《わし》は、御曹司の再興の好機にめぐり会え、幸せこの上ない。源家御曹司のためにこうして戦えることは本望であると。それ故、平家の者供に一矢を報いねば、あの世に行っても、父上に会わせる顔がありませぬ」

二人の言葉に、頼朝は感激すると同時に、敗北の痛手で消沈していた心に、再び立ち上がろうとする希望の光が差してきた。

公家たちに依って虐げられてきた坂東武者たちの棟梁として、八幡太郎義家以来、苦労を供にして蒔いた種が、いま、芽を出そうとしていることに気づいた。そして、頼朝は坂東武者たちのためにも立ち上がらなければならないと思った。

猟島に上陸した頼朝は、北条時政、三浦義澄の先導で網元太郎右衛門の家にひとまず落ち着いた。そして舟を引き揚げた海人たちに礼を言った。二十数名の海人たちは、太郎右衛門の家の庭に平伏して居並び、褌に刺子を纏っただけの半裸の者たちばかりであった。先頭にかしこまる弥惣兵衛と太郎右衛門だけが袴を着け、羽織りを着ていた。

「弥惣兵衛、太郎右衛門を初め、ここに居並ぶ海人の者たちに礼を申すぞ。皆は武者に劣らぬ加勢をしてくれた。拙者は伊豆で旗挙げをしたが、武運つたなく平家に寄力する者供の軍勢に敗れ、こうして安房に落ちてきたが、こうして皆の者に助けられ、この武衛《ぶえい》(頼朝の唐式官位)、再び起つ志を持ったぞ。この安房に依り、上総、下総を従え、再び父祖の地、坂東一円を従えてみせる。その折りには、ここにいる皆の者の恩義に報いようぞ」

庭に平伏して居並ぶ海人たちを、頼朝は縁側に坐して見渡した。海人のだれもが、赤銅色に日焼けした顔をしていて、半裸の筋肉は鋼《はがね》のようにひきしまっていた。

「もったいないお言葉をいただき猟島の海人を束ねる弥惣兵衛と太郎右衛門、この世の誉れにござりまする。この猟島に来られたからには、ご安心あれ。われら猟島の者たちが命を張って、武衛様をお守り申し上げまする」

弥惣兵衛はそう言うと、立ち上がって海人たちのほうを向き直り、大声で叫んだ。

「みなの衆、今朝獲った魚や貝などを持って参れ、武衛様一行に、猟島の海の幸を召し上がっていただこうぞ」

弥惣兵衛の一声で、居並ぶ海人たちが立ち上がり、次々と庭から走り去っていった。海人たちが庭から去った後、頼朝は、弥惣兵衛と太郎右衛門を縁に上げて、改めて礼を言った。

「この武衛を匿えば、後からどのようなお咎めや難儀が降り懸かってくるかわからぬものを、助力をいただき、武衛、心より礼を申すぞ」

神妙な顔をして、頼朝は網元の二人に礼を言った。

「おそれおおくも源家の御曹司に、そのようなお言葉を賜るなど、安房の海人にとって、この上ない誉れでございまする」

弥惣兵衛は平伏しながらも、はっきりと言った。

「京から下ってきた国衙の役人やその下に仕える武者たちから咎められるのは覚悟の上でございます。荒海に命を張ってきたわれら海人たち、京から下ってきた者供の咎めを懼れていては、海で漁はでき申せぬ」

太郎右衛門はその言葉に頷き、絞り出すように訴えた。

「米や麦、粟や稗まで、国衙の役人や配下の武者供にことごとく刈り取られてしまい、田畑《でんばた》を捨てて海人になった者たちが多くおります。いまは田畑《でんばた》だけでなく、浦々の海人たちにも、一網いくらという理不尽な租税をかけ始めました。もう我慢はでき申さぬ。安房で収穫した米や麦は安房の農夫のものだし、安房の海で獲った魚や貝は安房の海人のものでござります。国衙の役人やそれに仕える武者供には寸分とも渡したくはない。われら猟島の海人たちは、古より誼を通じた三浦殿の主《あるじ》の武衛様にお仕え申し上げまする」

太郎右衛門は、頼朝に臣従することを力強く誓った。

頼朝は、若い網元太郎右衛門の誓いの言葉を聞いて、安房国猟島の海人たちから勇気を貰ったような気がした。

五

頼朝からの文を受け取った旧知の安房国勝山の安西三郎景益が、八月晦日に家人十数騎を引き連れて猟島の頼朝の下に馳せ参じた。

安房には安西、丸、神余、沼、長狭氏等の有力土豪がいて、安西氏は、頼義、義家以来、代々源家の家人として仕え、内房鋸南一帯に勢力を持ち、勝山館に拠っていた。そして、当代の安西三郎景益は、頼朝が蛭ヶ小島に流されて以来、ずっと、物心両面から頼朝を支え続けていたから、頼朝が安房に逃れてきたことを知って、景益は勇躍して馳せ参じたのであった。そして、頼朝一行は安西景益の案内により猟島を離れて、安西氏の勝山館に居を移した。

勝山館に落ち着いた頼朝は、勝山館を拠点にして、下野、上野国の足利俊綱、新田義重、下総の下河辺行平、常陸の小山朝政、武蔵国の畠山重忠、豊島清光、葛西清重、河越重頼、江戸重長、長尾為景、甲斐国の武田信義、安田義定など、源氏ゆかりの武将たちに軍忠催促状を発した。

また九月三日、頼朝は勝山の館から父義朝、兄義平の家人であった上総介広常を頼りにし、夷隅《いすみ》の館に向かおうとしたときである。

夕暮れ刻、安房の貝渚《かいなぎ》（鴨川市内）までやって来たとき、待ち伏せていた平家方の長狭六郎常伴《ながさろくろうつねとも》に襲撃され、頼朝主従は海岸沿いに命からがら波太《なみぶと》（太海）まで逃げ延びたが、常伴の手の者たちに海岸近くまで追い込まれてしまった。そして、波に洗われている岩礁の岩場に身を潜めているところを波太の網元、平野仁右衛門によって助けられ、漁師小屋に案内された。

「かたじけない。長狭六郎の手の者に追われて難儀をしておる」

安達盛長が頼朝を庇うように前に立って、仁右衛門に礼を言った。その姿に軽く頷いた仁右衛門は頼朝の前に跪き、うやうやしく言上した。

「おみうけするところ、高貴な方々と存じまするが、先程よりあなたがた一行を捜して、長狭六郎の郎党供が漁師の家や小屋を駆け巡っております。この岩場の先に、小さな島がござりますれば、そこにお渡りになられると良いかと存じまする。私の後に付いてきてくだされ」

仁右衛門はそう言うと、頼朝主従を案内して、小舟の繋いである岩礁の入り江に急いだ。そこには、二艘の小舟と仁右衛門の手下の漁師が数人いて、二艘の舟に頼朝主従を乗せると、仁右衛門の命によって漕ぎ出していった。いま出た岩礁の所で五、六の灯りがゆらめいていた。松明に照らされた長狭六郎の郎党供の姿が浮かび上がって見えた。間一髪、平野仁右衛門の機転によって敵の手から逃れたのであった。そして、波太のすぐ沖にある小島に着くと、平野仁右衛門は島の南側の巖谷に頼朝主従を案内した。

「潮の香りが漂うむさくるしい所でございますが、ここでしばらく身を隠していただきとうございます」

「追っ手は、この島へはやって来ぬか」

「泳げば来られぬこともありませぬが、長狭の手の者供は胴巻きに具足を着けておりますので、漁師のようには泳げませぬ。また、舟や水夫はすべて手前が押さえておりますので、ご安心いただきとうございます」

そう言うと、仁右衛門は軽く胸を叩いて微笑んだ。

「かたじけない。猟島や勝山の漁師といい、波太のそこもといい、安房の漁師たちには幾度となく助けられた。平野仁右衛門、このたびのこと恩義に思うぞ」

頼朝はこのときの御恩として、後に、この小島（現、仁右衛門島）の領主権と波太海岸（太海海岸）一帯の漁業権を平野仁右衛門に与えている。

頼朝主従が小島の巖谷に隠れている間、頼朝主従が襲われたことを知った三浦義澄が、三浦から逃れた一族郎党と安房の三浦氏寄力集を率いて駆けつけてきて、長狭勢を急襲した。長狭六郎常伴は三浦義澄の急襲を受けて花輪加茂に向かって敗走していった。

そこで翌四日、こうした事態が再び起こることを懸念した安西景益は、

「軽々しく広常のもとに赴くのは如何なるものでしょうか。安房及び上総の外海一帯には長狭六郎の

如き平家方に寄力する輩が数多くおりまする。まずはわが館に引き返し、勝山館から使者を以て広常の参向を促すことが肝要かと存じまする」

と進言し、頼朝を再び勝山館に匿って、頼朝や側近武将との合議の上で、広常に迎えに来るよう使者を立てることにした。そして、和田義盛を上総介広常の館へ、安達盛長を千葉介常胤のもとへ向かわせたのである。

翌五日には、安西景益の案内で安房洲崎明神に参拝し、頼朝は再起を念珠して和歌をも献じた。

源は　同じ流れぞ　石清水《いわしみず》　せき上げたまへ　雲の上まで

再度の挙兵と源家再興をめざした頼朝の決意が込められた和歌である。

この安房洲崎明神は、安房国の一宮であるばかりでなく源家本社の京都石清水八幡宮の分社となっていて、八幡大菩薩を祭っているので参拝し、ここ安房を拠点とした再度の挙兵と頼朝主従の武運長久を祈願しての和歌の奉納であった。

上総介広常の館に赴いた和田義盛は、九月七日に広常の返書を持ち帰り、その返書には「千葉介常胤と談の後に参上」と書かれ、軍勢催促状に対して、広常は軍勢を率いて寄力するという返事を避けていた。

「代々上総介がこの地に勢力を得たのは、八幡太郎（源義家）様以来の御恩のお陰ではないか。また、奴の父親上総権介常澄は父上に格別に取り立てられ相馬御厨の預所に任じられていたのに……。介八郎（広常）め、その恩義を忘れよって！」

頼朝の心中は不快を禁じ得なかった。

しかし、九日に安達盛長が持ち帰った千葉介常胤の返書には「心待ちしていた源家再興と承り、一族郎党を率いて寄力申すべき候」とあり、また、安達盛長が言うには、「常胤殿は、ご子息の胤正殿、胤頼殿を左右に従え、盛長の口上を瞑目して聞かれていた。しばらく黙っていたが、御子息胤正、胤頼殿がご加勢申すに何の思案も要しますまいと申されると、常胤殿は、御承引申し上げるに異議はない。ただいま、源氏再興と承って、思わず感涙に噎《むせ》んでいると申し」さらに、「この安房国は、殿が居住すべき要害の地でもなく、また御先祖発祥の地でもないから、ふさわしいとは言えませぬ。ともかく、父祖ゆかりの地、相模の鎌倉にお移り願いたい。さすれば坂東武者は、みな佐殿のご威光に従い申そう。そのためには、千葉介常胤、部下を率いていつでもお迎えに参上いたしますと申し」、使者の盛長に酒肴を調えて饗応したとのことであった。

その後、十一日には、丸五郎信俊の案内で丸御厨を巡検し、伊勢神宮の廟に向かって祈願し、宿願成就の暁には新たに白浜御厨を加増寄進すべき旨をしたためた誓書を社殿に奉納した。

丸五郎信俊は、義朝の家人であったが、平治の乱以後、平家の権勢を憚って安房国丸御厨《みくりや》（南房総市丸山町）で逼塞していた。しかし、頼朝が挙兵したものの、石橋山の合戦で敗れて、安房に逃れたことを聞きつけるやいなや源家累代の家人として参陣してきたのである。

もともと、丸氏は源家と深い繋がりがある家で、源頼義が奥州平定の功によって下賜された安房国丸郷を、伊勢神宮へ寄進したことから丸御厨が成立した。そして、その在庁官人（現地の役人）として、頼義は丸氏を任じ、以後、丸氏は累代源家の家人となっている。このことから、当代の丸五郎信俊は義朝の家人となり、このたび、頼朝の下に馳せ参じて、丸御厨を案内したのであった。このように頼朝は、安西、丸、神余、沼氏等の小豪族や安房猟島、波太や洲崎、丸一帯の海夫たちに支えられて、再起を図ったのであった。

千葉常胤の加勢の返事を得た頼朝は、側近の安達盛長、和田義盛や北条時政、義時の手勢、三浦義澄の手勢、それに、安房の安西景益、丸信俊の一族郎党など安房の将兵百数十騎を従え、総勢三百騎の軍勢を率いて、九月十三日、千葉常胤の下総国亥鼻館に向かった。

千葉常胤は、頼朝の軍忠催促状を受け取ると、すぐに下総国目代館を襲って、これを討った。それに対して、平家方千田荘領家判官代藤原親政は一千騎の軍勢を率いて亥鼻館を襲撃しようとしたところを、留守を任されていた孫の成胤が先回りしてこれを迎え撃ち、結城浜（千葉市寒川付近）で激戦の末、藤原親政の軍勢を撃ち破って敗走させたのであった。この一戦によって、上総、下総の趨勢は決まった。

頼朝は常胤の嫡孫成胤の守る亥鼻館に迎え入れられた。そして、続々と参陣してくる将兵を麾下に加えて、軍勢の陣容を整えると、十六日早朝、二千数百の軍勢を率いて亥鼻館を発した。そして、九月十七日には、下総国の国府（市川国府台）に到着し、一足先にそこを制圧していた千葉介常胤によって鄭重に迎え入れられた。

「いざこちらへ、これからはこの下総の国衙を武衛様の仮の陣となされ、また、千葉介一族を臣下と思し召して、何なりとお申し付けくだされ」

常胤は、下総一帯を支配していた下総国衙の目代や平家の家人たちの勢力を駆逐するために働いた六人の息子たちを頼朝の下に連れ出して、臣下の礼を取った。

頼朝は感激し、常胤の手を取り座右に召して、「すべからく司馬を以て父と為す」（この後、すべて貴殿を父と思うて政《まつりごと》を行うぞ）と讃辞した。

嫡男の胤正、相馬次郎師常、武石三郎胤盛、大須賀四郎胤信、国分五郎胤通、東六郎胤頼の六人の子息が郎党、下人たち兵を率いて頼朝の前に平伏し、その讃辞に涙を流した。頼朝のこの言葉が、千葉一族を懐柔するだけの演技ではなかった証拠に、以後、家来の恩賞を行う場合、必ず、千葉常胤から行うことにし、それを慣例にした。

ところが、もう一人、頼朝があてにした大豪族上総介広常は、源家に着くべきか平家に味方すべきか趨勢をみきわめていたために遅参し、隅田川辺りまで進んで、ようやく上総介広常が二万騎を率いて現れたのであった。

広常としては、遅参しても二万騎も率いてきたのでありがたがると思っていたが、だが、感謝するどころか、頼朝はいきなり怒り、周囲に向かって、

「目通り叶わぬ！　今頃参ってなんになるか！　とっとと立ち去れ。さもなくば不忠者として討ち取る」

と、広常に聞こえよがしに怒鳴った。

内心は、安房、下総でかき集めた烏合の衆二千騎を広常の二万騎の軍勢で囲まれれば、ひとたまりもなく敗れてしまうと懸念し、薄氷を踏むような思いであったが、剛胆にも、坂東武者を束ねる棟梁

としての権威と度量を身を以て示そうとしたのである。それは、軍規を重んじ坂東武者たちを御恩と奉公で等しく従わせていこうとする頼朝の武家統合の政策でもあったので、上総介広常に対してうった大芝居でもあった。

「遅参しようとも、上総介殿は多くの兵を率いて、こうして殿の麾下に馳せ参じております。是非とも、お目通りを願い奉りまする」

その後、北条時政、土肥実平、三浦義澄等になだめられて、頼朝は上総介広常と面会することにした。ところが、この頼朝のうった大芝居に、上総介広常は平伏した。初めは、石橋山で敗れて逃れてきた流人の分際で、上総国の主の上総介平広常に向かって遅参を責めるとは、とんだ思い上がり者と腹立ちを覚えた。しかし、広常は頼朝との面会を待つ間に怒りが収まってきて、冷静に考えるようになっていた。

（いまは平家の全盛のときであり、この広常が佐殿を討ち取って平家に献じようと思えばたやすいことだ。だが、平家から恩賞は貰っても、いつまでも公家や平家一門の手足としてしか使われまい。それならば、翳りの見え始めた平家を見限り、源家の嫡流の佐殿を担いで、平将門様や平忠常様たちができなかった坂東分立の夢を、佐殿に賭けてみることも思案しなければならぬな。さて、どのようにすべきであるかのぅ）

上総介広常は、平家に付くべきか源氏に付くべきか、まだ迷っていた。自分のため家のため、どちらにつけば得かを考えた。

（佐殿は、坂東武者を傘下に治められるだけの力量がある武士《もののふ》であるのか。また、京都におわす上皇

様や公家たちを黙らせるだけの威厳を備えた武家の棟梁なのか見極めなければならぬ）

頼朝という男の正体を見極めようと腹を括り、上総介広常は、近従の武者に案内されて初めて頼朝と向かいあった。

「源家の恩義を忘れた不忠者めが！　然れども、以後、源家に忠節を尽くすと申すならば参陣を許す！」

頼朝は居丈高に言った。また、言葉には威厳があった。

（この傲慢さは、坂東に割拠する大小豪族武者を束ねる器かも知れぬ。率いてきた手勢二万騎をものともしない度胸がなければ務まるまい。この佐殿こそ、京都の公家政権に対抗できる武家の棟梁だ）

上総介広常は、自分の目の前に居丈高に座る前《さきの》右《う》兵衛権佐《ひょうえごんのすけ》源頼朝《みなもとのよりとも》の器量を一瞬にして見てとった。そして両手をついて平伏した。

上総の大豪族上総介広常が頼朝に臣従したことに依って、雪崩を打ったように、武蔵、相模の中小豪族たちが頼朝の下に馳せ参じた。かつて敵であった渋谷重国、河越重頼、江戸重長、稲毛重成、畠山重忠、熊谷直実なども臣従し、その数十数万騎、坂東武者の殆どが頼朝の麾下に入った。そして、石橋山の合戦で敗れ、安房に逃れて一ヶ月余、治承四年（一一八〇）十月六日、頼朝は坂東武者に担がれて源家ゆかりの地（源頼義、義家が前九年、後三年の役で蝦夷《えみし》征伐の本拠とし、石清水八幡社を勧請して建てた鶴岡八幡社のある）鎌倉に凱旋した。

「父祖の地鎌倉に、こうして凱旋できたのも銀の正観音がみどもを守護してくれたお陰じゃ。父祖伝来の鎌倉八幡社を修復し、神仏に誓おうぞ！　平家を追討し、武者《もののふ》の棟梁として、この地に坂東武者の国をつくってみせよう」

頼朝は、平将門や平忠常が為そうとして為せなかった坂東の武者たちを結集して坂東武者の自立した政権を鎌倉につくることを神仏に誓った。時に、頼朝、三十四歳。仁王立ちして箱根の山々を仰いだ。

清和源氏略系図

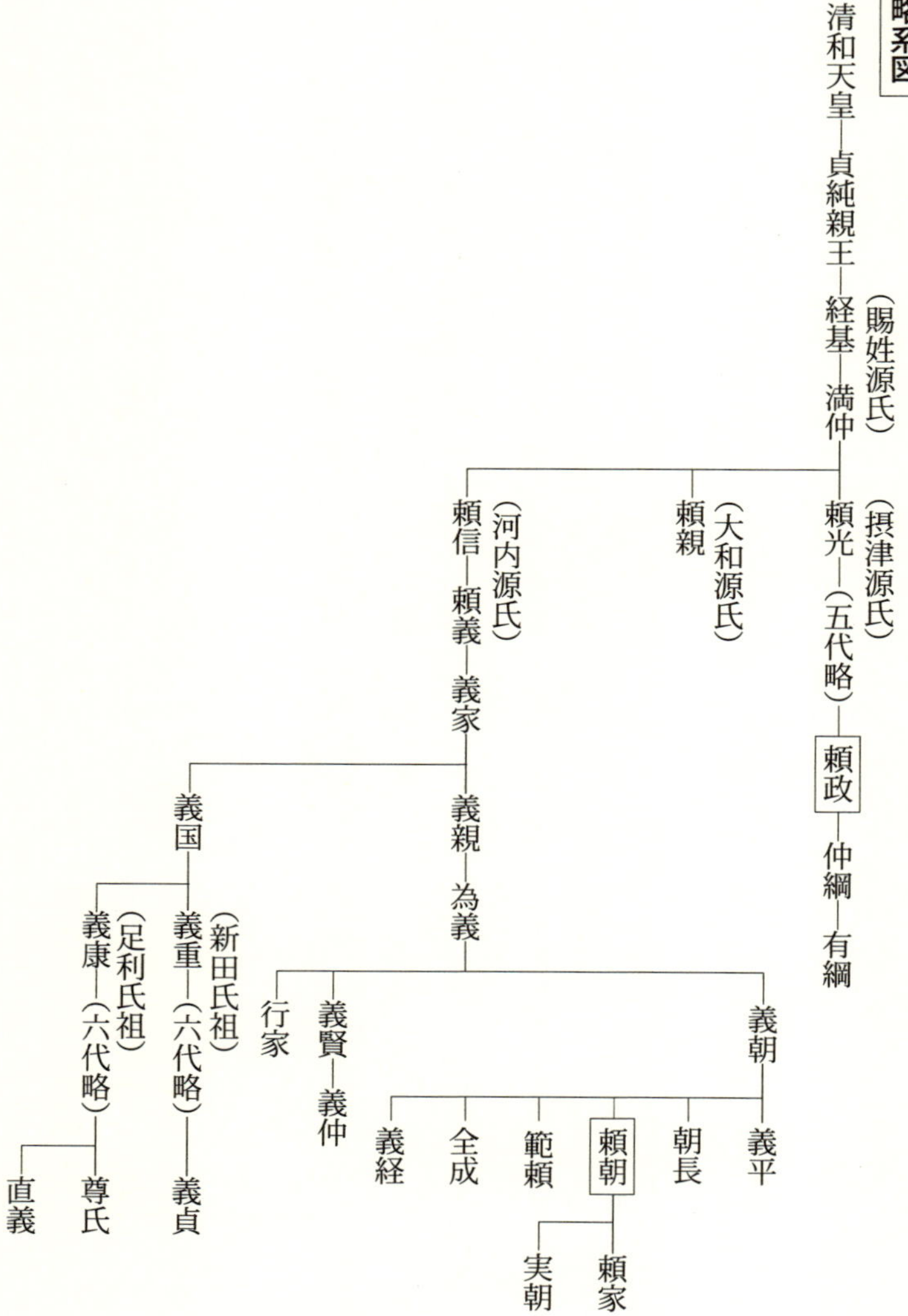
清和天皇
貞純親王
経基
(賜姓源氏)
満仲
頼光
(摂津源氏)
(五代略)
頼政
仲綱
有綱
頼親
(大和源氏)
頼信
(河内源氏)
頼義
義家
義親
為義
義朝
義平
朝長
頼朝
頼家
実朝
範頼
全成
義経
義賢
義仲
行家
義国
義重
(新田氏祖)
(六代略)
義貞
義康
(足利氏祖)
(六代略)
尊氏
直義

（その五）　圓城寺《えんじょうじ》日胤《にちいん》

一

治承二年（一一七八）戊戌《つちのえいぬ》長月十日の宵、近江国大津の長等山《ながらさん》園城寺《おんじょうじ》（三井寺）律静房阿闍梨《りつじょうぼうあじゃり》日《にち》胤《いん》の宿坊に、弟子の日慧《にちえ》が腰を屈めて入っていった。

「律静房阿闍梨様、わたくしめに、何の御用でございましょうか」

「日慧か。今宵はおりいって話がある。伊豆国に配流されておる武衛様より、このような文が参った」

律静房日胤は、先右兵衛佐《さきのうひょうえすけ》　源《みなもとの》　頼朝《よりとも》から送られてきた千日祈祷の御願書を弟子の日慧に手渡した。

このとき、日胤は園城寺に入門して十有余年の歳月を経て阿闍梨となり、園城寺僧坊の中の一つ律静房の主として数人の弟子を抱えていた。歳は三十半ば過ぎ、また、日慧は三つ四つ若い三十一、三で、日胤の最も信頼を寄せる弟子であった。

律静房伊賀公日慧は、頼朝からの御願書《みがんしょ》を頭を低くし、両手でおし戴くと、黙ったまま読み始めた。

日慧はしばらくの間、両眼で字面を追い続け、読み終えると、息を詰めて日胤に尋ねた。日慧は冷静を装ってはいたが、明らかに興奮していて御願書を持つ手がブルブルと小刻みに震えていた。

「これは、源氏再興の御願書ではござりませぬか……。と言うことは、武衛様は、ついに旗挙げを決意されるということ！」

「これ、声が高い。この御願書の通りじゃ。いちばんの門弟であるそなたに折り入って頼みたいことがある。この御願書にある通り一千日のご祈祷を行おうと思うが、この阿闍梨に同行してくれようか」

日胤は、最も信頼する門弟の日慧に、頼朝から依頼された一千日の祈祷を一緒に行うように頼んだ。

「はい。師とご一緒に一千日のご祈祷を行えるということは、日慧にとって名誉なことでございます」

日慧は頼朝からの御願書をたたんで返しながら、師の日胤の顔を仰ぎ見た。

「この祈祷が、平家一門に聞こえたならば咎を受け、そこもとの身を危うくするやも知れぬ。師の頼みと言えども断ってもよいのだぞ」

日胤は、日慧の顔をじっとみつめながら、一千日の祈祷を行うことによって平清盛への謀反人となり、検非違使から糾弾される虞があることを静かに諭した。

「律静房阿闍梨様、覚悟はできております。仏の道に入ったとはいえ、わたくしは、驕り高ぶる平家一門の理不尽な仕打ちに腹立ちを覚えておりました。そして、伊豆に流されている源氏の棟梁武衛様の旗挙げをずっと願い、心待ちにいたしておりました」

日慧は胸を張り、毅然として言った。

「と申しますのは、わが一族は橘氏《たちばなのうじ》から出《い》でその末に在りまするが、家領の伊賀郷も伊勢平氏の家人供に横領されて家は衰退しております。武者であれば刃を手に平氏の家人供と渡り合うのでございますが、仏門の身、いまのわたくしにできるせめてもの行いは、武衛様のために源氏再興の願文を奉りご祈祷することでございます。わたくしの身を案じていただくのはありがたいことでございますが、武衛様に賭けようとするわたくしの心は、律静房阿闍梨様と同じでございます」

日慧はそう言い、数珠を片手に握って日胤の表情を探った。

「そうか、その言葉心強く思うぞ。石清水八幡社には先に文を遣わし、ご祈祷に籠もることはすでに了解を得ておる。一千日のご祈祷じゃ。結願《けちがん》までに三年余りの歳月を要するゆえ、早速だが明朝早く出立するつもりじゃ。日慧、それでよいかの」

日胤は日慧の言葉に頷くと、胸の内の決意を日慧に伝えてから、静かに日慧の顔をみつめた。


翌朝、夜が明ける前に、近江国大津の長等山園城寺を密に出た二人の行者は、山科から伏見に入り、宇治郊外の宇治川の畔《ほとり》で一息つき、腰袋の糒《ほしい》と竹筒の水とで軽い中食《ちゅうじき》をとった。

日胤と日慧は中食をそそくさと食べた後、相変わらず無言のまま歩き続けた。すでに千日祈願のご祈祷を行っているような表情をして早足で歩く阿闍梨日胤の様子を見て、日慧も声をかけられずに、ただただ後に従って黙々と歩き続けた。日胤と日慧の師弟二人は、宇治川を迂回して山野田畑《でんばた》が続く狭い畦道を西南に向かって歩き、陽が西に傾きはじめた頃に石清水八幡社にたどり着いた。

ここ石清水八幡社は京都のはるか南、大和、難波の国境《くにざかえ》近く、桂川、宇治川、木津川が合流する男山の山頂にあった。

石清水八幡社は、貞観元年（八五九）僧行教の奏請によって九州豊前の宇佐八幡社をこの地に勧請し、貴族、武家による八幡信仰の興隆とともに、その中心的存在の社となっていた。特に、源氏の氏神として源家一統の武者たちが尊崇している八幡信仰の本社であった。

本殿に向かう男山の杉林に囲まれた坂道を、相変わらず二人は黙々と早足に登っていった。そして、途中の坂道で日胤は足を止めると、大きく息をついてから、菅笠の前を片手で翳して、眼下に広がる景色を眺めた。

「日慧、美しい眺めじゃのぅ」

日胤が、山頂近くの崖に立ち、菅笠越しに日慧の方を振り返ると、初めて日慧に声をかけた。

そこから眺めると、眼下に広がる田畑《でんばた》と森とが、夕日に照らされて美しく輝いていた。

「そうでございますねえ、律静房阿闍梨様。ここから見下ろす景色は、なんと雄大で美しい眺めでしょう。川や田畑《でんばた》が黄金色に輝いて見えます」

日慧も立ち止り、菅笠を脱いで額の汗を拭い、師日胤の言葉に頷いた。そして、眼下に広がる夕日に照らされた紅葉盛りの美しい景色を、日慧は眩しそうに目を細めて眺めた。

「秋になって作物が実り、木々の葉が紅く色づいている情景は人の心を温かく包み込むものだな」

日胤も菅笠を脱いで、額の前に手を翳して辺りの景色をゆっくりとみつめると、両手を広げて、再び大きく息を吸い込み吐き出した。

平家の雑兵たちに見咎められぬよう、背を屈めて黙々と歩いてきた二人にとって、木津川を越え、樹々が鬱蒼と生い茂る霊域男山に入ってやっと安心し、辺りの景色を見る心の余裕が出てきたのであった。

「夕日に照らされて、田畑《でんばた》が黄金色に映え、ゆったりと流れ交わる川がキラキラと輝いている。童の頃に亥鼻の館から見た都川、野駆けで眺めた寒川もこのように水を湛えて輝いて見えたのぅ……下総国を離れて、もうかれこれ十五、六年経つかのぅ。何度か、伊豆の武衛様のもとへは足を運んだが、生国の下総には……」

日胤は日慧とともに男山の峰に並んで、そこから見下ろす雄大な景色を眺めながら、郷里《ふるさと》下総国のことや父に命じられて出家したこと、また、武衛（源頼朝）様との関わりなどを思い出していた。

二

いまから十五年も前の出来事を、自身に鞭打って律静房阿闍梨の僧位を得た日胤は、いまだ悔いのようなわだかまった心とともに切なく思い出した。

それは、長寛元年（一一六三）癸未《みずのとひつじ》、弥生晦日のことであった。

千葉《ちば》介《のすけ》常胤《つねたね》は亥鼻館《いのはなやかた》の一室に次郎胤実を招き入れた。そして、次郎が父と対面するやいなや話を切り出した。

「のう次郎、そなたは僧になってわが先祖の菩提を弔い、千葉家の家運興隆を祈願してくれぬかの」

父常胤は二十歳《はたち》になった次郎に向かって言った。

「父上のお言葉ですが、みどもは僧には向いておりませぬ。武将としてこれまで通り父上に従って下総の地を駆け巡り、千葉家の為に尽くそうと考えております。次郎の気性と武将としての器は父上がいちばんご存じのはずではござりませぬか」

胤実は、父千葉介常胤の命を拒んだ。母方の祖父能実と父常胤の諱《いみな》をいただき五年前に元服して胤実と名乗った次郎は、これまで武将として父常胤に従って野山を駆け、所領をめぐっての領主どうしの小競り合いにも家人を率いて一所懸命、千葉家のために働いてきた。それは、千葉家の家領を守るためだけではなく、父常胤から武者《もののふ》として認められようと考えたからである。だから、兄の胤正、弟の師常と共に父常胤の采配に従って兵馬を進め、下総や上総の地を駆け巡ってきたのであった。その実績と自負があったからこそ、胤実は父の言葉に逆らったのである。

「愚か者めが！　そなたは父の心がわからぬのか。そなたと嫡男の太郎胤正とは歳が近い。その上に、そなたの方が僅かばかり早く生まれたが、三郎師常とも同い歳じゃ。千葉家のため、そちたちが三つ巴になって争っては困るのじゃ」

父の命に逆らう次郎を、常胤は叱りつけ、その後、次郎を出家させようと考えた理由《わけ》を話し始めた。

「そなたは利発じゃ。僧として学理の道を極める力も持っておる。それに比べて、三郎は武辺一辺倒の男じゃ。だから、三郎は太郎胤正が手綱を引いておれば、その下で仕えさせることもできる。だが、そなたは太郎の手に余る器量を持っておる」

常胤は言葉を選びゆっくりと諭した。

「吾が跡を継ぐのは嫡男の太郎胤正じゃ。それは、そなたも心得ているであろうのぅ。それ故に、僧になれと申しているのだ」

千葉介常胤、このとき四十六歳、桓武平氏高望王《たかもちおう》の第五子平良文《たいらのよしぶみ》を祖とする坂東武者である。六代前の平忠常《たいらのただつね》が大椎城《おおじ》に拠って房総の民のために蹶起をして誅伐され、一旦は没落の憂き目を味わったが、その子の常昌《つねまさ》（常将）は前九年の役で、鎮守府将軍源頼信《みなもとのよりのぶ》と子の源頼義《みなもとのよりよし》の二代に従って手柄を立てた。そして、失っていた父忠常の遺領を回復し、子の常長《つねなが》とともに大椎権介と称したのであった。その後、嫡男の常時《つねとき》が上総介（上総氏祖）を名乗って、その跡を継ぎ、庶子の常兼《つねかね》は上総国大椎から下総国千葉郷亥鼻に移り住んで、そこを新たに開発して所領とし、千葉介（千葉氏祖）を名乗り、以来、千葉家は常重《つねしげ》、常胤と三代続いている。

「弓、槍、大刀習いにおいても、野駆けにおいても、みどもは太郎、三郎にひけはとりませぬ」

　次郎は胸を張って堂々と抗弁した。

「たわけたことを申すでない！　そのような奢った心が一族郎党の者供を二つに割って戦を引き起こす元になるのじゃ。そして、このことがひいては家を潰す元になる」

　この時期、上総、下総周辺には私営田を持つ中小豪族が割拠し、国司目代《もくだい》や庄園領主の受領《ずりょう》たちと競合しあい烏合離散を繰り返していた。その中で、先祖を同じくする上総介広常が惣領家として、上総や下総の小豪族を配下に治めて、国司を凌ぐ勢いを持ち始めていた。それで、常胤は千葉家の結束を図るためにこの決断をしたのであった。

「父上、みどもの武者としての心意気や忠義の心はご存じのはず。みどもは、兄者や弟の三郎と争う心は毛頭持ってはおりませぬ」

「そなたが争う心は持たなくとも、一族縁者や郎党の中には太郎胤正の命に服さず、そなたの側に付く者が出てくる。すると、そなたが好まずとも争うようになるのじゃ。儂《わし》の目の黒いうちは一族縁者や郎党の者供も儂の威に服しているが、死んだ後には、箍《たが》が緩《ゆる》み二手《ふたて》に分かれて争わないとも限らぬ。

それが坂東の地でおのが所領に命を賭ける兵《つわもの》の宿命《さだめ》よ」

父常胤は、次郎に向かって理詰めで諭そうとした。聡明な次郎は童《わらべ》の頃から、理が通れば納得したからである。

以前には、次郎を兄胤正の副臣として従わせて家臣団を結束させることも常胤は考えたが、兄の太郎胤正の下で仕えるには次郎の器量があまりにも大きすぎた。親戚縁者、家臣の動向をつぶさに見ていると不安が募ってきた。それらの者たちが、将来、太郎を差し置いて次郎を担ぎ出し、千葉家を分裂させる懼れもないとはいえない。そこで、その禍根を断つためには、次郎を僧にするしかないと判断したのであった。

「しかし、父上、みどもは僧などには……」

次郎は悔しそうに唸ると、その後、黙ったまま唇を噛んで常胤を睨んだ。

「そなたは、父の心がまだわからぬのか。他の氏族の者たちも、次男は菩提寺の僧となり、一族の霊を弔い、家運興隆を祈願しておる。儂はそなたの才を惜しむ故に申しておるのだ」

父常胤の毅然とした言葉は、次郎の胸中を深く抉《えぐ》り、何よりも耐え難い命令として重く響いた。

「骨肉相食む争いの元は摘み取らねばならぬのじゃ。もし、そなたがこの父の命にどうしても従わないと申すのならば、不憫だがこの場で討ち取る。覚悟せい！」

常胤の言動には強さが滲み出ていて、次郎に有無を言わせぬ迫力と強烈な響きがあった。

納得のいかないまま、次郎は唇を噛み黙っていると、父の常胤は、次郎の悔しそうな顔を覗き込みながら、憐憫の面差しを顔面いっぱいに浮かべて、切々と諭しはじめた。

「のう、次郎。武将になるだけが千葉家に報いることではないぞ。坊様になって先祖の菩提を弔い、家運の興隆を祈願するのも家の為じゃ。それに、そなたは僧として学問、教理を極める才覚と力を持ち合わせている。そのような才あるそなたを、所領をめぐっての戦などで死なせたくないのじゃ。これは親心だと心得よ」

「みどもは弓箭の道で死ぬことは誉れだと思うております。死など怖れてはおりませぬ」

「そなたの武勇や潔さはわかっておる。だからこそ、僧として身を立てよと申しているのじゃ。それにもう一つ、そなたの才覚に吾が家の行く末を賭けようと思っておる。これは、聡明なそなたでないとできぬことなのじゃ」

「行く末を賭けるとは……」

頑《かたくな》に拒んでいた次郎が、怪訝な面差しで父を仰いだ。

「いま、坂東の地は表立っての騒乱はないが、それぞれの土豪たちはおのが土地を守るため家人や作人たちに武器を持たせて、その権益を守ろうと一所懸命じゃ。それなのに、荘園領主や国司に不満を持つそれらの者供も、平家やその一族に連なる者の権勢を怖れて不平が言えぬのじゃ。しかし、内心はみな、京の公家や寺社の収奪から離れようと思うておる」

常胤は下総や上総、いや、武蔵や相模や常陸など坂東各地に割拠する土豪たちの様子を次郎に伝えた。

「ならば、その者たちと僅かばかりの所領をめぐって小競り合いなどはせずに、互いに手を携えて京の公家や寺社に立ち向かえばよろしいではありませぬか」

次郎は父の言葉に歯向かって、胸中《きょうちゅう》に鬱積《うっせき》した澱《おり》のようなものを一気に吐き出した。

「若いのぅ、次郎は……。そなたの申す通りだが、土豪たちが互いに足を引っ張り合って手を携えられぬところが、いまの下総国、いや、坂東諸々の地の有様よ。それぞれが隙あらば他者を蹴落としてでも伸し上がろうとしている者たちばかりであるからな」

常胤は大きく溜息をつくと、館の庭に目をやり、その一点をじっとみつめた。その後、気を取り直すと、再び、次郎に向かって語りはじめた。

「わが先祖で、武蔵、常陸、上総、下総に武威を振うた武蔵押領使《むさしおうりょうし》平忠常《たいらのただつね》様も、初めは坂東の中小土豪たちに押されて立ち挙がったが、公家政権の力に屈し、追討使であった甲斐守《かいのかみ》（源頼信）に降服し、とうとう首を斬られてしまったのは知っておろう。また、それより前の平将門《たいらのまさかど》様もそうであった。お二人とも、坂東の地に数多くの広大な荘園を持つ朝廷、公家、社寺の力を排除しようとして立ち挙がったのだが……。結局、朝廷、公家の権威に潰されてしまったのじゃ。次郎、そのことは知っておるのぅ。では問うが、その敗因とは何だと心得る」

常胤は次郎の顔を覗き込むように見て、その答えを待った。

「はい、それはお二人ともに配下の土豪や兵の結束が崩れ、その者共の裏切りに拠って内から崩壊したためではござりませぬか」

「その通りじゃ。では、なぜ結束が崩れ、内から崩壊したと思う」

常胤は、次郎が応えた言葉の理由を問い質した。

「それは朝廷を祭り上げて権威を嵩にきた公家政権が、義のため挙兵した将門様や忠常様に逆賊という汚名を着せたからにほかなりませぬ」

次郎は臆せず堂々と応えた。

「うむ、その通りじゃ。利発者よのぅ次郎は！　そこまで見通すとはな」

常胤は次郎を僧侶にするのは惜しいと一瞬思い、また迷いはじめた。次郎こそ、兵を束ね千葉家を飛躍させる器だと思ったからだ。と同時に、次郎がなぜ嫡男として生まれなかったのか、神仏を恨んだ。しかし、迷いはじめた心を断ち切るように、これも妙見菩薩（千葉氏が崇めた弓箭神としての守護神）の思し召しなのだと自分に言い聞かせて、さらに、次郎に尋ねた。

「ならば、逆賊という汚名を着せられずに、坂東の地から朝廷、公家、社寺の力を排除できぬものか。そちの了見を聞かせてくれぬか」

いまのところ、常胤自身にも、その答えははっきりと出すことはできなかった。だが、朝廷、公家に後押しされている平家政権に対抗できる意中の人物を、常胤は漠然と胸の中に抱いていた。

「はい、それには坂東武者の武威を示すことです」

「坂東武者の武威を示すだけでは、先例の通り、朝廷、公家など中央政権の権威に負けて、再び逆賊の汚名を着せられるわ。そうでなくとも、坂東の地は東夷《あずまえびす》の住む辺鄙な地だと、公家たちに蔑まれているのだからな」

「いえ、父上、武威とはただたんに兵《つわもの》の力だけではございませぬ。朝廷、公家、社寺の権勢を懼れぬ武門の力と権威も含まれまする。それによって藤原氏の牛耳る政権をも屈服させることができるのでございます」

次郎は胸を張って、自信たっぷりに応えた。

「武威とは、兵の力だけではなく、朝廷、公家、社寺の権勢を懼れぬ武門の力と権威じゃと。して……」

常胤は怪訝な顔をして次郎をみつめた。

「兵たちを直《じか》に治めていない朝廷、公家に対して相国《しょうこく》（平清盛）殿は、その権威を嵩に、私兵の力をちらつかせて政《まつりごと》を私《わたくし》しています。相国殿が行っている政《まつりごと》そのものが武門の力、即ち、武威ではござりませぬか」

「うむ、兵の力をちらつかせて平相国は政《まつりごと》をわたくししておるじゃと……確かにそうじゃな。そなたの言う通りじゃ」

「それ故に、相国殿の政《まつりごと》と同じように平家一門を朝廷、公家の下から排除し、武門の棟梁を坂東にお迎えすればよろしいかと思います」

「武門の棟梁を坂東にお迎えするとは何のことじゃ」

常胤は声を潜《ひそ》めて、次郎に尋ねた。

「それは平家一門に代わる貴種。坂東の地に家人を多く従えていた八幡太郎義家様の血筋をひく伊豆の武衛様を武門の棟梁にお迎えすることでございます。さすれば、われら坂東の兵が逆賊の汚名を着せられずにすみます。それればかりか、将門様が望み、忠常様が試みようとした朝廷、公家からの武家の自立も決して夢ではござりませぬ」

次郎は、当たり前のような表情をして平然と伝えた。

「次郎、そなたにはそれがわかっていたのか」

常胤は驚いた。自分が考えぬいた末にやっと得た答えを、次郎は即座に、しかも、平然と論じたからである。

「さすが聡明なそなたよ！　三年前に伊豆に流され、逼塞しておられる源家嫡流の武衛様に、儂《わし》は賭けてみようと思うておる」

常胤は、いままで考えて続けてきたことを、次郎に明かした。そして、次郎が仏門に入ることによって、千葉家の将来が伐り開かれると語った。

「風聞によると、流人となって三年、当年十七歳になられた武衛様は、池の禅尼に命を助けられたこともあり、蛭ケ小島に幽閉されて読経三昧の日々を過ごしておるとのことじゃ。そこで、そなたが修行して立派な僧になり、武衛様に近づき心願成就を為す祈祷師になってもらいたいのじゃ。それが、わが祖常将《つねまさ》様より続いた源家の家人としての証《あかし》を立てることにもなり、千葉家興隆の礎《いしずえ》にもなるのじゃ。次郎、引き受けてくれるな」

常胤は次郎の顔をじっとみつめて、念を押した。

「それで、みどもを仏門に入れようと……」

次郎は口ごもって溜息をつくと、館の天井に目を這わせた。いままで意識もしなかった天井板の木目が渦巻き波打って見え、いまの自分の胸の内を現しているように感じた。

（これが、みどもの運命だと諦めて甘受すべきか、それとも、一族の誹謗を覚悟して父上の命に逆らうか）

理不尽な父の命に、次郎は虚空を睨みながら迷いに迷った。

「いや、聡明なそなただからこそ、僧侶になって先祖の霊を弔い、吾が家の興隆を祈願して欲しいのだ。これは、武者《もののふ》として戦場《いくさば》であげる手柄よりももっと大きくて、千葉家の行く末が懸かっていることなのじゃよ。次郎、わかったな！」

常胤は、聡明な次郎に賭けてみようと思った。園城寺は妙見信仰の根本道場でもあり、また、朝廷、公家との関わりも深く、京の情勢が手に取るようにわかる場所でもあったからだ。そして、翳りの見えはじめた平家を見限り、祈祷師として源家に近づくためには、次郎はうってつけの息子であった。

「……されども、みどもは……」

次郎は口籠り、虚空を睨んで不承不承決断した。

「父上の仰せである以上、不本意であっても……」

次郎はそう言うと、膝の上に揃えた両拳《りょうこぶし》を固く握りしめて歯を食い縛った。

「そうか、仏門に入ってくれるか。懇意にしておる阿闍梨が近江国大津の園城寺におる。その阿闍梨の下で修行するように手筈は整えている。よいか、次郎、これは千葉家の家運興隆の賭けとなるものなのじゃ。また、ひいては、それがおまえのためにもなるのだからのぅ」

まだ納得してはいなかったが、父、千葉介常胤の命に従って、次郎は天台宗寺門派総本山の長等山園城寺に入り、学僧日胤として修行をすることになった。

その後、日胤は僧侶としての修行に励み、誰よりも早く起き、身を浄め、戒壇の拭き掃除をし、大日如来の前に跪き、経を唱えた。そして数年後、努力の成果が現れて、入位、住位、満位、法師と僧位を上げていき、十有余年で修行僧から伝法僧となった。異例の早さで日胤は、園城寺律静房を取り仕切る主として律師阿闍梨（法橋上人位）を授けられたのであった。

三

律静房阿闍梨日胤と律静房伊賀公日慧は、石清水八幡社に到着した夜から、祈祷所において一千日の祈祷を始めた。大般若経六百巻におよぶ無言読経を一千日もの間、繰り返し、繰り返し行ったのである。

導師の日胤が金襴表装の分厚い経本を胸の内で読誦し、同じく門弟の日慧は偈文《けいぶん》を胸の内で呟くように唱えながら一巻一巻パラパラと転飜《てんぽん》する。

「諸法皆是因縁生。因縁生故無自性。無自性故無去来。無去来故無所得。無所得故畢竟空。畢竟空故是名般若波羅密……」

日胤の黙読に合わせ、日慧の胸の内での転読が行われ、大般若経典を左右に、また前に七回転飜させ、パラパラと経典を転飜させる音が深夜まで繰り返された。

翌日は、早朝から祈祷所に坐して始め、深夜まで大般若経六百巻の無言読経を二人は続けた。来る日も来る日も、二人の僧は祈祷所で無言読経に明け暮れた。男山の木々の葉が色あせて落ちていき、木枯らしが裸の木々の枝を揺らし小雪がちらついても、また、梅の香りが漂い、鶯の声が山に谺しても、二人の僧は、早朝から深夜まで大般若経六百巻の無言読経を続けるのであった。

山桜が春を告げ、新緑の芽吹きが石清水八幡社の祈祷所を包み込んでも、また、蝉の鳴き声を耳にしながらも、額に汗を滲ませて大般若経六百巻の無言読経を続けた。四季が移り変わろうと変わることなく二人の僧は無言読経を続けた。何かに取り憑かれたように無言読経を繰り返す二人の僧からは霊気が漂っていた。

一年が過ぎ、二年目の初夏を迎えようとした五月十五日の夜、日胤は不思議な夢を見た。千日願の六百日が過ぎたある宵であった。日胤は宝殿の八幡大菩薩より金甲を賜る夢を見た。

「石清水の本尊八幡大菩薩様より、金甲を賜る夢とは瑞兆には違いないが……それは、果たして何を告げるものであるのか」

日胤は起き上がり、夜具の傍に座って灯りもつけず、暗闇の中でしばらく考えた。

明けて、治承四年（一一八〇）五月十六日、二人が祈祷所に入って無言読経を始めたときである。園城寺から弟子であった律静房の満位僧の一人が息をきらして早馬で駆けつけてきた。

「律静房阿闍梨様、高倉宮以仁王様が平氏追討の令旨を発せられ、今朝、宮様御一行が、わが園城寺に入りましたぞ。平家の軍兵が高倉宮様を捕らえるために寺を囲もうとしておりまする」

以仁王が園城寺に逃れてきたことを知った律静房阿闍梨日胤は、昨夜の夢のことを思い出して合点した。

「宝殿の八幡大菩薩様より金甲を賜った昨夜の瑞夢は、まさに、このことを告げていたのだ！　平家追討の時期到来じゃ！」

日胤は叫ぶと、王と行動を共にする決意をし、武衛様から依頼された千日願の続きを弟子の日慧に託した。そして、馬に跳び乗ると園城寺に向かって走った。

馬を鞭打って疾駆する日胤には、抑えてきた武者の血が騒ぎ出し、五臓六腑の隅々にまで漲ってくるのがわかった。

「みどもは父の命で僧になったが、やはり武者《もののふ》の倅だったのだ！」

向かい風を切るように、日胤は大声で叫んだ。

四

これより前の治承四年四月九日、高倉宮以仁王は各地にいる源氏一統に対して平家追討の令旨を下した。

東海・東山、北陸三道諸国ノ源氏並ニ群兵等ニ下ス
応ニ早ク清盛法師並ニ従類謀叛ノ輩ヲ追討スベキノ事
右、前伊豆守正五位下源朝臣仲綱宣ス。最勝王（以仁王）ノ勅ヲ奉リ受ケ賜ルニ曰ク

――（以下略）――　治承四年四月九日

八条院の蔵人十郎義盛《よしもり》（行家《ゆきいえ》）が、四月十日の夜半に以仁王の令旨を携え山伏姿に身を窶《やつ》して京を旅立った。

秘密裏に廻されたはずの以仁王の令旨は五月初めには、相国《しょうこく》（平清盛）の耳に届いていた。それは、平家と親しい間柄にあった熊野本宮大社からの知らせによるもので、新宮から本宮への密告があったからだ。

以仁王の令旨を預かり八条院蔵人《くろうど》という役職を授けられた十郎は得意満面となり、本来ならば隠密裏に行動しなければならないのに、熊野新宮大社への恩返しと、自らの決意を神仏に祈願するため新宮に詣でて、軽率にも別当湛快の妻になっていた姉に知らせたことから秘密が漏れたのである。

以仁王の平氏追討の令旨を知った入道相国（平清盛）は、以仁王を臣籍降下させて源以光と改めた上で、土佐配流の命を下した。そして、検非違使別当《けびいしべっとう》平　時忠《たいらのときただ》（清盛義弟）は三百余騎を率い、王を捕らえるために三条高倉邸に向かった。この軍勢の中に三位《さんみ》源　頼政《みなもとのよりまさ》の養子源　兼綱《みなもとのかねつな》が加わっていたので、頼政からの早馬で事の急を知らされた以仁王は、前夜に、三条高倉邸を密に脱出して園城寺に逃れた。

五月十四日の夜、高倉宮以仁王は女装し、同じく侍女に扮した近臣を連れて、如意山めざして落ちのびた。山の中で野宿した一行は、翌十五日、早朝、如意山から峠を越えて、琵琶湖に流れる小川沿いに下っていき十五日の夕刻、園城寺にたどり着いたのであった。

翌十六日、以仁王が園城寺に入ったことを知った平氏は、王の引き渡しを求めたが、大僧正房覚《だいそうじょうぼうかく》をはじめ反平氏派が主流を占める園城寺大衆はこれを拒否した。

また、高倉宮以仁王は園城寺から牒状《ちょうじょう》を比叡山延暦寺に送り加勢を頼んだが、平相国（平清盛）から延暦寺大衆に対して、高倉宮以仁王に味方せぬようとの通牒が廻っていて叡山大衆は応じなかった。

そのような混乱最中《さなか》の十六日午後、日胤は石清水八幡社の祈祷所から古巣の園城寺に駆け込んだのであった。

園城寺の反平氏方大衆を指揮していた乗円房《じょうえんぼう》阿闍梨《あじゃり》慶秀《けいしゅう》は、律静房阿闍梨日胤の加勢を喜んだ。

「よくぞ、駆けつけてくれた、律静房阿闍梨殿。われら園城寺大衆は百人力の加勢を得たようじゃ」

「永い間、留守をして申し訳ございませぬ。乗円房様のお元気なお姿を拝謁し、安心いたしましたぞ」

乗円房阿闍梨慶秀、このとき八十一歳。胴丸を着け、薙刀を持ち、大衆に采配を振るっている姿に日胤は驚くとともに、老いて漲る活力に頼もしさも感じていた。

「律静房阿闍梨様、武衛様の武運長久のために、二年に及ぶご祈祷、ご苦労様でございました。みどもは、律静房阿闍梨様を誇りに思うておりまする」

刀を腰に差し、甲冑を纏った帥法印《すいほういん》禅智《ぜんち》が、日胤の手を取って深々と頭を下げた。周囲には、帥法印禅智の弟子であった義宝、禅房、角六郎房、それに、島ノ阿闍梨、筒井ノ阿闍梨、阿闍梨慶秀の弟子刑部俊秀《おさかべとしひで》など園城寺の大衆猛者たちも揃っていた。

乗円房阿闍梨に案内されて、高倉宮以仁王と近臣たちのいる本堂宿坊に上がると、以仁王は律静房阿闍梨日胤の参陣を慶び、乗円房阿闍梨慶秀とともに今後の方策について合議を始めた。

この時、以仁王二十九歳。後白河法皇の第三子であったが、平家との血縁がないことから冷遇され親王宣下も受けられずにいた。八条院暲子《はちじょういんしょうし》内親王の猶子となり、内親王を後ろ盾にして皇位への望みをつないでいたが、安徳天皇の即位によってその望みも断たれてしまった。その上、内親王から受け継いだ荘園の一部を平相国によって没収された恨みもあった。それら一連のことが、平家追討の令旨を発するもととなった。

「山門派（比叡山延暦寺）は、平相国の牒略によってまろとの約定を反故した。あの者たちは欲に目が眩み、まろを裏切ったのじゃ。風聞《ふうぶん》（世の噂）によると、近江米二万石、絹三千疋などおびただしい物品が平相国から延暦寺に運び込まれたそうじゃ。山法師の仏法も末じゃ」

以仁王は悔しそうにつぶやくと、溜息をついた。

「高倉宮様、落胆には及びませぬ。山門派は、これまでのことを鑑みれば、上下共々、世俗の欲に転ぶ者たちが多ございます。伝教大師（最澄）様も嘆いておられることでしょう。山門派の僧兵が宮様に加勢したところで、いつ味方を裏切り、逃散《ちょうさん》するかわかりませぬ」

日胤は臆することなく堂々と奏上した。日胤が言った「これまでのことを鑑みる」とは、円珍（天台宗寺門派祖）によって再興された園城寺は、比叡山延暦寺（天台宗山門派）大衆からたびたび強訴、焼き討ちにされるということがあった。それに対して、園城寺大衆は応戦し続けたことを言い、山門派の大衆は、昔から、自らのために強訴はするが、権力に弱く、それに従う体質を持っていたからである。

「その内、三位殿が手勢を率いて加勢に参りましょう。また、山門大衆が加わらなくとも、南都興福寺がわれらに味方してくれるはずです」

乗円房阿闍梨慶秀が、日胤に続いて申し述べた。

「そうじゃのぅ。今朝、まろが遣わした牒状が、まもなく届くであろう。その返事を待って次ぎの策を錬ってもよかろう」

以仁王は苛立ちながらも納得した。

しかし、合力を求められた南都興福寺は、兵が集まり次第加勢すると応えてきたが、いつまで待っても援軍の来る気配さえなかった。

五月二十一日、以仁王引き渡しを迫っていた六波羅当局は、ついに武力討伐以外にないとみて、来る二十三日を園城寺討伐の日に定めて討伐軍の指揮官を決定した。平宗盛を総大将として、平相国の弟頼盛、教盛、経盛たちと子息の知盛、重衡、孫の維盛、資盛、清経等平家一門、それに三位頼政が指揮官となった。三位頼政が園城寺討伐軍の一員に加えられたことは、以仁王の後ろに三位源頼政がいることを、平相国は、未だにわかっていなかったからである。

三位頼政は平氏討伐の挙兵を決意し、旗幟を鮮明にするために、二十一日の夜半、自らの館に火を放って退路を断ち、嫡男の源伊豆守仲綱《みなもとのいずのかみなかつな》、養子源大夫判官兼綱《みなもとのだいぶほうがんかねつな》、家人六条仲家《ろくじょうなかいえ》たち一族とともに、手勢三百余騎を率いて出立、二十二日早朝、園城寺に入った。

二十三日、園城寺で衆議が行われ、六波羅への夜討が頼政、仲綱から提案されたが、裏で平氏に心を寄せる者たちが議論をわざと長引かせて、結局、夜討の機会は失われ、その策は立ち消えとなってしまった。

衆議に失望し、迫ってくる平家討伐軍から逃れるために頼政と以仁王たちは、五月二十五日夜、南都興福寺に活路を求めて園城寺を抜け出た。

日胤は優柔不断な園城寺内の宥和派と決別して、以仁王に従い園城寺を後にした。

園城寺を出るとき、律静房阿闍梨日胤は、万が一のことを考えて、下総国亥鼻館から連れてきた雑色の一人を呼び寄せ、小さく折りたたんだ手紙を手渡した。

「この文はみどもの志をしたためている。ご苦労じゃが、佐兵治、亥鼻の館にいる父上に渡してはくれぬか」

「律静房様！　拙者も律静房さまのお供を」

「ならぬ！　そなたが、吾が志を父上に伝えるただ一つの救いの手なのじゃ。途中、平相国の手の者に追われ、刃や弓矢で狙われるやも知れぬが、託した文を父上に渡してくれ」

律静房日胤の悲壮な顔を仰ぎ見て、佐兵治は使命の重さを覚って涙ながらに頷いた。

「律静房様、佐兵治、命に代えてもお父上に必ず文を！」

佐兵治は手紙を受け取ると、さらに細長く折りたたんで髻《もとどり》を結んだ巻紙の中に隠した。

「これは、下総国までの路銀じゃ。みどもが祈っておるゆえに、そなたには仏の慈悲があろう。必ず父上にこの文を！　頼んだぞ！」

律静房日胤は静かに諭すと、縋り付く佐兵治をせき立て、自らは甲冑を纏い薙刀を握って立ち上がった。

園城寺を後にした一行は、南都をめざして進み、翌日五月二十六日早暁、宇治川にさしかかったところ、平知盛以下一万数千の追討軍に追いつかれ囲まれてしまった。

三位頼政は形成の不利を覚り、挽回を図るためにも、高倉宮以仁王とその近臣たちを逃がすと、宇治川の対岸橘の丘に陣を敷き、朝靄をついて合戦の火蓋が切って落とされた。一刻は持ちこたえたが、多勢に無勢、頼政の軍勢は各所で敗れて散り散りになった。

学識豊かで和歌に長じ、鵺《ぬえ》を退治して武勇誉れ高かった頼政も、ついに観念して、

埋木の花咲くこともなかりしに
身のなる果てぞ哀れなりける

との辞世の歌を残して、三位頼政は皺腹を掻き斬り、自刃して果てた。摂津源氏の嫡流源三位入道頼政、享年七十七であった。

高倉宮以仁王とその近臣たち一行三十騎ばかりは、三位頼政と別れると、宇治川から南都興福寺をめざして落ちていった。興福寺にたどり着けば救われるというものではなかったが、頼れるのは興福寺の僧兵たちだけであった。周囲はすべて平家方に与力する武将、神人《じんにん》・供御人《くごにん》（寺社、御厨《みくりや》の武装商人）たちばかりである。

昼過ぎ、ちょうど一行が光明山寺の鎮守の鳥居前にさしかかったとき、追ってきた平家方藤原景高《ふじわらのかげたか》の軍勢八百余に追いつかれ、取り囲まれてしまった。

「謀反人三位の落ち武者たちぞ。一人残らず討ち取れ」

将藤原景高の野太い叫び声が南都の空に谺した。

「追いつかれたぞ、逃げよ！　興福寺は間近なるぞ」

高倉宮以仁王の甲高い声が、律静房日胤の耳に響いた。と同時に、初夏の爽やかな風を切り裂いて、矢玉の雨が降ってきた。征矢に切られた若葉が、紺碧の空に舞い上がった。続けざまに降ってくる弓矢をかわしながら律静房日胤は以仁王を守ろうと、王の乗る連銭葦毛《れんぜんあしげ》（灰白色の名馬）に駆け寄った。向かってくる雑兵《ぞうひょう》たちを大刀で斬り払い、襲ってくる馬上の将を薙刀で斬り落とした。王の前には剛僧誉れ高い帥法院禅智が、日胤と同じように薙刀を振るい獅子奮迅の働きをしている。阿闍梨慶秀の弟子刑部俊秀も大刀を振るって王を守ろうと必死だ。禅智の弟子義宝も禅房も、また、円満院大輔源《えんまんいんだいぶげん》覚《かく》も成喜院土佐《せいきいんとさ》も法輪院鬼佐渡《ほうりんいんおにさど》も薙刀を振るって奮戦している。

突然、帥法院禅智が甲高い叫び声を発した。

「王に刃を向け、仏法に逆らう罰当たりの輩供《やからども》め。うぬらは天罰が下るぞ！　相国共々地獄に落ちろ！」

見ると、禅智の身体には数本の矢が突き刺さっていた。矢を受け、王を守るように仁王立ちしたまま帥法印禅智は大声で叫ぶと、前のめりに倒れた。

刑部俊秀も雑兵三人の鑓で胸と腹を貫かれ、断末魔の声を上げて倒れた。

その時、殴られたような強い衝撃が日胤の頭に走った。薄れる意識の中で痺れた所に手をやると、白い頭巾の上から鏃が額に突き刺さっていた。地べたに引きずり込まれるように前のめりに倒れると、土塊《つちくれ》を掴み必死に起き上がろうとして這い蹲った。

額からドロッと出る血を拭って前を見ると、鞍から滑り落ちた以仁王に雑兵たちが群がっていた。そして、雑兵の一人が以仁王の頸を掻き斬って高々と持ち上げた。律静房日胤は暗く澱んだ意識の中で、その光景を茫然とみつめた。

五

「なに、次郎が討ち死にしたと」

千葉介常胤は叫ぶと、溜息をついて虚空をみつめた。

「御意。律静房日胤様は光明寺山寺の鳥居前にて、以仁王様とともに……この文《ふみ》は、その前夜、園城寺の宿坊にてみどもに言付けられたご最後の文でござります」

佐兵治は肩を振るわせて言うと、涙を腕で拭った。

「この文は日胤の遺言じゃ。佐兵治、合戦の場をかいくぐり、よくぞ届けてくれた。常胤、礼を申すぞ」

常胤は佐兵治の労をねぎらうと退席させ、すぐに嫡男の太郎胤正を呼び寄せた。

「父上、何でございましょう」

太郎胤正が主殿間《とのものま》に入ってくるや、常胤は無言のまま律静房日胤の文を手渡した。胤正は軽く頭を下げるとそれを受け取って読み始めた。そして、読み終えると、唇を噛んで、しばらくの間、常胤の表情をみつめていた。

「吾は高倉宮様の令旨に従い、三位入道殿の義挙に与《くみ》して宮様を守護すべき、その陣に馳せ参じ候。身は南都の野に果てるとも、吾が御霊《みたま》は武衛様と父上の所願成就を祈り奉り候……。とあるが、いかにも日胤らしい心意気を表した文よのぅ」

常胤が声を詰らせて言うと、嫡男胤正は意気込んで父に迫った。

「父上、吾が舎弟、律静房阿闍梨日胤の志を無にしてはなりませぬぞ。以仁王の令旨が源氏ゆかりの者たちのもとに届けられているとの風聞があります。おそらく、伊豆の武衛様のもとにも届いていることと存じます。ならば、律静房の文の通り、所願成就のためにも、武衛様にお味方して奢る伊勢平氏一門を、いまこそ叩き潰しましょうぞ」

「はやるな太郎。平氏を叩き潰すことには異存はないが、当の武衛様が立ち挙がらねば、一人芝居になってしまうからのぅ」

「武衛様はいったい何を為されておるのでしょうか」

胤正は苛立ちの表情を露わにし、悔しそうに叫んだ。

「それよりも、のう太郎胤正、日胤の霊を慰め、千葉家の家運興隆のためにも、儂は印旛の地に寺領千貫を与えて、園城寺末寺を建立しようと思うが、如何であろうか」

常胤が虚空に向かって合掌し、瞑目したまま伝えると、

「父上、それはよいお考えでございます。みどもの倅供、図書之助と次郎左衛門に日胤の跡を継がせ

圓城寺家を起こさせて、その名跡を残しとうござりまするが、それでよろしゅうございますか」

胤正は大きく頷き、常胤の意に賛同した。以仁王に供して光明山寺鳥居で討ち死にした日胤の跡を、庶子図書之助と次郎左衛門の二人を養子として継がせ、日胤と縁深き園城寺の名を模して圓城寺を姓として新たに家を興すことにした。そして、常胤及び胤正は寺領及び家領を印旛郷に授けて、印旛郷城《じょう》（佐倉市城）に寺と館を構えさせ、千葉家菩提寺の圓城寺と千葉家本家重臣の圓城寺家としたのであった。


それから一月半後の治承四年八月十七日の夜、頼朝は挙兵し、目代山木《やまき》判官《ほうがん》平《たいらの》兼隆《かねたか》の館を襲ったとの知らせが、参陣の催促とともに平家方武将大庭《おおば》景親《かげちか》から届けられた。常胤は大庭景親からの催促状を破り捨て、頼朝の安否を気遣っていた処、九月七日に、安房に逃れてきた頼朝の自らの手になる軍忠催促状が、使者安達盛長《あだちもりなが》によって届けられた。

「石橋山の戦で大庭の率いる軍勢に敗れて安房に逃れてきたが、武衛様はご武運の強いお方よ。日胤の祈祷に依って軍神に守られているやも知れぬな。この儂《わし》も武衛様に賭けてみようぞ。それが、日胤と儂との約定だからな。みなのもの、武衛様に御味方して平家追討の兵を挙げるぞ！　胤正、一族家人衆をただちに館に集めよ。次郎師常《もろつね》、三郎胤盛《たねもり》、四郎胤信《たねのぶ》、五郎胤通《たねみち》、六郎胤頼《たねより》、儂と太郎胤正の後に続け！」

常胤は日胤の霊に報い、その祈願を叶えるべく一族郎党を率いて、ここに平家方勢力追討の兵を挙げたのである。その手始めが、国衙の制圧であった。それに対して、下総一帯の中小土豪を配下に従えて勢力を保っていた平家の家人、千田荘領家判官代藤原親政《りょうけほうがんだいふじわらのちかまさ》が兵を整えて亥鼻館を襲ってきた。

常胤、胤正が一族郎党を率いて上総、下総を転戦している間、亥鼻館の留守をつかさどっていた嫡孫の成胤は、亥鼻館を守る守備兵を率いて出陣し、策を巡らせて、攻め寄せてくる親政の大軍を結城浜（千葉市寒川付近）に待ち伏せして迎え撃った。そして、双方乱れての激戦の末にこれを撃ち破って敗走させたのであった。

「日胤、儂《わし》はそなたの才知を買い、僧となって長生きしてもらいたかったが、やはり、そなたは武者《もののふ》であったな。父は、そなたの祈祷の通り、また、そなたとの約定を果たすべき、一族郎党を率いて武衛様の下に馳せ参じ、坂東における平家の手先供の追討に向かうぞ」

千葉介常胤、この時六十三歳。高く透き通った下総の秋空を仰いで、亡き息子日胤に誓った。

千葉氏略系図（I）

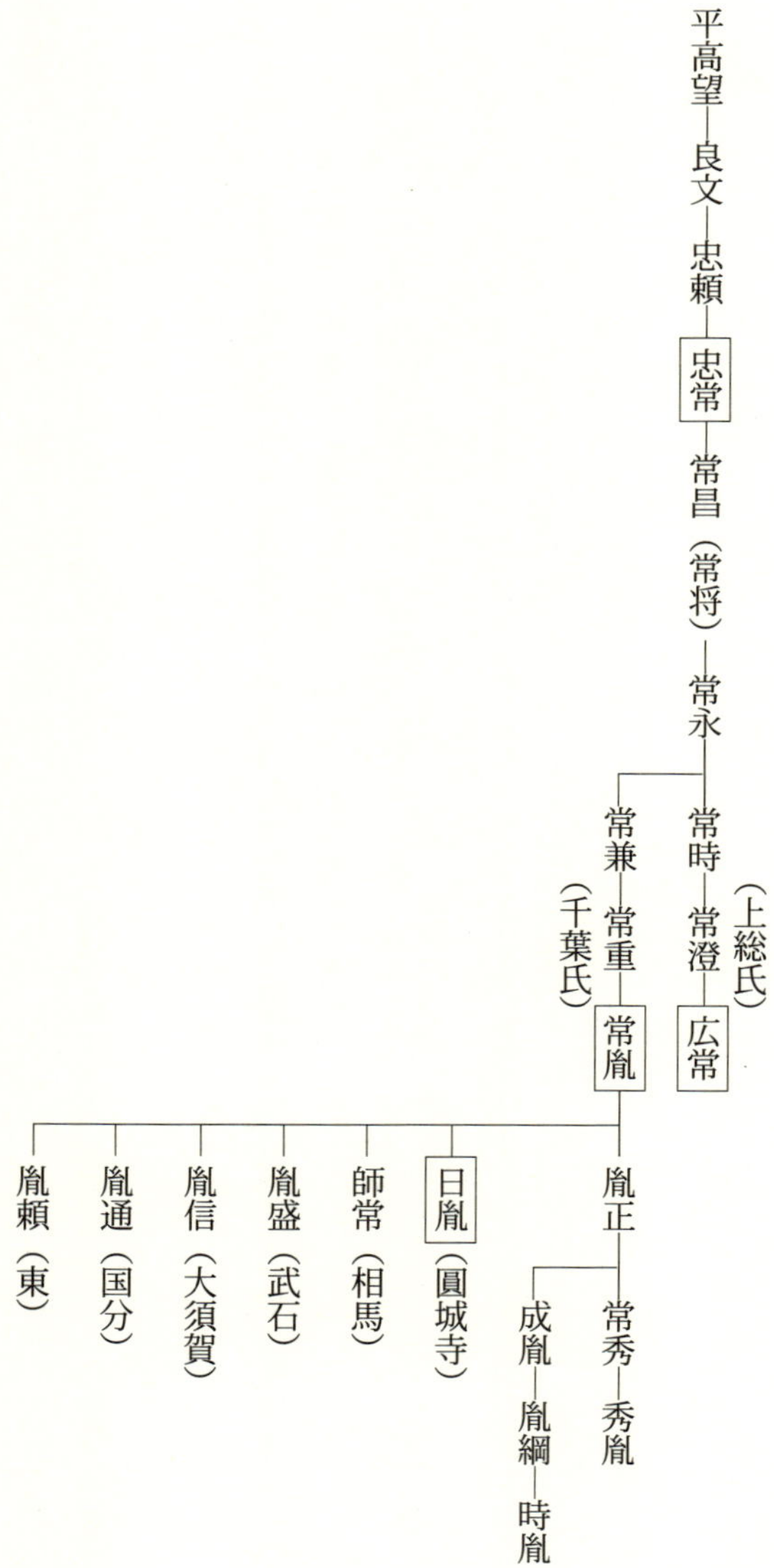

平高望
良文
忠頼
忠常
常昌（常将）
常永
常時
常澄
広常
（上総氏）
常兼
常重
常胤
（千葉氏）
胤正
常秀
秀胤
成胤
胤綱
時胤
日胤（圓城寺）
師常（相馬）
胤盛（武石）
胤信（大須賀）
胤通（国分）
胤頼（東）

（その六）　上総介広常の誅殺

一

寿永二年（一一八三）十二月二十二日、梶原平三景時は、鎌倉大倉（大蔵郷）に新築された御所に出仕してきた上総介《かずさのすけ》平《たいらの》広常《ひろつね》を待ちかまえて、侍所控えの間に誘った。

「上総介殿、御所ばかりか六浦路の貴殿の館も造営がつつがなく終わり、祝着至極でござります。上総介殿の館が海への睨みとなり、これで武衛（源頼朝）様の御所も盤石となり申そう」

広常が鎌倉から離れた六浦の丘に館を構えたのは、上総に船で逃げ帰るのに近いからだと御家人の一部の者たちから噂されていたのだが、景時は、それをおくびにも出さないで、珍しく、広常に上げ諂いの言葉を投げかけた。

「平三殿、鎌倉殿にはこの地に腰を落ち着けてもらわねばならぬのでのぅ。海から攻め寄せてくる敵に備えるために、他の御家人に先駆けて館を造ったまでのことでござるよ」

広常は悠然と応えた。

「ともあれ、まずはめでたい。祝いを兼ねて双六でも囲みませぬか」

景時は広常を双六に誘うと、盤双六《ばんすごろく》を囲んで対座した。周囲には御家人たちが疎らにたむろし、同じように盤双六に興じている者たちもいた。

「まずは、上総介殿が賽《さい》を振られよ」

黒と白の駒石をそれぞれの陣に並べると、景時は竹筒と二個の賽を広常に手渡した。

「かたじけない。では遠慮のう儂《わし》から先に振らせてもらいますぞ」

広常が竹筒の中に二個の賽を入れて振り出した。

「これは幸先《さいさき》のよい目がでましたな」

景時が再び媚びると、広常は軽く頷き、盤上の駒石を上機嫌で進めた。

「ところで上総介殿、武衛様のお従兄弟《いとこご》御、木曽冠者《きそのかじゃ》の将兵が京で狼藉を働いていることは耳に入っているのと思いますが、そのことにつき、どのように為されればよろしいか、貴殿の思案などをお聞かせ願いたいが」

景時は探りを入れるように、広常の顔を上目遣いで見ながら話を切り出した。

木曽冠者とは、頼朝の父義朝の弟義賢の次男義仲のことである。頼朝の兄、義平が父義朝の命を受けて義賢を大蔵館に急襲して殺すと、当時、二歳であった駒王丸は乳母父の中原兼遠に抱かれて信濃国木曽谷に逃れて、その庇護の下に育った。

そして、以仁王の令旨を受け、治承四年（一一八〇）九月に挙兵して木曽、信濃、越後、越中を平定し、中山道から北陸道にかけて一大勢力を築き、寿永二年（一一八三）五月、越中、倶利伽羅峠の戦いで平維盛率いる平家の軍勢を撃ち破って七月に上洛する。ところが、以仁王の皇子擁立に失敗し後白河法王と対立。また、京都の治安も極度に悪化し義仲を見限り、頼朝の上洛を促したのであった。

「どのようにと申されても……平三殿もご存知の通り、答えは一つでござる。京のことには関わらぬこと、これが昔からの儂《わし》の考えでござるよ」

上機嫌であった広常は、そのことばでムッとして、ぶっきらぼうに応えた。

「しかし、上総介殿、後白河法皇様よりの宣旨が下されたからには、それをむやみに反故するわけにはいかぬであろう。武衛様を旗頭にした坂東武者の力を京の朝廷や公家に示すためにも、この宣旨を盾に取って木曽冠者を追討することも肝要かと存ずるが」

「平三、待たれよ。鎌倉殿のおぼえめでたき貴殿のこと、鎌倉殿の意を受けてのことと存ずるが、鎌倉殿は、どうして坂東の地から遠く離れた京の朝廷のことを気に召されるのか。京のことよりも足下の坂東をしっかり治めることの方が先決でござるよ。そうではござらぬか。鎌倉殿にそう申し伝えておいてくだされ」

広常は頼朝の腰巾着のような梶原景時を侮蔑するように名を呼び捨て、皮肉を込めて、頼朝の行おうとしていることを批判した。

景時は、広常の傲慢な態度に腹立ちをおぼえたが、それを腹の中にぐっと抑えて、広常を説得しようとした。

「佐竹を討ち、もはや坂東一円は武衛様の下になびいております。このまま手を拱《こまね》いておれば、木曽、信濃、北陸道、それに、京を押さえている木曽冠者に天下を掌握され申す。さすれば、いま、武衛様の下になびいておる坂東の御家人たちも寝返るやも知れませぬぞ」

治承四年（一一八〇）十一月、頼朝の麾下に服さなかった常陸の佐竹秀義を金砂山城に破り、坂東の地を支配下に収め、京に攻め上ることの大切さを景時は強調して広常に訴えたのであるが、しかし、広常は聞く耳を持たなかった。

「平三、おぬしも存じておろう。佐竹討伐を鎌倉殿に進言したのはこの儂《わし》じゃ。三浦介殿(三浦義澄)、千葉介(千葉常胤)殿を誘ってな。また、金砂山の合戦の手柄一番も、この儂よ」

広常は景時を見下すように胸を張ると、佐竹秀義の立て篭もった金砂山城攻略の手柄を自慢した。

「この上総介広常が坂東に睨みをきかしておる限り、木曽の田舎侍に寝返る輩は出ぬわ。仮に、御家人の中で鎌倉殿を裏切る不忠の輩が出たとしたら、この上総介が成敗してくれるわ。それ故に安堵召されよ。平三、鎌倉殿が何と申されようと、宣旨を受けて木曽義仲追討のために、京へ上ることだけは断じて応ずべきではないぞ」

広常は声を荒げて景時を睨んだ。その迫力にたじろいだ景時は、広常をじっと見据えて思案した。

(平三、奴は手強いぞ! 殺《や》れるか。但し、再度、介八郎の胸の内を聞き、翻意を促してみよ。それでも、みどもの策に従わねば、誅殺はやむを得ぬ!)

五日前の頼朝の声が、景時の耳に響いてきた。その声に励まされるように、景時は広常を殺《や》るしかないと腹を括った。

たとえ、御家人筆頭の勢力を持つ広常と雖も、棟梁の頼朝に服従しない輩は、他の御家人へのみせしめのためにも、また、これから行うべき武家の政《まつりごと》のためにも、頼朝と謀議した通りに誅殺するしかないと意を決したのである。そして、油断させるために作り笑いを顔に浮かべて広常を宥《なだ》めた。

「いや、双六遊びの席で無粋なことを申しましたな。上総介殿、機嫌を直して双六の続きをやり申そう」

景時のその言葉に広常が胸を張って鷹揚に頷き、双六の盤上に目を移そうとしたそのときであった。景時は咄嗟《とっさ》に立ち上がり、双六盤を蹴飛ばすと太刀を抜き放った。瞬時に、白刃が閃光となって弧を描き空を唸った。と同時に、噴き出る血しぶきとともに上総介広常の首が真新しい板床に落ち二転三転して止まった。まさに、あっという間の出来事であった。

近くにいた御家人たちが驚きの叫び声をあげるとともに狼狽《うろた》え、太刀を手にして景時を取り押さえようとしたとき、景時は血の滴る広常の髻《もとどり》を片手に掴んで、その首を掲《みしるし》げると、一同の動きを制した。

「狼狽えるな。上意討ちであるぞ！　武衛様の命に従わない不忠の輩、上総介広常を、この梶原平三景時が誅伐いたした。歯向かう者は逆賊とみなして平三景時が討ち取る」

景時のその声で、周囲にいた鎌倉の御家人たちは抵抗もせずに、慌てて景時の前に平伏した。

二

この事件が起こる五日ばかり前のことである。鎌倉に築かれた頼朝の御所に梶原景時が訪れた。寿永二年十二月十二日、坂東一円の御家人が集まり、大倉御所造営の盛大な祝宴が開かれた。その後、在地に戻っていく御家人たちの中で、頼朝の信頼を得て鎌倉に館を構えていた景時が、直々に召し出されたからである。

景時は頼朝に拝謁すると、すぐに上総介広常の言動について、いまいましそうに口上した。

「殿、上総介の思い上がった横暴な言動、目に余るものがございます。大倉御所を造営され坂東武者の棟梁として政《まつりごと》を行おうとする矢先に、このまま捨て置きますると、その政《まつりごと》にも大きな影を落とし、先行き悔いを残すことになろうかと存じます」

梶原景時は石橋山の戦いに敗れて、大伏木の洞に隠れていた頼朝を救ったことから、頼朝配下の御家人の中でも特に信頼されていて、その発言力は大きかった。景時は、それを由として意にそぐわない御家人を讒言《ざんげん》することが近頃目立ってきている。

「うむ、介八郎《すけのはちろう》めが……」

頼朝は眉根を寄せて介八郎のこれまでの言動を思い起こしていた。介八郎とは上総介平広常のことである。

上総権介 平 常澄《たいらのつねずみ》の八男であったため介八郎と呼称されているが、後継ぎの抗争に勝ち残って、平常長、常晴から続く上総宗家の長者となっていた。

(みどもが安房に逃れて小太郎義盛を遣わし、介八郎の加勢を請うた際に、千葉介常胤と相談の上に参上いたすと答えをはぐらかしたのを始め、旗挙げの後にも遅参してわが下に駆けつけてきた。しかも、その時ですら旗幟を鮮明にせず、数万騎の軍兵の力を誇示し、みどもを脅すようにして力量を測りおったわ)

頼朝は唇を噛んだ。

(天慶の御世、平将門が俵藤太秀郷の加勢に喜び、軽々しく振る舞い、仕えるべき将の器でないと秀郷に判断されたことを思い出し、奇しくも、みどもの力量を天秤に掛けようとする介八郎の魂胆をみぬいていたが故に、声を荒げて頭ごなしに叱りつけた。それが効を奏してか、奴を服従させることができたが……）

広常の魂胆がわかっていたので、頼朝は大芝居を打ったのであるが、その傲慢で不誠実な態度は、頼朝の胸の奥底で、いつも不快な感情として渦巻いていた。広常の傲慢な姿勢や行動が、頼朝には、胸の中に刺さった棘のように思えた。

「先年の佐賀岡浜のことや、その夜の酒宴の席での四郎義実殿とのこともありますれば、このまま捨て置きまするると、他の御家人への示しがつきませぬ」

景時は側近の立場で、広常の傲慢で不遜な態度や身勝手な行動を苦々しく監視していた。そして、それらの態度や行動をこのまま黙認していれば、折角、頼朝の下に集まった坂東武者の結束に皹《ひび》が入ると思った。

先年の佐賀岡浜のこととは、養和元年（一一八一）六月十九日、頼朝が納涼の宴を開くために相模国三浦へ向かっていたときのことである。

頼朝の駕籠が佐賀岡浜にさしかかったとき、広常の一行と出合った。そこで、郎従五十余は下馬して砂上に平伏したが、広常だけは馬上のままで馬の轡《くつわ》をゆるめて軽く頭を下げただけであった。これを見た三浦十郎義連《よしつら》は、「御駕籠の前、下馬すべし」と咎めたところ、広常は「公私共に三代の間、未だ其の礼をなさず」と云い放ち、ついに下馬しなかった。

また、その夜の酒宴の席で、岡崎四郎義実《よしざね》が頼朝の着ていた水干《すいかん》を所望し、頼朝は機嫌よくその場で、その水干を脱いで義実に与えようとしたところ、広常が、「この美服は、義実のような老武者に賞せ下されるのは存外なり、幾多の功ある広常こそ拝領すべきものなり」と異議を申し立てた。すると、義実は激怒して「広常がいかに功あると雖も、この義実は挙兵当初よりの忠功に比べ難し」と言い返して、たちまち罵りあい、あわや激闘になろうとしたところを三浦義連の仲裁で、やっと収まったことを言っているのである。この間、頼朝は終始無言であったが、後になって、頼朝は三浦義連を直々に呼び出し、褒詞を与えている。

しかし、頼朝が信頼を寄せる梶原景時にも、この褒詞のことや腹の中に渦巻いている広常への不快な思いを明かさなかった。それは、景時を重用し側近にはしているが、頼朝の心の内では御家人の誰も信用していなかったからである。

そのことは、頼朝の苦難に満ちた生い立ちにも起因している。清和源氏の嫡流として崇められ生育したにも拘わらず、十三歳を境にして、以後、屈辱と辛酸を舐めながら生き延びてきたから猜疑心が人一倍強くなっていた。

平治の乱に初陣したが敗者となって都落ちし、次兄朝長が敵に襲われて傷つき、父義朝に首を刎ねられた光景が脳裏から消えなかった。また、その父も、信頼して頼った家人の長田忠致に裏切られ、尾張国野間の長田館で闇討ちされたからだ。

何度となく生死の境を潜り抜けてきた男の本能が、警戒心を異常に高めていたことによる不信感でもあった。

「あの夜のことは、酒宴の席でのことじゃ。みどもが黙していたのは、御家人どうしの争いに声を荒げるのも、武家の棟梁として軽々しいと思うたまでじゃ。平三、武家の世を盤石にするためには堪忍も大事じゃ」

（あの夜の介八郎めの言動は、四郎義実を愚弄するばかりか、みどもの顔に泥を塗りおった。梶原平三に言われなくとも、傲岸不遜な介八郎は許せぬと思うた。されど、奴は、まだまだ、利用できる男じゃ）

頼朝は腹の中でそう思ったが、表面上は繕って鷹揚な素振りを見せ、いかにも武家の棟梁としての度量の大きさを、景時に演じてみせた。

それは、鎌倉殿の権威を嵩にして所領を安堵し、御家人たちはその御恩として奉公していること、また、鎌倉殿が坂東の御家人たちの均衡の上に成り立つ不安定な政権であることを頼朝自身がよく知っていたからだ。

「お心の深さ誠に恐れ入ります。武衛様の御恩、われら一同肝に銘じて奉公せねばなりませぬが、されど、武衛様のお心の深さは、あの不遜な上総介広常には通じませぬぞ」

景時は頼朝の前に平伏した後、主の顔を仰ぎながら断言した。

「なにしろ、奴は、数多おる鎌倉御家人の中でも数万騎の兵を動かせる者は儂をおいて他にないと申し、驕り高ぶっておりますので。だから、あのような、無礼で不遜な態度をとるのでござりまする。そのまま捨て置きますると、上総介は益々増長し、武衛様よりも上総介の顔色を伺う者もでないとは限りませぬ」

剛腹の坂東武者であった梶原景時には、広常の不遜な言動を許すことができなかったのである。

「ならば、そちは介八郎の不遜な態度を抑えるためにどうしろと言うのじゃ」

「御家人の箍《たが》を締めるため、また彼《か》の者供《ものども》のみせしめのためにも誅殺なさりませ」

景時は腹の中に渦巻いていたものをずばり明かした。

「誅殺だと！　坂東一の勢者である介八郎を誅殺だと」

頼朝は眼を剥いた。

「御意。坂東一と懼れられている御家人だからこそ、他の者供のみせしめにもなるのでござる」

「うむ、他の御家人のみせしめにもなると申すのか」

（平三の言うとおり不遜な介八郎を殺れ《や》ば、御家人たちの箍を引き締めることにもなるな。だが、介八郎の一族や家人たちが黙ってはおらぬであろう）

「されど平三、介八郎は佐竹討伐でも身を賭して働いた。また、これから起こる木曽冠者や平家との大戦《おおいく》さに備えて、御家人のだれ一人とてその力を削ぐことはできぬ。まして、有力御家人である介八郎は、尚更であるぞ」

頼朝には、今後起こるであろう木曽義仲や平家との大戦さに備えて多数の将兵を率いる上総介広常の存在は大きかったし、また、今まで通りの働きを期待していた。事実、佐竹討伐では、広常は謀略をめぐらせて討ち取ったからである。

治承四年（一一八〇）十月、富士川の戦いに勝利した頼朝は、敗走した平氏を追撃すべしと命じたが、上総介広常、千葉介常胤、三浦介義澄らは、まず坂東の地を固めることが大事で、それには頼朝の命に従わぬ佐竹を先に討つべしと主張した。そこで頼朝は、有力家臣三人の意見を取り入れて、平氏追撃を諦めて佐竹討伐に向かうことにしたのである。

この佐竹攻めの献策は、表向きには坂東の地を固めるという大義名分があったが、その裏では、長年の懸案であった相馬郡《そうまごおり》一帯、相馬御厨《そうまのみくりや》の所領配分、帰属をめぐっての上総介広常、千葉介常胤の思惑や鞘当てが働いていたからだ。

治承四年（一一八〇）、十月二十七日、頼朝は軍勢を率いて常陸に向かって出発し、十一月四日に常陸国府に入り、佐竹攻略の軍議を開く。そして、上総介広常の策を取り入れ、甘言を用いて佐竹義政を矢立橋に誘い出して謀殺し、五日、金砂山城に立て篭もった佐竹秀義に対して数万の軍勢で総攻撃をかけたのである。

けれども、金砂山城が断崖絶壁に位置する難攻不落の城郭であったため、僅か五百が守る山城をなかなか落とせなかった。そこで再び、広常の献策により、金砂山城に入城していなかった秀義の叔父佐竹義李を味方につけて、義李によって城の構造と城への抜け道を知るとともに、義李に案内させて攻め落としたのであった。この佐竹攻めでは、上総介広常の働きが一番大きかった。

「それにのぅ、介八郎が不遜だということだけで、誅殺すれば、他の御家人たちも動揺するし、彼の一族郎党が黙ってはおるまい。さすれば、上総国で争乱が起こり、折角まとまりかけている坂東の地が再び揺らいでくるわ」

頼朝は、景時がどこまで深く考えて広常の誅殺をほのめかしたかを推し測るように、剛直な顔を見据えて諭した。坂東一帯で勢力を持っている豪族たちから担ぎ上げられて成り立っている頼朝の地位を考えると、上総の地で争乱が起こることは、頼朝の足下が揺らぎ、平家一門や木曽義仲を利することにつながるからである。それだけは避けなければならないと頼朝は考えた。

「確かに、上総介に与する御家人もいるし、彼の一族や家人たちが騒ぐこともあるかと思われますが、上総、下総の地には千葉介殿がおられます。武衛様の権威と千葉介殿の力で屈服させればよろしいかと存じますが」

「介八郎の後を、司馬殿の力によって抑えるのぅ」

頼朝は呻いた。司馬とは軍事を担当する唐の名称で、頼朝が安房に逃れ常胤を頼ったときに、その参向を喜んだ頼朝は、常胤を座右に召し「すべからく司馬を以て父と為す」と讃辞した。以来、常胤は司馬殿と尊称されている。

景時が言うように、傲慢無礼な輩をそのまま捨て置けば、組織が崩れていく危惧も十分承知していた。だが、上総における広常の勢力を侮れなかったからこそ、傍若無人の言動を、頼朝は我慢を重ねて、見て見ぬ振りを装っていたのである。

(司馬殿をして、介八郎の支配していた上総の地を収めさせる……。司馬殿ならば介八郎とは同族であるし、介八郎配下の者供の抵抗も少なくて済むであろう)

景時が言ったその言葉は、頼朝を勇気づけた。そして、頼朝の心も広常誅殺に傾いていった。それは、景時が讒言する傲岸不遜な態度のみならず、頼朝がめざし行おうとしている政《まつりごと》に、広常がことごとく反対しているからであった。

(武衛様は、どうして京の朝廷のことをそのように気になされるのか。鎌倉殿として坂東にどっしりと構え、武家の棟梁として朝廷の命に服さないという威厳をお示しなされ。木曽義仲追討のため、朝

廷にとって都合のよい上洛要請など断じて応ずべきではござりませぬぞ。われらは禁裏の狛犬ではござらぬ）

広常は、頼朝の前でも持論を墨守して譲らなかった。他に諂《へつら》うことが苦手な性分で、頑固で一途な武者《もののふ》だったからである。

だが、頼朝にとっては、自分の行おうとする政《まつりごと》にたてつく厄介者で、いわば、目の上の瘤のような武者であった。後白河法皇の宣旨を受けて木曽義仲追討の軍勢を京に向かわせるためには、頑迷に反対している広常を取り除かなければならないと、頼朝は考えていた。

（介八郎がおると、みどもが考える政《まつりごと》はできぬな。ならば、平三の言うとおり奴を誅殺し、その後を信頼できる司馬殿に任せ、上総国を治めさせれば、すべて丸く収まるやも知れぬな。とすると、介八郎誅殺を言い出した平三に奴の始末を任せてみるか。平三なら剛胆だし腕もたつ、また、御家人たちへの睨みもきくから誅殺を正当化することもできるな。うむ……平三なら首尾良くやってくれるであろう）

頼朝は腹を括った。いままで胸の中で濃く影を落とし、わだかまっていたものが消え去り、晴れやかな気分になってきた。

「平三、誅殺と申しても、介八郎は腕っ節も強く、多くの家人を抱えておる。やすやすと倒せる者ではないぞ。果たして、わが御家人で介八郎に立ち向かえる剛の者がいるかのう。いったい誰が殺《や》るというのじゃ」

頼朝は、景時が名乗り出るのを誘うようにことばを選びながら、剛直な顔を覗き込んだ。

「武衛様、その話を持ち出した以上は、拙者がかたづけるのが筋でござります。この件拙者にお命じくだされ」

頼朝に向かって、景時が肩を怒らせて名乗り出た。

「よう申した！　されど、平三、他の御家人の手前、みどもが表だってはまずいことはわかるな」

「御意！」

「兵を集めて上総介の館に攻め寄せれば、上総介一族がそれを事前に察知して反撃に出ることも考えられる。そうなれば、ことは大袈裟になるし、上総介に加担する御家人も出てきて、鎌倉に大乱を招くやも知れぬぞ」

「心得ております。拙者に考えがござりますれば万事お任せあれ。この平三景時、首尾ようやってごらんにいれます」

「よし、平三、よう申した。首尾ようい けば、格別に取り立てるぞ」

頼朝は景時に命じるとほくそ笑み、大倉御所を増築する槌音に耳をそばだてた。

三

これより、三年前の治承四年（一一八〇）十一月七日、金砂山城の戦いに勝利した千葉介常胤は、月半ばに亥鼻館に凱旋し、鎧を解いた後、自室に籠もった。

そして、先祖代々信仰する妙見菩薩に向かって武運長久を祈るとともに、これから先、上総介広常との間で避けては通れぬ相馬郡《そうまごおり》の所領問題について思案した。

「介八郎やみどもの働きによって、当面の敵の佐竹秀義を追ったが、これからが正念場じゃ。常陸大掾《だいじょう》家を介して佐竹一族に横領されていた相馬郡をめぐって、これから、介八郎と儂《わし》との間で争いが起こるであろう。その際に、どのような手立てを講じるかじゃ」

常胤は、広常との所領争いをどのようにして勝ち抜くかを思案し始めた。

「佐竹の握っていた相馬郡の所領を介八郎は、この度の佐竹誅伐の手柄を楯にして鎌倉殿に申し出るであろう。それに対して、儂は、みすみす指をくわえて見過ごすわけにはまいらぬ！　さて、どのようにすればよいかのぅ……」

常胤は、天井を仰いで呻いた。

「布施郷と立花郷はわが父常重様が祖父の常兼様から相伝された所領であり、儂が手に入れるべき地じゃ。しかし、介八郎は、儂の言い分を認めて折半に応じるような輩ではないからのぅ」

八男でありながら本家総領の地位を乗っ取った広常の剛腕さを推し測ると、常胤の主張を受け入れるとは到底考えられなかった。

事実、広常は、父の上総権介平常澄が亡くなると、策謀を巡らせて兄を追い、上総宗家を乗っ取った。

常澄死後、長兄伊南常景と次兄印東常茂との間で後継者争いが起こると、広常は次兄の印東常茂に味方し、長兄常景殺害を唆す。そして、次兄常茂が長兄常景を討ち取ると、それに乗じて、長兄伊南常景の所領であった夷隅郡伊南荘、伊北荘を奪い取ってわがものとし、夷隅一帯に勢力を拡大して強大な軍団を編成した。続いて、次兄印東常茂に歯向かい、次兄の常茂を追って本家総領の地位を継いだのであった。

「あの介八郎のこと、相馬郡はもともと上総本家の所領であった故を申して、独占を狙うであろう。ならば、儂が父常重様から相馬郡布施郷《ふせのごう》を相伝されたことを、どのようにして介八郎を納得させるかじゃ……」

常胤は、再び思案を巡らせた。そして、相馬郡をめぐって父祖三代に渡って争ってきたことを、数々の屈辱の思いとともに回想した。

相馬郡は平良文以来その子孫に代々相伝されてきた所領であった。父常重は常兼から譲られた相馬郡のうち布施郷を大治五年（一一三〇）六月に伊勢皇太神宮に寄進して相馬御厨が成立し、不輸不入《ふゆふにゅう》の権（租税免除、検田使、収納使の排除権）を得て、下司識《げしじき》に任じられて、その現地所有者及び管理人となっている。

ところが、保延二年（一一三六）七月、下総国守の藤原親通《ちかみち》は目代の紀季経《きのすえつね》に命じて、常重が公田の官物を未進したとして召し捕った。

「父上は伊勢皇太神宮に寄進して、相馬御厨の下司職を得たのに、国守藤原親通や目代の紀季経に侮られて、官物未納の罪をでっちあげられて国衙の役人供に召し捕られてしもうた。そして、奴らは有無を言わさずに布施郷、立花郷の譲渡証文を父上に書かせた」

常胤は歯軋りして唸った。

「国衙の役人供に弱みを見せると、今度は、上総権介の主であった下野守（源義朝）殿が横槍を入れて、父上から相馬郷の避状《さりじょう》を責めとった」

国衙の役人に脅し取られた相馬、立花両郷に目を付けたのが、上総権介常時・常澄親子と主従の関係にあった源義朝であった。義朝は常澄の訴え聞き、康治二年（一一四三）に常重を圧迫して相馬郷の譲渡状を書かせたのである。その後、領有権を獲得した義朝は、天養二年（一一四五）三月、相馬郷を武力で収奪し伊勢皇太神宮に寄進して、下司職を子孫に伝えることにした。そして、預所《あずかりどころ》に常澄を任じて、相馬御厨の管理人としたのである。

「あのとき父上は、儂に力がありさえすれば、奴らの理不尽な要求を蹴飛ばすこともできたのに、力がないというのは哀れなものよと申したが……あのときの、父上の屈辱に満ちた表情を思い出すと胸が締め付けられる」

その相馬御厨も、平治の乱で義朝が敗死すると、朝敵義朝の所領であるとして常陸の国衙に没収された。

ところが、国衙領の管理を任されていた常陸大掾《だいじょう》氏と姻戚関係にあった佐竹義宗が郡司として相馬郡に進出してきた。その義宗は、平家の家人となると平家の力を背景にして、永暦二年（一一六一）国衙領となっていた相馬郡を再び伊勢皇太神宮に寄進して、相馬御厨の下司識を得て実行支配した。

「相馬御厨は肥沃な地であったが故に、国司や下野守や上総介や常陸介たちが横領所有しおったわ」

それ以来、佐竹一族が平家の力を背景に、両者の主張を封殺し、相馬御厨を支配し続けた。これが、常胤や広常を反平氏方として頼朝に寄力させる要因となったのであるが、坂東一円を頼朝が支配し、佐竹一族を討伐したいま、相馬郡をめぐっての常胤と広常との争いが起こることは避けて通れぬものであった。

「祖父常兼様から譲られた相馬郡布施郷に、父上とともに移り住んだが……勢力なきものは、国司やその手先、さらに、一族や家人などから言い掛かりをつけられ、遺領を守るために屈辱とそれに耐え抜く日々であったな……」

千葉家は祖父常兼の代に、平良文から続く上総本家から分かれて自立したが、家領も少なく弱小勢力であったばかりに、父常重が味わった屈辱と忍耐の日々を思い出して、常胤は唇を強く噛んで呻いた。

「父上や儂がどれだけ辛酸を舐めたか……それ以来、儂は国守を排除するために、どれほど策を巡らせ、政《まつりごと》に分け入ることに心を砕いたか計り知れぬ。儂はどんなことをしても政《まつりごと》の動きに聡く、また、兵《つわもの》供を養い、一族郎党の結束を図って力をつけようと思うたか」

常胤は父常重の屈辱をはらすために、力を得なければならないと決意した。それには、国守や目代、それに、社寺、公家などの権門勢家を坂東の地から追い出さなければならないと考え、武家の棟梁として頼朝を担ぐことを画策したのであった。そのために、次男を園城寺に入れたり、京の大番役に息子たちを代理として派遣させて、京の政治の動きや、世の趨勢をいち早く知ろうとした。

「日胤を武衛様の祈祷師にしたのも、六郎胤頼を密使として蛭が小島に遣わして、武衛様や三浦介殿との連絡をとらせたのも、すべて、儂の手に大きな力を引き寄せるためと所領の安堵を得るためであった」

撫でていた顎髭を、常胤はギュと握って天井を仰いだ。

「その甲斐あって、旗挙げには成功し、武衛様を担いで権門勢家やそれに連なる国衙勢力を坂東の地から排除し始めたが……折角、儂の打った手が吉と出始めたときに、父祖の宿願の地である相馬郡を、本家の総領介八郎にねらわれておる。介八郎ごときに渡してなるものか」

相馬、立花両郷を下総国守藤原親通の目代紀季経に奪い取られた後、大椎《おおじ》から亥鼻《いのはな》に移り住み、父常重とともに新天地千葉郷を開拓した苦難の日々を思い出した。

「下総国千葉亥鼻の地は祖父常兼とその郎党たちが鍬を入れていたが、まだ小さくて荒地の方が多かった。その荒地を家人たちとともに、汗水流して伐り拓き、父上はわが家の礎《いしずえ》を築いてくれた。そのお陰で、儂は兵《つわもの》どもを養い、合戦に出向くこともできるようになったのじゃ」

常胤は、父常重のこれまでの苦労を考えると、なんとしても勝ち残らなければならないと思った。また、次男の日胤を以仁王挙兵に際して、光明山寺で討ち死にさせていることも考えると、手段は問わず、どのようなことをしても広常を倒し、父祖伝来の相馬郷を手に入れなければならないと決意した。

「上総介に罠を仕掛けてでも、儂は生き残らなければならない。そのためには、さてどうするかじゃ」

常胤は思案を巡らせた。

「上総介をわが一族で殺《や》れば、儂が矢面に立って、下手をすれば合戦になるであろう。さすれば、上総、下総両国をまとめるのが厄介になる。さて、上総介亡き後を、丸く収めるにはどうすればよいかの……」

常胤は、顎髭を撫でながら、頼朝の周囲にいる御家人の顔を思い浮かべながら思案を巡らせた。思案するとき顎髭を撫でるのは、常胤が深くものを考えるときの癖である。

常胤はしばらく思案を巡らせた。亥鼻館の木々の葉が木枯らしに舞って庭に落ち、庭をサラサラと駆け巡っている。眼を転じて枝を見ると、僅かながら枝に残っている枯葉が目に飛び込んできた。それは、木枯らしにも負けずに震えながらも枝にしがみついていた。

「儂のようなしぶとい葉っぱじゃのぅ」

自嘲してつぶやいたときである。常胤の中で何かが閃き、胡座をかいていた膝を掌で叩いた。

「そうじゃ。枝にしがみついている葉っぱではなく落ち葉に御家人たちの目を向けさせることじゃ！」

常胤は唸った。

「とびっきり目立つ紅葉が舞い落ちれば多くの目はそれに向けられる……奴を嫌っている御家人は数多くおるからのぅ。その者たちに殺《や》らせれば、儂は矢面に立たずにすむな」

咄嗟に良い思案が浮かび、晴れやかな顔をして叫んだ。

「水干下賜のこともあるので、岡崎四郎義実を焚きつけることもできるが、実直な岡崎殿のこと、正面きって斬り合うことはできても、策をめぐらせて打ち倒すということは無理じゃ。しかも、ご老体じゃ、下手をすれば返り討ちになることもありうる。さて、どうすれば……」

広常を快く思っていないといえども、実直な岡崎義実は適任者ではないと判断した。

「それに、岡崎殿は地味じゃ。鮮やかな色をした落ち葉のように人の目を誘わないのぅ」

常胤はつぶやくと、他の御家人の顔を思い浮かべた。

「武衛様に近い筋で、しかも、目立つ男で、剛腕な武者となると……工藤介茂光《もちみつ》、佐々木三郎盛綱《もりつな》、宇佐美三郎助茂《すけもち》、加藤次郎景廉《かげかど》、天野太郎景遠《かげとお》、他に……」

天井を仰いで胸の内でつぶやいた。常胤の頭の中に、頼朝側近の御家人の顔が浮かんでは消えていった。その時、ある男の顔が大きく浮かんできた。大庭景親の縁者であったが、頼朝の命を救ったということから、特に重用され、別当和田義盛とともに侍所所司《さむらいどころしょし》として睨みをきかしている梶原景時であった。

「そうじゃ。梶原平三景時じゃ。平三ならば、武衛様の側近中の側近で、他の御家人たちにも睨みがきくし、殺《や》った後、不穏な動きをする御家人たちを黙らせることもできる。それに、何よりも腕がたつわ。また、後のことも考えると宿老の土肥殿や三浦殿、それに別当の和田殿にも手を回さねばのぅ」

常胤は独りつぶやくと、立ち上がって濡れ縁に出た。

遠くから、千葉郷一帯の下人たちが常胤の戦勝を祝って田楽舞いをやっている笛や太鼓の音が秋風に乗って聞こえてきた。また、亥鼻の館の庭では、田楽舞いを舞うように、庭に落ちた枯葉が木枯らしに地面を這いながら舞い踊っていた。胸の中に一条の明かりが差し込み、常胤は濡れ縁に立ったまま目を細めて舞い踊る枯葉をみつめながらゆっくりと顎髭を撫でた。

四

寿永二年（一一八三）十二月二十二日、上総介広常を誅殺した梶原景時は、直ちに鎌倉の屋敷に引き返すと、息子景季と共に一族郎党を率いて六浦路近くにある広常の屋敷を急襲した。屋敷を守っていた広常の息子、小権介良常は不意をつかれて、抗戦虚しく自刃して果てた。

常胤は、広常の誅殺のことを聞きつけると、すぐさま辯谷《べんがやっ》（鎌倉材木座）の屋敷に将兵を集め、広常の息子小権介良常の抵抗が大きく戦いが長引く場合は、梶原景時に加勢して六浦路の上総介一族の屋敷に撃って出る備えをさせていた。

篝火を赤々と焚いて常胤の兵たちが辯谷の屋敷を守る中、梶原景時の使いの者が、事の成り行きについて早馬を飛ばして報告に来た。

「たったいま、六浦路の上総介の館を攻め落としました。尚、逆賊上総介広常が嫡子小権介良常はわが軍勢に抗しきれず、自刃して果て申した」

常胤はそれを聞くと、夜空を仰いで宿願の達成を喜んだ。そして、梶原景時の功労を褒めあげた。

「梶原平三景時殿の功、鎌倉一よ。こたびの忠節は何にも勝るものである。みどもからも武衛さまに申し上げておくぞ。また、上総国のことは、この儂にお任せあれと、主に伝えてくれ」

景時の家人が立ち去ると常胤は、直ちに太郎胤正、六郎胤頼を呼び、上総介の所領収公のために亥鼻に向けて出立することを伝え、辯谷の屋敷の留守を二人に任せた。

「これより、儂は亥鼻の館に向かう。太郎と六郎は、鎌倉の館を守れ。上総介に与する者の騒動があるやも知れぬので警戒を怠るでないぞ」

「御意！　手勢をいかほど割きましょうや」

鎧姿の胤正と胤頼は常胤の前に跪き、嫡男胤正は父の顔を仰いで応えた。

「手勢など、いらぬわ」

常胤はきっぱりと断った。胤正に鎌倉館の留守を守らせるために、鎌倉に詰めている将兵を割くことはできなかったからである。

「しかし、単身鎌倉を抜けるのは危のうござる」

「ならば兄上、この六郎が父上のお供をいたしましょうか」

胤頼が頭を低くして、兄の胤正に申し出た。

「ならぬ、おまえは兄者を助け、副将として兵の手配りをするのじゃ。ここが正念場ぞ。よいな」

常胤は胤頼に命じた。そして、膝下にかしずく胤正、胤頼に向かって覗き込むようにして言った。

「いまは、人数を揃えて出る方がかえって危ない。目立つからのぅ。それよりも胤正、気の利く者二、三騎付ければよい！　亥鼻には胤正が嫡男成胤もおるし、次郎師常、三郎胤盛、四郎胤信、五郎胤通もおるからのぅ」

常胤は、夜陰に乗じて直ちに出立して、上総、下総の地をわが手に収公する気構えを二人に見せた。

「かしこまりました。剛腕の兵を三人ほど選んで、父上の馬の轡を引かせます」

胤正は一礼すると、常胤の出立の用意に取り掛かった。

千葉介常胤、この時、六十六歳。髪や顎髭に白いものが目立ってはきているが、精悍な顔つきと鷹のような眼、それに、背筋を伸ばした凛とした姿勢には、歴戦をくぐり抜けた古武士の力強さが漲っていた。

常胤は夜陰に乗じて鎌倉辯谷の屋敷を出ると、暗闇の中を天台山の脇道を走り抜け、六浦まで馬を飛ばすと、そこに馬を乗り捨てて、六浦から、下総国都川に向かって船を漕ぎだした。船は六浦夏島衆の海夫たちの船で、波の静かな江戸湾を横断して、翌未明には、亥鼻館近くの都川河口に入っていった。亥鼻館に入るやいなや、常胤は、一族郎党に兵を率いて館に参集するよう命じた。

「本家の長者上総介（広常）殿は昨日昼、上意によって誅伐された。また、後継ぎ小権介（能常）殿も同じく、昨夕、自害して果てた。そこでじゃ、先祖を同じくする吾ら一族、上総介殿の所領を収公するために兵を繰り出す。それが、上総介殿への弔いだと思え！　歯向かう者は、鎌倉殿への不忠の輩として討ち取ってかまわぬ」

常胤は、庭に参集した鎧兜の将や胴丸の兵たちに向かって胸を張って叫んだ後、脇に傅く師常と成胤を見て、

「次郎は別働隊として、ここに参集した将兵の半数を率いて相馬に向かい、宿願の地を切り従えよ。また、小太郎成胤は、亥鼻館をしっかりと守れ。よいな！」

と命じた。

そして、胤盛、胤信、胤通に目を向けると、「兵は拙速を尊ぶ。そちたちは儂の供をせい。まずは、

下総国で儂に従わなかった諸豪族を切り従える。その後、上総介一族の所領の収公じゃ。思いっきり暴れてみよ」と声高らかに叫んだ。

常胤自ら先頭に立ち、三郎胤盛、四郎胤信、五郎胤通等を従わせて武石郷、大須賀郷、印東庄、木内庄、印旛郷、小見郷などの地を駆け巡り、下総一帯の諸豪族を制圧していった。さらに、周東、周西、伊南、伊北、庁南、庁北各地にそれぞれ分立して勢力を持っていた上総介一族の分家当主に、上意討ちで広常を誅殺したことを知らせると共に、歯向かう者は常胤が討ち取る旨の触書を出して、常胤の麾下にすみやかに入ることを命じた。

これ以降、下総国は常胤の支配下に入り、上総国の広常の遺領は、頼朝の所領安堵状によって、正式に千葉常胤と和田義盛とに給された。

その後、常胤の息子たちは、これを機に分立して、相馬郡を領した次男師常は相馬氏を、武石郷を領した三男胤盛は武石氏を、大須賀郷を領した四郎胤信は大須賀氏を、国分郷を領した五郎胤通は国分氏を、東庄を領した六郎胤頼は東氏を名乗る（千葉六党《ちばりくとう》）ことになった。

また、以仁王に供して光明山寺鳥居で討ち死にした圓城寺日胤には、嫡男胤正の庶子の中から図書之助と次郎左衛門の二人を養子として継がせ、寺領及び家領を印旛郷に授けて、印旛郷城《じょう》（佐倉市城）に寺と館を構えさせて、圓城寺氏の祖となり、後世、重臣として千葉宗家を支えていくことになる。

（その七）　畠山一族の滅亡

一

「憂き世とはよう申されたものよのぅ。前御所《さきのごしょ》（頼朝）様をともに仰ぎ、諸国を駆け巡った坂東武者の哀れな末路を見てみるがよい」

畠山重忠《はたけやましげただ》は写経の手を止め、虚空を睨んで溜息をついた。武蔵国男衾《おぶすま》郷菅屋の館（埼玉県比企郡嵐山町）に引き籠もったまま、亡き将軍頼朝や治承、寿永の世に共に戦い死んでいった御家人たちのために般若心経を唱え、経典を写す日々がめっきりと多くなっていた。重忠四十一歳。世を捨て引き籠もる歳ではないことは十分に心得ている。愛馬の背に跨り野山を駆け巡ったり、流鏑馬《やぶさめ》など弓矢の技などでは、まだまだ若い供輩には負けぬという自負もある。だが、昔のような気力が湧いてこないのである。

桓武平氏良文の血脈、秩父重弘の次男畠山庄司重能《しげよし》の嫡男として長寛二年（一一六四）に生まれた重忠は、父重能の後を継ぎ、平家の家人として頼朝に敵対していたが、その後、一族の豊島清元、葛西清重、河越重頼等とともに頼朝の下に馳せ参じて忠節をつくしたのであった。

重忠は剛力で武勇に優れただけでなく実直な人柄の武者《もののふ》であったため頼朝に信頼され大倉幕府で重きをなしていた。そして、頼朝の信頼に応えるために、今日まで蒲冠者範頼や伊予守義経の下で西国各地を駆け巡り、平氏追討の戦さに明け暮れてきた。戦さに明け暮れた若き日々が懐かしくもあり、また、虚しくも感じるこの頃であった。

「その蒲殿は修禅寺で討たれ、また、あの武勇優れた伊予殿は奥州藤原に裏切られて、廚川高舘の露と消えた。そして、次ぎの御所（頼家）様も修禅寺において……」

重忠は目を瞑り、範頼や義経の下知に従って戦ったときのことや頼家が修禅寺に送られる日の惜別を思い出した。

「こうして、写経の日々を過ごしておるが……あの方々の哀れな末路を思うと悔いばかりがつのってくる……」

重忠は自身に向かってつぶやくと眼を虚空に這わせた。

重忠が、男衾郷菅屋の館に引き籠もったのは、元久元年（一二〇四）の春浅い時分であった。頼朝死後、わずか五年の間に、頼朝旗挙げの際の股肱《ここう》の臣が次々と汚名を着せられて誅殺されるというドロドロとした政争に嫌気がさしたからでもあるし、また、権力に妄執する男の魔の手が重忠に向かっていることをうすうす感じたからでもあった。いや、泥沼のような政争が繰り返される鎌倉の地よりも、残雪の中で新しい生命が息吹く男衾の美しい春の景色に接して心を癒したいと思ったからであった。

「男衾に帰ってきて良かったと思うが、気懸かりなことがある。それは、息子重保のことじゃ。わしに似て竹を割ったような性分だからな。奴らの罠にかからなければよいのだが……。いや、重保は莫迦ではないわ。そのようなことは、大倉の御所に詰めておって、わし以上に心得ておるからな」

重忠は自分にそう言い聞かせて、また若き日々を振り返った。

「あの時分が、わしの生涯でいちばん華やかなときであったのかも知れぬな」

坂東の武者たちは、京の公家衆から東夷《あずまえびす》と蔑まれながらも、一族郎党、下人、田夫たちと共に田畑《でんぱた》を耕し、新田の開発にいそしみ、命よりもだいじな田畑《でんぱた》を守るために武技を磨いてきた。だが、坂東武者たちは目の前にある寸尺の土地をめぐって互いに争うほどの裁量しか持たぬ者ばかりであった。

額に汗して収穫した五穀や育てた牛馬を、京から派遣されてきた国司たちに租税として有無を言わさずに収奪されることが当たり前だと思っていたし、公家政権の権威に皆が平伏していたからだ。

誰もが割り切れぬ不満を胸の内に抱いていてもあからさまに口に出すことはしなかった。それは、中央の公家政権から逆賊という汚名を着せられ、営々として築いてきた武者《もののふ》としての家名や何代ものあいだ守りぬいてきた先祖伝来の所領を取り上げられるのが怖かったからである。

坂東の地に生きる者が抱える積年の不満や矛盾を聞き届け、坂東武者をひとつにまとめて、京の公家政権に対抗する武家政権の社会を鎌倉に築いたのが源頼朝であった。

「前御所《さきのごしょ》様は武骨者を束ねて、京の天皇《すめらみこと》様や公卿様方と渡り合った偉いお方だった」

重忠は心よりそう思った。そして、誠心誠意、頼朝に尽くしてきた。

「威厳もあり、政《まつりごと》にも長け、人心を収攬する器量も備えていた。まさに武家の棟梁であったな……」

重忠は亡き頼朝の姿を追慕した。

清和天皇の流れであり、河内源氏の嫡流としての尊い血脈を、坂東武者たちは貴種として崇めただけでなく、源頼朝は坂東武者を統率するに足る威厳を持ち、また政治力においても卓越していた。そして、その統率下、坂東武者たちは京都・公家政権の支配から抜け出して己が所領を増やし、その所領を頼朝によって安堵された。だから坂東武者たちは、武家の棟梁として源頼朝を崇め、それとの主従関係を取り結ぼうとしたし、鎌倉幕府の御家人になることを何よりの名誉としたのであった。

「その前御所様が亡くなると箍《たが》が緩《ゆる》んでしもうて、それにかわろうとする野心家どもの手によって坂東は……」

重忠は頼朝から安堵された所領に満足していたし、それ以上のものを望んではいなかった。しかし、頼朝亡き後、御家人の中から頼朝に代わり大きな権力を掌中に収めようとする野心家が現れてきた。その者たちにとっては、頼朝、頼家への忠義を尽そうとする無骨者の忠臣畠山重忠は目障《めざわ》りな存在になってきた。それを感じたからこそ、それらの者共から距離をおいて野心のないことを示すためにも、重忠は男衾の館に引き籠もったのである。

「若い時分には、愛馬の背に跨り颯爽と野山を駆け巡ったが……あのころが懐かしいのぅ。されど、轡を並べた武者たちは、櫛の歯が欠けるように一人逝き、二人逝き、しかも身に覚えのない嫌疑をかけられて誅殺されてしもうた」

重忠は目を瞑って、いまは亡き御家人たちの若かった時分の顔や姿を、瞼の裏に映しだそうとした。

「平三景時は、わしと同じでかたくなな無骨者であったが……奴の融通の利かない一徹さが身を滅ぼしてしもうた。また、比企廷尉（能員）は、飄々として度量が大きい奴だった。なのにわしは、鎌倉の御所を守るため、評定衆筆頭の遠州（北条時政）や因幡前司（大江広元）の策略とは知らず、その命に従って、平三や廷尉を……」

治承・寿永年間（一一八〇―一一八五）に、戦塵にまみれ生死をともにした御家人の姿を思い出すと、重忠の胸の内ですきま風が吹き込むように寒々としてくる。その中で、六十過ぎてもなお精悍で狒狒《ひひ》のような赤ら顔をした北条遠江守時政の頬骨の張った顔が目の前に現れてきた。

「遠州め！　尼御台の父親、幼将軍の外祖父の立場を利用して、苦楽をともにし、共に戦こうてきた戦友の御家人たちを次々とおとしめた悪逆非道の輩めが！　前御所様《さきの》と共にわれらが築いてきた武者の先例や公事を骨抜きにし、己《おの》が手で塗り替えて政《まつりごと》を一手に握ろうと企てる策謀家の遠州こそ、前御所様の敷いた政《まつりごと》に逆らう謀反人じゃ！」

重忠は臓腑の底から吐き出すように唸った。

三代将軍実朝の執事北条時政の影が、どの事件にも深く関わり背後につきまとっていた。にもかかわらず、わが身可愛さのために御家人の多くは口を噤《つぐ》んで唯々諾々と時政の横暴を許している。そして、自分もそのことに憤っているにも拘わらず、北条時政や尼御台の専横に歯向かうことのできない無力な自分を覚っていたのだった。

「疑えばきりがないが、鎌倉では近侍の若衆や雑色、女房たちの間で、五年前の頼朝公の死も時政とその内室の牧ノ方の陰謀だとの噂が密やかに取沙汰されておる。たんなる流言だと一笑に付すことはたやすいことだが、火のないところに煙はたたぬからのぅ……それは、その後における股肱の臣たちの末路を見ればうなずけるものじゃ」

重忠は虚空の一点を睨みつぶやいた。

建久十年（一一九九）一月十三日、頼朝が五十三で亡くなると、その葬儀が済むのを待ちかねたようにして、義朝以来の源家の御家人であった後藤左衛門尉基清が、懈怠《けたい》を理由にした時政の策謀により讃岐守護職を奪われて追放された。続いて、君側の奸梶原景時を追放すべしと、比企能員を焚きつけ、梶原景時の弾劾状を密やかに御家人に回したのも時政であった。その後、鎌倉を出奔した梶原一族を駿河で誅殺させたのも北条一族の手の者であった。また、八田知家を下して、頼朝の弟で下野国に出家していた阿野法橋全済を斬首させたのも時政であった。幕府に対する謀叛の企てがあったというのが誅殺の理由であったが、軍兵も持たず、御家人の加勢も無い一介の僧侶に幕府の転覆などできるはずがないことは誰の目にもわかっていた。

しかも、京都東山延年寺に入って、ひたすら恭順の意を表していた全済の息子頼全までも、時政の命を受けた京都守護職平賀朝雅の手勢で寺を囲んで斬殺しているし、それを知って逃亡した弟の阿野冠者時元の行方も探索させ、みつけ次第首を刎ねて鎌倉御所に差し出すように触書を発しているのである。

阿野時元の母は自分の娘である。いかに牧ノ方に焚きつけられたとしても、時政にとっては血のつながった孫にあたる人である。その孫の命すら奪おうとする時政の思惑は、源氏の血統を根絶やしにして、おのが手に政治権力を握ろうとする妄執にかられているとしか考えられない。

（遠州は幕下に対する謀叛の企てがあったと申されているが、下野国に出家している阿野法橋様が、どのような手筈をこうじて幕府の転覆を企てようや。そのことを明らかにするまで誅殺のことは得心できぬ）

重忠は胸の内でつぶやくと、あのときと同じように唇を噛んで怒りを鎮めようとした。

評定において、重忠は阿野法橋全済父子の誅殺には真っ向から反対した。二代将軍頼家も不同意であったし、時政の顔色を伺い、唯々諾々と賛同する評定衆の中でも和田義盛、それに仁田忠常すら重忠の意に頷き、阿野法橋全済父子の誅殺に強行に反対した。

――彼の者供父子の企ては明らかなり、証しの文は問注所別当大夫属《だいぶのさかん》殿（三善善信）に差し出しておるし、因幡前司《いなばのぜんじ》殿（大江広元）とも話し合うて諮《はか》ったことじゃ。情に流さたとはいえ、謀反人を庇うなどの言動は慎みなされ。さもなくば、幕下に逆らう同じ謀反人としてみなすが、それでもよろしいか――

との時政の恫喝《どうかつ》に、一瞬にして評定衆の皆が黙りこんでしまった。重忠も、時政の言葉に威圧され、唇を噛むと膝に揃えた拳をブルブルと振るわせながらも、他の御家人たちと同じように口を噤んだのである。

「不甲斐ないよのぅ、このわしが！　重保に言われるまでもなく、男衾の館に引き籠もり写経三昧の日々を過ごすなど……衣笠の城を攻めたて、武勇誉れ高い三浦介義明殿を討ち取った若い頃の気力はもう失せてしもうたな。また、蒲冠者殿（源範頼）や九郎判官殿（源義経）に加勢して西国の野山を戦さで駆け巡ったのが遠い昔のことのような気がする」

評定の場で、もう少し粘ることもできたかも知れないと悔いたが、時代の趨勢は幼将軍の母君尼御台様（北条政子）や執事北条時政に移っていることを覚ると、なにがしの抵抗を試みても詮無いことだと考えるようになっていた。しかし、彼の者たちによって、理不尽な振る舞い、不条理がまかり通ることには、人としての信や義を重んじる重忠としては許し難いことであった。

「それもこれも、奴らの毒牙にかかった前右大将様《さきの》（頼家）の哀れなお姿を思い浮かべると悲しゅうてどうにもならぬわ」

重忠は、また虚空を仰いで唸った。

「なりふり構わぬ権力への妄執を目にすると、人の世が実に虚しくなってくる……人がかかえる煩悩、あらゆる欲望が浅ましく目に映ってならぬし、人の世の無常さがひしひしと胸に迫ってくるわ」

頼朝の嫡子頼家が権力に翻弄されて生きてきた数奇な運命をおもんばかると心が疼き哀れでならなかった。また、策謀家の魔の手が迫っていたのに何一つ力になれなかったことも無念でならなかった。

けれども、頼家が万が一鎌倉に帰れたとしても、それが頼家にとって幸せであったのかどうかはわからない。いや、策謀をめぐらせ権力をわが手に掌握しようとしている時政自身も、それを手に入れたところで、果たして幸せなのかわからない。

かつて、頼朝から下された恩賞の銀製猫の置物を、行きがかりの童《わらべ》に与えて立ち去っていった武勇誉れ高い北面武士佐藤信清（西行法師）のことや、托鉢の僧となって旅に出た熊谷蓮生坊直実のことなどが、重忠の胸の内をしきりに去来するのであった。

頼家が非業の最期を遂げてから二日後の七月二十日の夜半、時政の密命を受けた肥多八郎の郎党が血まみれになって鎌倉山内の畠山館に転がり込んできた。

遠州（北条時政）の指図通りに、修禅寺の湯小屋で煮え漆を浴びせて頼家を殺したことを報告するため甘縄の北条館に上がったところ、主の肥多八郎と郎党数名は北条の手の者によって惨殺され、男もおびただしい手傷を負いながらも、鎌倉山内の重忠の館に逃れてきたのであった。

――首尾よう殺れば、百貫の銭と御家人への推挙を約したのに、遠州殿は郎党を使ってわれらを斬り殺そうとした。北条の狒狒爺《ひひじじい》に騙された――

と男は叫んだ。

その血にまみれた男の下卑た顔を目にした途端、欲に駆られて義を踏みにじる浅ましい人間の胸の内を覗いたように思えて、重忠の胸の内に抑えきれない憎悪が湧き起こってきた。虫酸が走る思いに駆られた重忠は、その男の訴えにも耳を塞ぎ、濡れ縁から庭に駆け下りると、手に持っていた大刀を引き抜き渾身の力を振るって袈裟懸けに斬り捨てた。男は左肩から右脇腹まで真っ二つに裂け、瞬時に絶命した。それでも、重忠は怒りが収まらず、二つに裂けた亡骸に向かって太刀の切っ先で何度も突き刺した。そして、家人に命じて筵もかけず由比ヶ浜に打ち捨てたのであった。

それは、頼家を惨殺した男への憎しみだけでなく、その背後にいて、それを命じた卑怯な男、北条時政への怒りでもあった。

（権力に目が眩んでいるとは申せ、武者《もののふ》として許せぬ！）

かりにも前将軍であり、かつまた、自分の血のつながった孫でもある頼家を、目的のために卑劣な手段を用いて惨殺するという邪心を持つ時政が、同じ坂東武者として許せないと思った。

しかし、後になり冷静になって考えると、斬り捨てた時政の手先の男は、宿老の評定の際に、密命を授けた時政の非と策略を暴く重要な証人となったはずであった。だが、あのときはそうするより他はなかったのである。冷静な判断をするというよりも、躯の中からむらむらと湧き上がった抑えきれない怒りの方が勝ったからである。畠山重忠は北条時政と違って、冷徹な為政者としての気質は持ち合わせてはなかったからだ。

二

平賀朝雅と息子の重保との争いは、ほんの些細な口論から起こった。

源頼朝の嫡子で二代将軍であった頼家が伊豆修禅寺で非業の最期を遂げた後、後を継いだ幼将軍実朝の御台所として、かねてから朝廷に奏上していた坊門大納言藤原信清卿息女の鎌倉への下向が勅許となり、迎えの使者が鎌倉を発したのは元久元年（一二〇四）の十月半ばのことであった。

その使者の中に、北条時政と後妻牧方の実子左馬権介政範、小山政光の庶子結城七郎朝光、千葉常胤の孫千葉平次兵衛尉常秀、和田義盛の嫡孫三郎朝盛、それに、畠山次郎重忠の嫡子六郎重保等があった。いずれも、股肱の臣の子息や孫たちで次代を背負う若武者たちである。

一行は鎌倉を発ち京めざして東海道を西に上っていった。そして、数日間の泊まりを重ねて、翌十一月三日に京の都に入った。だが、使者の筆頭であった北条政範が風邪をこじらせてしまい、入京した際には重態に陥っていて、明日をも知れぬ有様になっていた。

政範は齢十六とはいえ、智勇優れ人柄も温厚。皆をまとめる能力もあって為政者として大器の風を備えていた。実母の牧ノ方は勿論、父親の時政も、将来北条家を担う人物として期待していたし、源家譜代の御家人たちの間でも、ゆくゆくは、将軍実朝を補佐する人物として将来を期待する者たちが数多くいた。

そのような政範が重体に陥ったのである。いっしょに京へ上っていった使者たちは政範の病状を気遣いながらも、政範を病床に残して公家方の行事に出席せざるを得なかった。そして、翌日の宵、京都守護職武蔵前司朝雅の宴席に招かれた一行が六角東洞院の守護職館を訪れ、主の平賀朝雅の挨拶を受けた際も、皆、病床に伏している政範を気遣って気もそぞろであった。

「今宵は、ごゆるりとおくつろいなさって旅の疲れをとっていただければと思いましてのぅ。われら精一杯の嗜好を凝らしましたぞ」

大和屏風を張り巡らせた宴席をしつらえ、贅を尽くした酒肴を前にして、鎌倉からの若い使者たちに向かって朝雅は胸を張って伝えた。

「酒は伏見から、肴は若狭の海の活魚でござりますれば、また、白拍子の謡いと舞いなどを楽しまれ、ごゆるりとおくつろいいただきとうござります」

朝雅の贅を尽くした接待の席においても一行は、一人病床に伏している政範のことを思うと酒も箸も進まず、政範を気遣う話に終始した。平賀朝雅が政範の姉婿であり、皆が、政範を気遣う気持ちもわかってくれると思ったからでもある。だが、宴席を主催する朝雅は、皆が病床の政範を気遣って口にする話題を知らぬ素振りで聞き流し、かねてからの手筈に従って宴を進めようとした。

「おっ、自慢の白拍子の舞いでござるぞ」

朝雅だけが一人悦に入っていた。

宴も進んで、白拍子の謡いと舞いが始まったが、その艶やかな謡いと舞いも、意気消沈した若武者の気分を盛り上げることはできなかった。それどころか、若くて一本気な畠山重保にとっては、病床に伏している政範のことを考えると、白拍子の謡いと舞いなどを用意した朝雅の趣向が腹立たしくなってきた。仮にも、朝雅にとっては義弟である政範が重病に罹っていて明日をも知れぬというのに、平然と白拍子の謡いと舞いを催す朝雅の胸の内が解せなかった。

平賀朝雅はそのような使者の若武者たちを苦々しくみつめながらも、年長の結城七郎朝光に向かって、胸を張り悠然と伝えた。

「結城七郎殿、このように艶やかな白拍子の舞いなどは、鎌倉の地では見られぬであろう。京でも屈指の美女を揃えましたので、今宵は白拍子の舞いを堪能してくだされ」

この宴席に際して、朝雅主従がいかに心血を注いだかを使者の若武者たちに知らせるために声を上げたのである。

ところが、白拍子の舞いが続く中、皆の様子を気遣い顔色をうかがい見ていた結城朝光は、平賀朝雅からの声がかかるのを待っていたように、遠慮がちに小声で朝雅に宴席の中座を願い出た。

「武蔵前司様のお気遣い、まことにかたじけのう存じますが、病に倒れて陣屋に残した左馬権介殿のことが気懸かりで、せっかくの美しい白拍子の舞いも上の空でござりましたゆえ、われらはここで中座させていただきとうござりますれば……」

その言葉は、北条政範の病が気懸かりなためであって、決して、この宴席を催した平賀朝雅の厚意を無にする心は寸分も持ってはいなかった。しかし朝雅は、宴席を中座するという朝光の言に顔色を変えた。

「これは異なことを！　結城七郎殿は若武者供いちばんの年長者とうかがうに、礼をわきまえぬことを申されるわ。お迎えのご使者としてのお役目をどのように考えておる御所存か」

眉根を寄せ不機嫌な様相を呈した朝雅は、結城朝光に向かってねちねちと非難しはじめた。

「義弟左馬権介政範が病床に倒れているいまでこそ年長者として皆をまとめていくことが肝要ではござらぬか。気懸かりなことがござろうとも、平然として皆を束ねていく。それが将たる器ではござらぬかのぅ。然るに、宴席の途中で座を外そうとするのは、みどもの顔を潰す、いや、この宴席を用意した家人たちの心を踏みにじる振る舞いとしか言えませぬぞ」

朝雅はさも軽蔑したように結城朝光を見下して言った。温厚な朝光も、朝雅に将たる力量を問われ、嫌味たらしく詰られて、さすがに顔色を変えて唇を噛み、その後、口籠もりながら弁明した。

「いえ、武蔵前司様のお心じゅうぶんに堪能いたしましたので……決して、礼をわきまえぬ振る舞いではござりませぬ」

取り巻く一行は朝雅の言にことごとくしらけきってしまっていた。ところが朝雅は、我慢し弁明に努める朝光の姿をさらに見下し、残忍な薄笑いを顔に浮かべて、結城朝光を虐めるように執拗に言葉尻に絡んでいった。

「礼をわきまえぬ振る舞いではないと申すのか、みどもは、都を預かる身分でござるぞ。みどもの後ろには、公卿様方がひかえ、その背後には、天子様がござらっしゃる。この度の坊門大納言藤原信清卿のご息女の鎌倉下向も、将軍家と宮家とを結ぶだいじな公のお役目。それを忘れて私ごとに気を煩わせるなど、公の使者としては失格でござるぞ。病床に伏す義弟左馬権介政範も決して喜ばぬわ」

「公のお役目を忘れたわけではござらぬ。だからこそ、こうして」

結城朝光はそう言った後、唇を噛んで黙り込んでしまった。膝に揃えた両拳が怒りでブルブルと震えていた。

その姿にたまりかねた畠山六郎重保は、ねちねちと絡む平賀朝雅に向かって強い口調で制した。

「いいかげんになされよ。宴席を中座するくらいのことで目くじらを立てるのは！　みどもも、先程から中座の機会をうかがい口に出せずにおりましたが、七郎殿はわれらの気持ちを察して、年長者として申し出ていただいたと思うておりますゆえ、何も責められる落ち度などございませぬ」

重保は結城朝光を庇うとともに本心をズバリと言った。

「重保、いまなんと申された！　みどもは、うぬら礼をわきまえぬ若者に大人として公と私の別を教示しておったのに、何たる雑言！　何たる非礼！」

平賀朝雅は額に青筋を立てて怒った。そして、矛先を転じると、重保に鋭く詰め寄った。

「みどもは、将軍家より京都守護職を拝命しておる。そのみどもに向かっての無礼は、即ち将軍家をないがしろにし、将軍家に弓を引くのと同じぞ」

「聞き捨てならぬお言葉、みどもがいつ将軍家をないがしろにし、将軍家に弓を引いた！　朝雅殿、そのお言葉、撤回していただこう」

こんどは、重保が朝雅の言に立腹し、武士の面目が立たぬと詰め寄った。その勢いに両隣に座していた和田朝盛と千葉常秀の二人が、重保の両袖を引いた。重保は、その両袖を一端は振り払ったが、心配する二人の顔を見て怒りを胸の内にグッと収め、冷静さを繕ってから、朝雅の言に反駁した。

「……使者の一人が病で伏せっている際、みながそれを気遣うのはあたりまえのことでござろう。それも推し測らずにだらだらと宴席を続けるは、貴殿の申されるごとく、将としての器を疑い申すぞ。そのような方が京都守護職の位を嵩に着て、将軍家をないがしろにする云々と申すは片腹痛いわ」

「な、なんと！　重保。みどもを愚弄する気か」

朝雅は膳を蹴飛ばし、脇差しの柄に手をかけて迫った。脇差しを抜き放つ勢いに気圧されて、周りの者たちは瞬時に立ち上がり、家人たちはあわてて主人朝雅の両腕に縋りついた。だが、重保だけは剛胆にも、その場に座したまま平然として動かず平賀朝雅の顔を睨んでいた。

「畠山のこわっぱめが！　うぬは、京都守護職のみどもに向かって雑言を恣《ほしいまま》にし、このままで済むと思いやるか」

平賀朝雅は家人たちに両腕を抱えられ、深い怨みを残して宴席を後にした。

三

北条政範は、その翌日の夕暮れ、名のある京の薬師の看病も甲斐なく十六歳を一期に不帰の客となった。

実朝の新御台所を警固して、一行が鎌倉に帰参したのは十二月の十日であったが、朝雅と重保の口論のことは、北条政範病死の知らせとともに、早くも前の月の十三日には、朝雅の使いの早馬によって、時政、牧ノ方の下に届いていた。また、別便にて、朝雅の畠山重保への讒訴状と畠山父子を討つべしとの進言書とが、密かに牧ノ方の手元に届けられていたのであった。

「息子、左馬権介政範が病に罹ったのも、重保が雨中に歩かせたからじゃ。また、わが婿、武蔵前司朝雅に対する無礼なふるまいの数々、重保に謀叛の企てがあるからじゃ。畠山重忠、重保父子は謀反人じゃ。遠州殿、早う討ってくだされ」

執拗に迫る牧ノ方の顔を見ながら時政は考えた。

重忠が謀叛を企てているとか、挙兵するとかは、策謀を嫌う重忠の平素の言動からして考えられなかったし、主だった御家人の領地に忍ばせてある間諜の報告から見ても、そのようなことはなかった。ただ、時政にとって、畠山重忠は目の上の瘤であり、何時かは倒さなければならない相手であった。だから、柳眉を逆立てて重保を激しく罵る牧ノ方のことばに相槌を打っていたのである。

「泣いて懇願する御方の意をくみ機嫌をとらねばならぬであろうのぅ……また、わしが政《まつりごと》の権力をこの手に握るためにも、このたびの武蔵前司朝雅と重保との言い争いは恰好の口実となるな……」

六十九歳になってはいたが精力絶倫の時政にとっては、若い後妻の牧ノ方の寵に溺れていたので、彼女のためならば濡れ衣を着せてでも畠山一族を抹殺する策謀を巡らすことを考えねばならぬと思いはじめていた。

権力に取り憑かれ、手の届くところまでたぐり寄せてきた権力への欲望と溺愛していた末子政範を失った悲嘆もあって、時政はますます権力を握ることに妄執することになった。

年が改まって元久二年となり、新年の行事もあらかたすんだころ、時政は、稲毛三郎重成を甘縄の館に呼び寄せて、牧ノ方とともに三人だけで畠山重忠、重保父子の誅殺の密議を談じた。重成は畠山重忠とは従兄弟であり、また、重成の亡妻と重忠の妻も、時政の前腹の娘で姉妹であった。だが、重成と重忠とは以前から不仲であったことから、それを見越して重成を誘い、重忠の誅殺の暁には、重忠の所領を重成に与えると約束した。それ以来、重成はしばしば男衾の重忠の館を訪れて、互いに若き日の思い出話を語らって誼を通じた素振りをした。

重忠は、重成がしばしば尋ねてきて昔話の談義の花を咲かせたり、双六をして帰ることを寸分も怪しまなかった。従兄弟の重成が重忠に対してわだかまりを捨て、打ち解けてきたことを重忠は素直に喜んだ。

「ところで武蔵国留守所惣検校職（重忠）殿、老婆心ながらご忠告申すのでござるが、この男衾にながく引き籠もっておられますと、秩父党などの兵を募って謀叛の疑いありと、あらぬ疑いをかけられますぞ」

稲毛重成は双六の賽子《さいころ》を振る手を休めて、重忠の面容を覗うように見ると、鎌倉に参上するよう促した。

「なに、そのような噂があるのか」

重忠は、真偽を確かめるために重成の顔を見た。重忠の鋭い眼でみつめられた重成は一瞬狼狽《うろた》えると、慌ててことばをつくろった。

「いや、いや、そうではないが。前御所様が身罷れた後、股肱の御家人たちがあらぬ嫌疑をかけられて謀反人として誅伐されたことを鑑みれば、疑いをかけられぬよう手を打つことも肝要かと思うてのぅ。建久十年正月よりこの方、御家人の内輪もめと、脚を引っ張り合い、追い落とそうと目論む御家人供がひしめいておりまするからのぅ」

「うむ。時期が来ればそのうち馳せ参じよう。秩父一帯の所領及び地頭職についてのご報告も鎌倉にせねばならぬからのぅ」

「それがよろしゅうござります」

重成は、賽子《さいころ》を入れた箱を悠然と振りながら相槌を打った。


四月になり、重忠は半年ぶりに鎌倉に向かった。重成の度重なる勧めもあり、領地男衾に閉じこもっていたのでは、他の御家人たちに不審を買うと思い直したからであった。だから警護の郎党は数少なくして、十数騎を率いただけで男衾の館をたった。

重忠が鎌倉に上るという報せを受けるや、稲毛重成は弟、榛谷重朝の鎌倉経師谷館に走った。重朝は弓矢に勝れ、正月の弓始め（笠懸け）の騎手として頼朝に重用され、警固役にも抜適されていたので、その腕を買われて討手として加勢を請うたのであった。また、その足で、重成は、甘縄の北条時政の館にも出向いた。この機を逃さず重忠を討つためであった。

「遠州殿、重忠めが鎌倉に向かいましたぞ。手勢は少ないとの間諜からの知らせを受けております。

これこそ絶好の機会でござります。鎌倉に着く前に、奴を襲って討ち取りましょうぞ。わが弟、榛谷重朝も兵を揃えて下知を待っております」

稲毛重成は、自分が誘い出し、罠とも知らずに男衾の館を出てから鎌倉に向かっている重忠の一行の足取りを間諜を張り巡らせて探っていた。そして、早馬で鎌倉甘縄の館に着くやいなや、稲毛重成は重忠の誅殺を北条時政に働きかけた。

重成からの報せを受けると時政も、すぐに小四郎義時と五郎時房に兵を集めて追討に向かうよう命じた。ところが、案に相違して、義時も時房も時政の命に服さず、重忠を討つことに反対した。

「男衾殿（畠山重忠）は長井の渡しで故右大将家（源頼朝）に帰参して以来、治承・寿永の戦役では蒲冠者（範頼）殿、伊予守（義経）殿に従って戦陣を駆け抜けて、数々の武勲をあげており、故右大将家の信任もとりわけ厚い御家人筆頭の御仁でござる。また、建仁三年の小御所の乱においても、わが北条家に味方して比企廷尉（能員）を討っておりまする。男衾殿ほどの功臣を軽々しく誅伐するわけにはいきませぬ。もし誅伐したならば、北条家に対して他の御家人どもが黙っておりませぬぞ。そうなれば、武家の都として築き上げてきた鎌倉が争乱の渦とかし、幼少の三代将軍様（実朝）の屋台骨が揺らぎまするぞ」

時政にしては予想もしていなかったことであったが、義時、時房の反対理由ももっともなことであった。自分が牧ノ方に焚きつけられていたとはいえ誅殺の企てへの手筈や配慮が浅かったことを思い知らされた。

「小四郎や五郎の後ろには尼御台がおるな」

時政は呻いた。亡き頼朝の妻、また、幼将軍実朝の母の尼御台政子の存在を時政はうすうす感じ取った。そして、尼御台の意に反して軽率に動くわけにはいかないことを覚った。またそのとき、時政は鋭い嗅覚で、政子や義時、時房らも、畠山一族を討つことに関しては、あながち反対ではないと嗅ぎとっていた。その策謀が、政子が毛嫌いしている牧ノ方とその女婿平賀朝雅の発意であることと、時政が牧ノ方と稲毛重成の三人だけで謀議されたことに、政子が不快感を示したことを察知したのであった。

「わが娘ながら尼御台はくわせものよ……わしの手の内を読み、弟たちを使って釘を刺しおって……」

時政は唇を噛んで断念した。重忠の所領と武蔵国惣検校職が手にはいると意気込んでいた稲毛重成も渋々納得し、肩を落として立ち去っていった。

重忠は久しぶりに鎌倉に上り、三代将軍実朝に拝謁し、治承・寿永の戦役で生死をかけて戦った御家人たちの館を訪れて、酒をふるまわれ、由比ヶ浜でとれた魚に舌鼓を打ちながら懐古談の花を咲かせた。そして、半月ほど後に男衾の館に無事に帰ることができたのである。わが身にかかる策謀を知らなかった重忠が、無事に館に帰ることができたのは、時政と尼御台政子との政権内部の主導権争いの確執と抗争が始まっていたからであった。

四

それから、二ヶ月半後の六月二十日、息子の畠山六郎重保が男衾の館から鎌倉由比ヶ浜の自邸に着いたのは、日もとっぷりと暮れた夕刻であった。翌日、元久二年六月二十一日は鶴ヶ岡八幡宮の臨時祭礼にあたり、将軍家拝礼の典儀もあるゆえに是非とも出席いただきたいとの稲毛重成の招きに応じたから、間に合うように一足先に重保は到着したのであった。

重忠は四月末に鎌倉から帰ってから、以前と同じように、終日居間に座して写経の日々を過ごしていて、鎌倉での行事などには気が進まなかったが、息子重保に促され、重い腰を上げて、重保に遅れること三日、六月十九日早暁に男衾の館を出たのであった。

四月のときの失敗を教訓にした時政は、事前に尼御台を抱き込み、息子義時や時房を説得する根回しをしていた。牧ノ方が兄の大岡備前守時親を派遣して義時や時房を説得したのであった。

「重忠謀叛のことはすでに明々白々のことなのです。それなのに、そこもとたちが重忠を庇いだてするのは、わたくしを継母だと侮って、わたくしを讒言者にしようとしているからなのでしょうか」と、威しにも似た牧ノ方の泣き落としによって味方に引き入れたからである。

二十一日の夜、三浦義村がひそかに甘縄の時政の館に呼ばれて、義村が着座するやいなや、時政より畠山重保誅殺の命を受けた。

「三浦殿、畠山父子は謀叛を企てておる。このことは、将軍実朝公もご存じで、明朝、将軍からの下《くだし》文《ぶみ》も出る。それ故に、由比ヶ浜の畠山重保邸を襲って功名を立てられよ」

義村も思いもかけぬことであったが、幕命とあっては背くわけにはいかなかったので、その夜のうちに戦仕度をし、手勢を整えて、払暁、御所の西寄り由比ヶ浜に通じる畠山の館を包囲した。

館の外で、馬の嘶きや足音に跳ね起きた重保は、具足を纏いながら庭に走り出た。館には男衾から連れてきた十人あまりの郎党がいるだけである。

「賊は何者ぞ！　畠山の館と知っての狼藉か！」

重保は土塁の内から、馬の嘶きと踏みならす人の足音とが重なって聞こえる方に向かって怒鳴り声をあげた。

「賊とは笑止千万！　畠山重忠、重保親子こそ、長年の御恩を忘れて謀叛を企てた賊なり。将軍実朝様より、謀叛の輩を誅せらるべしという命が発せられた。よって、右兵衛尉《うひょうえのじょう》三浦義村が成敗に参った」

三浦義村が土塁の外から馬の背に跨がったまま手綱を引き、胸を張って夜陰を切り裂くように叫んだ。

「なに！　謀叛だと。この重保が謀叛だと！　右大臣家に最も尽した忠臣畠山一族が謀叛だと」

重保は目を剝いて怒鳴った。そして、混乱する頭の中で、武蔵前司朝雅の唇を歪めた底意地悪い顔が、一瞬のうちに浮かんできた。

「クソッ！　朝雅め、嵌めよったな！　小太郎、小太郎はおらぬか」

重保は臓腑から吐き出すように唸ると、腹心の海保小太郎保之の名を呼んだ。

保之が駆け寄ってきて片膝をついた。

「攻め手は名うての武者の右兵衛尉ぞ。しかも、多勢に無勢！　小太郎、その方は血道を開いて落ちよ」

「なにをおっしゃいますか。殿といっしょに斬り死にいたします」

「愚か者めが！　父上にこの火急の様を知らせよ。よいか、何が何でも落ち延びて、鎌倉に入ろうとする父上をおとどめ申すのだ。頼んだぞ」

重保は海保小太郎保之に命じると、大弓を手にして、築地をよじ登ってくる敵雑兵たちめがけて弓弦をならして弓矢を射つづけた。

保之は顔を歪めて重保の面容を仰ぐと、黙ったまま一礼をし、裏木戸に向かって走り出した。と同時に、表門の門扉が破られ、寄手のおびただしい人数が邸内に乱入してきた。重保は弓を捨てて太刀を振りかざすと、「者供続け」と雄叫びをあげて、寄手の中へ駆け込んでいった。

明けきらぬ薄明かりの中で白刃が燦めき、刃を交わす音がしばらく続いていたが、重保は三浦義村の配下の郎党佐久間太郎等五、六人の将兵に囲まれ前後左右から斬り込まれて斃された。また、畠山一族郎党の必死の抵抗も、次ぎから次ぎへと押し寄せる敵将兵の前では一刻と続かなかった。重保以下十数名の武者たちは数百もの敵将兵に、血しぶきとともに肉体の形をとどめないほどに刀で斬り裂かれて斃されていった。

他面、鎌倉に向かいつつあった畠山重忠を迎え討つために、ものものしい数の軍勢が鎌倉を出発していた。時政及び尼御台政子の命を受けた相模守義時、式部丞時房をはじめとして、和田義盛、三浦義村、安達景盛らが配下の将兵三千を率いて二俣川に進撃してきた。

「惣検校（重忠）様！　ご注進！　ご注進でござる。鎌倉に出府しました畠山庄司（重保）様が……庄司様が、卑怯にも三浦次郎に図られて、六月二十二日払暁、不意に館に攻め込まれました！　この由、惣検校様に伝えるべく、敵の手をかいくぐって早馬で駆けつけました」

午《うま》の刻（正午）少し前に、額や腕や肩に数カ所の傷を受けながらも、三浦義村の将兵の熾烈な追撃をかわして海保保之が早馬で駆け込んできた。血まみれで息を切らせて駆け込んできた海保保之の姿から、畠山重忠は鎌倉での変事と息子重保の運命を覚った。そして、北条時政の策謀とそれにおもねる者たちの魔の手が、重忠自身の身の上に差し迫っていることを察した。しかし、時すでに遅く、葛西清重、安達景盛の率いる寄手の先陣が目の前に来ていた。

重忠は合戦の用意すらなく、従う者とて次男の小次郎重秀、家人榛沢六郎成清、本田次郎近常らと、その従者下人を合わせても、せいぜい百三十余人。

「とここに至りましては、もはや寸刻の猶予はございませぬ。すぐさま秩父男衾の館に引き返し、武蔵一帯におる畠山の一族郎党を参集して、館に立て籠もって討手を迎え撃つのが得策と存じまする」

榛沢成清が重忠に向かって進言した。それを受けて、本田近常も立て膝のまま黙礼して、

「敵がいかほどの大軍とて、男衾の館に帰れば、地の利はこちらにありまする。榛沢殿の申すとおり、即刻、館に帰って、敵を迎え撃ちましょうぞ」

と急きたてた。

重忠は二人の顔を黙ったまましばらく見つめてから口を開いた。

「無駄な足掻きじゃ！　舎弟三郎重清は信濃国、六郎重宗は奥州にあっておいそれと加勢には来られぬ。息子重保や重臣の榛谷四郎重朝も由比ヶ浜の館ゆえに、もはや生きてはおるまい。さすれば男衾に帰ったところで、どれほどの軍兵を集めることができようや。坂東武者として恥の上塗りはせず、この二俣川を重忠の死に場所と思うて存分に戦こうぞ」

「お屋形様、遠州をはじめ政所に巣くう佞臣どもに濡れ衣を着せられ、かかる非道の戦を仕掛けられて口惜しゅうはござりませぬか。ご子息重保様のご無念に一矢を報わねば武者としての面目が立ちませぬ」

本田近常が語気を強めて詰め寄った。

「近常。わしを嵌めた遠州やそれに擦り寄って攻めてきている大将たちも、何時、いまのわしと同じ身になるやも知れぬぞ。今日の他人の身が明日のわが身よ。いずれはみな土の下に葬られる。土塊になってしまえば、この世の権力など何の役にもたちはせぬ。女《おなご》に唆《そその》かされたとはいえ権力に妄執した遠州のような御仁は、足を掬われたときに己が浅ましさに気づくであろうよ」

重忠は諦めにも似た表情をして、頬に薄笑いを浮かべた。

「坂東一の武者とその名も高い畠山重忠の言とは思えぬ気弱な言いぐさ。このまま討手の軍門に降るとでも仰せられまするか」

「男衾にもどって、多くの者の命を無益な戦いで失うよりは、わしはここで潔く死のうと思う。御身らも落ちる者はいまのうちに遠慮のう落ちよ。不忠の者とか臆病者とか、わしは寸分も思わぬ。御身らのこれまでの忠節かたじけのう思うておるぞ」

「お屋形様、遠慮のう落ちよとは、主従の絆を軽んじるあまりのことば。お屋形様がお覚悟を決めておられるのならば、われらとて同じ！　主従は一心同体。われらもお相伴つかまつります」

片膝をついたまま榛沢成清は頭を低くして、臓腑《はらわた》の底から吐き出すような低い声を響かせた。そして、立ち上がると、体を捻って配下の兵卒たちの前に仁王立ちした。僅か百余名の将兵の一人一人の顔をしばらく見つめた後に、二俣川の河畔に轟き渡るほどの声を張り上げた。

「者供、お屋形様と共に敵に討って出て斬り死にしようぞ！　覚悟はよいか！　寡兵といえども、われら坂東武者、秩父一統の心意気を示し、秩父畠山の武者魂を奴らに見せつけようぞ！」

榛沢成清の鼓舞する声に百三十余人の郎党たちは拳を振り上げ、「おう」と声をそろえて鬨の声をあげた。

成清、近常たち主だった将たちは重忠を囲うように、二俣川を前にして鶴ヶ峰の山麓下に小さな陣を敷いて、寄せ手の大軍が現れるのを待った。

小高い丘から吹き下ろしてくる初夏の風が畔の葦を靡かせ、ゆったりと流れる川面にそよいで小さな波紋を形作っている。丘陵の林の中から蝉の声が絶え間なく聞こえ、秩父男衾の郷にも似た景色が広がっている。

「童のころに川遊びした秩父の風景に似ておるな……」

重忠は額に滲む汗を二の腕で拭うと、晴れ渡った夏空を仰いでつぶやいた。

重忠は小次郎重秀と共に十騎あまりの家人を従えて、二俣川を見下ろす丘陵松林の中に控えている。半刻経った頃であろうか、川向こうに何百、何千という兵卒を従えた騎馬武者たちが現れた。続いて、人馬のどよめきと砂塵が舞い上がり、波が打ち寄せるように対岸に押し出してきた。敵の軍勢は森林の陰から現れ、丘陵をうずめて川原いっぱいに満ちてきた。

息子の重秀をかえり見ると、意気込みと緊張で硬い表情で敵を見据えている。まだ童の面差しが見受けられる十六の若武者だ。十六年の生涯で命を絶たせるのは不憫だと、一瞬憐憫の情が胸をよぎった。重忠は、その気持ちを打ち消すように重秀に命じた。

「よいか。これぞと思う敵将をみつけたら、機を逃さずに討って出よ。ただ死所を求めるための仕儀ゆえに戦のかけひきなどは無用じゃ」

「はい。父上、坂東武者として、また畠山重忠の倅として名を汚すようなことはいたしませぬ。この小次郎重秀、立派に戦って死んでいきます」

重秀は強張った微笑を浮かべて応えた。これが重秀にとって初陣であり、最後の戦であった。剛直勇猛な重忠といえども、眉を顰めて死にゆく年若い息子をみつめ、重秀から眼をそらした。重秀の姿が溢れ出る涙で霞んできた。

対岸からは雨あられのように矢が射かけられ、空気を裂くような乾いた音が川原に谺する。

「先手は小山朝政に安達景盛じゃな。討たれても悔いのない相手ぞ」

空を切り、絶え間なく飛び交う鏑矢の唸り声の中で、重忠は頬を緩めながら息子の小次郎に伝えた。強張った顔をして敵将兵の動きを睨んでいる小次郎の気持ちを落ち着かせるために発した重忠の最後のことばであった。いまの自分が息子にできる唯一つの心遣いでもあった。

その時、向こう岸から十数騎の武者が飛沫をあげて川の中へ馬を乗り入れてくるのが見えた。

「畠山庄司重忠殿！　いずこにあるや。出合え！　安達弥九郎景盛なるぞ」

栗毛の馬に乗って真っ先に駆け上がってきた颯爽とした武将が高らかに名乗りをあげた。見慣れた鍬形の兜と歴戦で使い古した黒糸縅しの鎧が、まさしく安達景盛の勇姿を現していた。榛沢成清とその配下の者たちが、攻め寄せてきた安達景盛に向かって一斉に走った。

「小次郎」

重忠はゆっくりと立ち上がり、馬上の安達景盛を見つめながら、重秀に言った。

「弥九郎は昔から親しい弓馬の友じゃ。初陣には不足のない相手であるぞ。わしとともに馳せ向かってみよ」

「心得てございます」

「お身ともこれが今生の別れとなろう。存分に戦うてみよ」

「御意！　冥途でお待ち申し上げます」

重忠、重秀親子は愛馬に飛び乗ると太刀を振りかざして、安達景盛が渡ってきた川原めざして駆け下りていった。

敵は安達景盛に続いて、小山朝政とその配下の兵卒が喚声を上げながら川を渡ってきた。乱戦の中で、重忠は安達景盛を重秀に任せ、自らは安達配下の軍勢を突破して、一気に川を駆け渡り、寄せ手の陣の真っ只中へ斬り込んだ。榛沢成清ら五十騎余りが、重忠の後に続き、敵陣の楯板を蹴破って敵陣中に入り込んで、凄惨な死闘となった。そこかしこで白刃が燦めき、刃のぶつかる金属音が夏空に烈しく谺した。

重忠は、脇目も振らず真っ直ぐに敵陣深くに突き進んだ。目の前に浮かぶ時政の彿彿のような赤ら顔めがけて進み続けた。敵陣めがけて駆け抜けている重忠自身、何のために駆けているのかわからなくなっていた。それでも、太刀をかざして馬を駆り立てていた。敵の将兵が左右に散り、その後、重忠の後を追ってくる。二俣川を挟んで弧を描くように構えていた敵陣を突破し、赤松林の中に駆け込み、重忠は馬の手綱を引き踵を返した。その時、ふと周囲を見ると、先程まで供をして後に続いていた榛沢成清以下五十数騎の郎党の姿はなかった。辺りには、戦いに傷つき斃れた敵味方の将兵の血にまみれた姿が散乱しているばかりであった。対岸の敵将兵の間から勝鬨《とき》の声があがった。

重忠は、辺りを見回していると、さきほど渡ってきた対岸から、安達景盛が馬首を返して追ってくるのが見えた。景盛の左の小脇には小袖に包んだ首らしきものが抱えられていた。小脇の合間から髪を乱した若武者の首が透けて見えた。

「小次郎!」

重忠は叫んだ。瞬時に、その首が息子小次郎重秀だとわかった。重忠は叫ぶと同時に、烈しい憤りと虚脱感とを感じた。

そのとき、すさまじい矢音が空気を切り裂き、鏑矢が目の前に迫っているのに気づいた。手綱を引き、身をかわそうとした刹那、鏑矢は重忠の鎧を通り抜け、厚い胸板に突き刺さった。

熱湯を浴びせかけられたような熱さを、瞬時に胸に感じ、何かに掴まろうと片手を差し出した。空がグルッと回り馬上から地面に転がり落ちた。それでも、重忠は必死に立ち上がろうとした。

しかし、それは無駄なあがきでしかなかった。薄れてくる意識の中で、太刀を杖に立ち上がろうとしたが、転がったまま左手で土塊を握ったまま地虫のように這いつくばった。

騎馬武者が駆け寄ってきて、馬から飛び降りるやいなや、耳もとで誇らしげに大声で叫んだ。

「敵の大将畠山重忠殿を相模の住人愛甲三郎季隆《あいこうさぶろうすえたか》が矢に射かけ申した。御首級《みしるし》を頂戴つかまつる」

重忠の眼には、その武者が誰であるのかわからなくなっていた。薄れる意識の中で、首に違和感を感じたまま畠山重忠は息絶えていた。享年四十二であった。

五

元久二年（一二〇五）六月二十三日、鎌倉で畠山重忠以下の首級を実検した後で、尼御台政子は父時政を大御所に招いた。弟の小四郎義時も同席していた。

「いまとなっては、何を申しても詮無いことでございますが、畠山惣検校（重忠）殿のご謀叛はなかったものと存じます。惣検校殿の舎弟長野三郎（重清）殿は信濃国、渋江六郎（重宗）殿は奥州にあって、二俣川で惣検校殿が引き連れましたる郎党・家人は僅か百余名、この数で鎌倉に攻め寄せられましょうや。これはまさしく、惣検校殿をなきものとし、その遺領をわがものにしようとした稲毛入道（重成）のはかりごとです」

尼御台は父親北条時政の顔を睥睨《へいげい》し、申し開きをさせぬように断言した。また、義時も、それに続き、これまで一度も見せたことのないような威圧的な姿勢で、搦め手から時政に詰め寄った。

「父上！　私欲のため忠臣を讒訴《ざんそ》し、御家人の和を乱す稲毛入道をこのまま捨ておくことは、右近衛大将（頼朝）様よりこのかた譜代の御家人たちの手前もよろしくありませぬ。即刻、誅伐しなければなりませぬぞ。われらの不同意を押し切ってまで、稲毛入道（重成）、榛谷重朝《はりがやしげとも》等の讒訴を取り上げられた父上にも、こたびの畠山惣検校（重忠）殿への戦いの責任はあるのでございますから。稲毛入道、榛谷重朝等の誅伐にはご意義を申さぬよう」

時政は娘と息子の強硬な姿勢と刃を突きつけるようなことばに狼狽《うろた》えた。

時政が重忠を追い落とすために仕掛けた罠であり、もとより、重忠に謀叛の企てなどないことは知っていた。

時政が権力の中軸に座ろうとしたために稲毛重成を唆《そそのか》し、利用しようとしたのは事実であった。時政自身、政子や義時がそのことをどこまで調べ、突き止めているのか図りかねたが、目の前に座る二人に正面と搦め手から攻撃され、いたたまれない雰囲気の中で、じりじりと崖淵に追い込まれていったことだけは確かであった。

時政は、いままでになかったほどの烈しい不安と動悸に襲われた。動揺し狼狽える自身の姿を、時政は自覚せざるを得なかった。

「父上！　謀反人稲毛入道と、それに加担した榛谷重朝の誅伐よろしいですな！」

義時が有無を言わせぬように、時政に念を押した。

謀反人稲毛入道、榛谷重朝の誅伐――ということばの響きが、時政には謀反人北条時政の誅伐と聞こえてきて仕方なかった。

いまだかつて評定において抗弁しないことのなかった時政が、娘の尼御台政子と息子の小四郎義時の胸を抉ることばとその威圧におされて一言も発せずに、すごすごとその場を退席した。

尼御台が時政の説得に応じて、畠山重忠討伐を義時、時房に承知させたときから、執権筆頭の時政は娘の尼御台政子に追われる立場に墜ちていたのである。

尼御台政子は、この事件を利用して、父時政と継母牧ノ方の勢力を一挙に葬り去ろうと策したのであった。そして、尼御台政子と相模守義時の執権確立の計画は仮借なく実行されていった。

稲毛入道重成は、子息小沢次郎重政など一族・郎党とともに誅殺されたばかりでなく、榛谷重朝父子が重忠を陥れた首謀者として義時の指示に従って三浦義村らによって討ち取られ、翌七月十九日には、尼御台政子の命を受けた結城朝光、長沼宗政等が軍兵を率いて甘縄の時政の館を囲み、牧ノ方と時政を幽閉し、後に伊豆に追放した。

また、京都守護職武蔵前司平賀朝雅を将軍職に擁立しようとした企てがあるとのことで、平賀朝雅は新たな執権北条義時の命によって在京の御家人によって誅殺されたのである。

（その八）神道流の開眼《かいがん》

——飯篠長威斎家直《いいざさちょういさいいいえなお》——

一

「多勢に無勢！　頼みにしておった関東管領の兵部少輔《ひょうぶしょうゆう》（上杉房顕《うえすぎふさあき》）様、それに、越後太守の民部大輔《みんぶだいぶ》（上杉房定《うえすぎふささだ》）様方が加勢に来ないとなると、敵の大軍に囲まれたこの小城では持ちこたえることはとうていできませぬ！　未明より、城兵が楯を巡らせ大弓と長槍とで必死に防戦しておりますが、もはや各所が崩れております。さすればこれより、城内の手勢を率いて敵陣に討って出ますゆえ、その隙をついて、守り役の圓城寺壱岐守《えんじょうじいきのかみ》様、ご子息の又三郎様、直臣筆頭の椎名与十郎様をはじめ近臣の方々、千葉介《ちばのすけ》様をお守り為されて落ち延びてくだされ」

城代の飯篠伊賀守家直《いいざさいがのかみいえなお》は、主《あるじ》の千葉胤宣《たねのぶ》と守り役の多古城主圓城寺壱岐守直時《なおとき》に向かって上申した。飯篠家直の言を受けて胤宣は、すがるような眼差しで、右脇下に座る圓城寺直時の顔を見つめた。

不惑の歳を二つ三つ超えている圓城寺直時は、眉根を寄せて腹立たしそうに唇を噛むと、しばらくの間、虚空を仰いだ。その後、気を取り直した直時は、床几に座る胤宣に向かって同意を促す黙礼をした。

このとき、千葉胤宣は童《わらべ》の面容《めんよう》が色濃く残り、家伝の妙見月星甲冑《みょうけんつきぼしのかっちゅう》も身の丈に余って重々しく見える十二歳の大将であった。

家督を継いでいた二十二歳の兄胤将《たねまさ》が、前年《さきのとし》の六月末、病によって倒れ、突然、逝去したために、急遽、後を継いで千葉宗家の総領となり、ようやく一年が経とうとしていた。父千葉介入道常瑞《ちばのすけにゆうどうじょうずい》（千葉胤直《たねなお》）、兄胤将、叔父の中務入道了心《なかつかさにゆうどうりょうしん》（千葉胤賢《たねかた》）と、分家で大叔父の馬加城主（千葉市幕張）馬加陸奥守康胤《まくわりむつのかみやすたね》との間で起こった確執や政治的な対立、また、重臣の圓《えん》城寺下野守尚任《じょうじしもつけのかみなおかず》（壱岐守直時の従兄弟）と原越後守胤房《はらえちごのかみたねふさ》との家臣団統率での主導権争いや所領をめぐる紛糾など、千葉家の抱える案件などわからぬままに、父胤直の後見の下に千葉家十八代当主の座にすえられた幼い主である。

そして、父胤直の政《まつりごと》に反感を持っていた大叔父馬加康胤に裏切られ、享徳四年（一四五五）三月二十日に、千葉家の本拠であった亥鼻城を不意に攻められてしまった。近臣とともに城を脱出した胤直、胤宣父子は、僅かな軍勢を率いて、圓城寺氏の所領であった下総国千田庄《ちだのしょう》（香取郡多古町、山武郡芝山町、横芝光町、匝瑳市一帯の庄園）の多古城に落ちてきたのであった。

手勢を率いて多古城を守っていた城代の飯篠家直は、今年正月に還暦を迎えた老将で、老境に入ったとはいえ、若い頃から剣で鍛えた身体は引き締まり、両腕、両脚の筋は力強く、体全体からは活力が漲っていた。

「敵は総攻撃を仕掛けてきております。一刻の猶予もございませぬぞ。千葉介様、お命あれば、千葉家の再興をきすことともありましょうに」

大軍に囲まれているにも拘わらず、悠然と主君の前に跪いてうやうやしく頭を下げると、家直は主の胤宣に向かって城からの脱出を促した。

家直の鋭い眼光には、討死を覚悟した武者が持つ剛胆さと殺気とが感じられた。また、その姿からは、死への動ぜぬ決意と滅びへの諦めの心とが絡み合い、体の隅々から霊気のようなものが漂っていた。

主君といえども有無を言わせぬ迫力と強い響きを含んだ家直の言上《ごんじょう》に、まだあどけない面差《おもざ》しの胤宣は、若年の大将とは思えぬ精一杯の威厳を保って家直の顔をみつめて小さく頷いた。

「心得た、伊賀守！　この多古の城に落ちてきて四月半《よつきはん》、家臣共々、おことには随分と世話になったのぅ、礼を申すぞ。今生の別れじゃ！」

胤宣は家直に向かって礼を言うと、両脇下座に控えていた守り役の圓城寺壱岐守直時、椎名与十郎胤家らに目配をした。

「くそっ！　千葉家を興した高祖常胤《つねたね》様は、一族間の争い事を厳に戒め、千葉本家を一族庶家が支えるべしとの家訓を残されておるのに、康胤や胤房めらはそれを忘れおって、本家に弓を引くとは……。あの亡者供め、いまに天罰が下ろう」

胤宣を守るように、甲冑を纏って座っていた椎名胤家は、主君の顔を仰いでから、いまいましそうに歯軋りをし、千葉宗家に反旗を翻した千葉一族の馬加康胤や重臣の原胤房を罵った。

康正元年（一四五五）八月十日、父千葉胤直の叔父で馬加城主であった馬加康胤は、千葉家重臣の原胤房を味方に付けるとともに、古河公方足利成氏《あしかがしげうじ》配下の関東奉公衆将兵の加勢を得て、多古城に雲霞の如く押し寄せてきた。未明より多古城を五千数百の軍勢で囲むと、四方より総攻撃をかけてきた。

ことのきっかけは、古河公方足利成氏と関東管領上杉房顕の対立にあった。

永享の乱後、鎌倉府の主として迎えられた永寿王（足利成氏）は、父持氏と対立した六代将軍義教との宿怨もあって、室町幕府八代将軍足利義政《あしかがよしまさ》の命に服さなくなり、享徳三年（一四五四）十二月、ついに、義政派であった関東管領上杉憲忠《のりただ》を鎌倉府において暗殺する。それを知った将軍義政は激怒し、享徳四年（一四五五）正月、駿河国守今川範忠《いまがわのりただ》に成氏討伐を命じる。今川範忠の軍勢が駿府を発したことを察した足利成氏は、享徳四年の六月、ついに鎌倉府を焼き払って下総国古河に逃れた。そして、鎌倉府に代わって古河の地に政庁を造営し、関東公方（古河公方《こがくぼう》）とみずから名乗って、京都の将軍家及び関東管領家の上杉氏と対峙することになったのである。

古河公方足利成氏は、関東により鞏固な基盤を確保するために、関東一円の有力武将を古河公方奉公衆として支配下におこうとしたが、関東管領の上杉房顕にそれを阻まれる。そして、足利成氏と上杉房顕は、互いに関東での勢力拡大を図って、有力武将を味方に付けるべく、所領の安堵や諸職の任命を行ったり、婚姻関係を取り結んだりして、主従関係をもつようになってきた。

その結果、関東一円の有力武将の多くが、それぞれの立場や思惑もあって、そのどちらかに味方するようになり、古河公方成氏派と堀越公方政知（将軍義政の弟）・関東管領上杉房顕派に分かれて争乱を起こすようになった。

上総、下総国に勢力を築いていた千葉氏も、その例外ではなかった。そのため、宗家と庶家、配下の家臣団がそれぞれ堀越公方・関東管領派と古河公方派に分かれて内紛を起こし始めたのである。千葉宗家の前惣領であった千葉胤直は、母親が上杉氏憲入道禅秀《うえすぎうじのりにゅうどうぜんしゅう》の娘であった関係で、母親の実家から出た関東管領上杉房顕を擁護し、それに対して大叔父の馬加康胤は、上杉房顕の専横を嫌って古河公方足利成氏と誼《よしみ》を通じ、古河公方を支援するようになった。また、それに合わせて、上総、下総国の各所に依る千葉家臣団（国侍衆）も本家方と庶家方の両者に分かれ、さらに、重臣の圓城寺氏、原氏が千葉一族の支配権と所領をめぐって対立抗争し、互いに千葉胤直や馬加康胤に加勢して刃を交えることとなった。

享徳四年の三月半ばに、古河公方足利成氏の加勢を得た馬加康胤は馬加城に兵を集めて、三月二十日に千葉家歴代の本拠であった亥鼻城を襲撃した。また、千葉宗家の重臣原胤房が、馬加康胤の亥鼻城攻撃に合わせて千葉胤直を裏切ったために、虚を突かれた千葉胤直は亥鼻城を捨てて、子の胤宣、弟の胤賢、副臣の圓城寺公任等とともに千田庄の多古城に逃げ込んだのであった。その後、多古城を息子の胤宣に任せると、多古城を支えるために、胤直は弟の胤賢と副臣の圓城寺公任等とともに志摩城（香取郡多古町島）に依って、馬加康胤、原胤房に対峙し、関東管領上杉房顕の援軍を待つことになった。

多古城の城代飯篠伊賀守家直はじめ飯篠一族は、千葉胤宣を匿って馬加康胤、原胤房、古河公方奉公衆の軍勢から守るべき千葉宗家に忠節をつくしたが、頼りにしていた上杉の軍勢は一向に現れず、ついに、同年八月十日（七月二十五日改元されて康正元年になる）、馬加康胤と原胤房は五千数百の軍勢で多古城を囲み、翌十一日の未明、一気に総攻撃をかけてきたのであった。

「ご武運を！　それでは、ご免！」

家直は、片膝を立てて頭を下げると、手に持っていた兜を被って客殿から走り出た。

二

「者供、討って出るぞ。わしに続け！」

檄を飛ばす家直の声が城中に響きわたった。

息子飯篠左馬亮盛直《いいざささまのすけもりなお》、小次郎伴直《こじろうともなお》、弟飯篠権右兵衛親直《いいざさごんのうひょうえちかなお》をはじめ飯篠家の一族・郎党が家直のすぐ後に続き、副臣の宍倉惣右衛門《ししくらそううえもん》、和田左兵衛《わださひょうえ》、牛尾権兵衛《うしのおごんのひょうえ》、真行寺次郎兵衛《しんぎょうじじろうびょうえ》等が郎従、郎党を率いて駆け出していった。

皆、「陣参《じんざん》」「一疋一領《いっぴきいちりょう》」「具足冠《ぐそくかぶ》り」と称せられる地侍たちで、それぞれ所領十五貫、十貫、五貫ほどの田畑《でんばた》を持ち、普段は多古郷飯篠、牛尾、門倉、菱田、染井、喜多、小池、山室辺りに在していて、家人、作人たちとともに田畑《でんばた》を耕す者たちである。地縁的な結束が強くて、「法螺貝《ほらがい》」の音一つで、農耕馬や駄馬に跨がり、家人、郎従たちを引き連れて城に駆けつけてくる。

戦乱の世となり、戦役に備えて、多古城代の飯篠家直は農繁期を除き、一族・郎党に対して、朝は馬駆け、夜は剣術、棒術の鍛錬を行って腕を磨き結束を強めていった。いわば、飯篠武士団を創設したのである。

家直は、東の砦・城門を守っていた雑兵たちに多古城正面の大扉を開かせると、同時に、家直指揮下の飯篠武士団三十数騎の騎馬武者とそれに従う雑兵たち二百余が、一丸となって矢玉のように城外へと跳び出していった。

　突如、馬蹄を響かせ勢いよく跳び出していった二百余の飯篠勢の勢いに圧せられた敵将兵は、慌てふためき浮き足立って大混乱に陥った。そして、大軍で城を取り囲んでいた敵陣の一画は脆くも崩れた。

「逃げるな！　逃げるでない！　敵は寡兵ぞ。陣を立て直せーぃ！」

　馬加康胤配下の将の怒声が天を突くように谺した。

「者供、狼狽《うろた》えるな！　狼狽えるでない！　敵は寡兵ぞ。奴らを追え、追えーぃ！」

　敵将は浮き足立った兵たちに怒声をあげて陣を立て直すと、決死で駆け抜ける飯篠家直の騎馬隊と、続いて走り抜ける雑兵たちの後を追った。

　背後から矢を射かけられながらも、家直らの飯篠一族、郎党の騎馬隊は敵陣の中を縦横無尽に疾走し、刀と槍とでなぎ倒していった。城を何重にも取り囲んでいる敵陣を突き抜けると、黒鹿毛の駒をおどらせて反転し、飯篠家直は辺り一面を概観した。栗山川上流の河原を背にして城を取り囲む敵陣を見て、家直は瞬時に決断した。

「あの河原に敵を誘い込み、なぎ倒すぞ！　皆の者、日頃鍛えた馬乗りの技や武術の妙技を、いまこそ敵に見せつけてやろうぞ」

　家直は従う騎馬武者たちを鼓舞するように叫んだ。そして、真っ先に栗山川の上流へと向かった。

　上総国と下総国とを隔てる大河栗山川と言えども、上流は川幅が二間半（四メートル五十センチ）程度の細さで、所々、水が涸れていて、砂地や泥土が剥き出ているところが多かった。だが、雑草に被われた堤は遠くまでも連なり、急な斜面となっていて、多古の城塞や村々を守る堀のようにも見える。

家直と配下の騎馬武者たちは、敵を誘い込むように喊声《かんせい》を上げ、旗差物を高く掲げて栗山川の上流へと向かった。騎馬隊は、先頭を走る飯篠家直のすぐ後ろに付き従い一団となって疾走した。そして、敵の将兵を栗山川の河原に誘い込むと、すぐさま反転して、堤の上に駆け上がった。

葭の茂る河原の泥濘《ぬかるみ》に足をとられ転倒する者、その上に重なって動けなくなる者など泥にまみれて右往左往する敵将兵を堤の上から見下ろし待ち構えた。そして、駆け上がってくる敵将兵を飯篠家直指揮下の騎馬隊、徒たちが二間（三メートル六十センチ）もの長槍を揃えて突き倒していく。家直自らも馬上で一間半（二メートル七十センチ）の槍を振るい、河原から這い登ってくる敵の将や雑兵たちを薙ぎ倒していく。家直は手にした槍を頭上でくるりと回し、堤を駆け上がってきた敵将めがけて赤樫の柄で薙ぎ倒す。

「キエーイ！」

槍を繰り出す家直の雄叫びは、地に轟き天に谺した。

敵将は落馬し地面に転がったところを馬上から突き刺すのである。刃先で鎧の胸板を浅く突き刺し、素早く抜きとる。それを何度も繰り返して、土手下から上ってくる敵将や後から追いすがってくる雑兵たちを数多く負傷させ、討ち取った。

「われこそは、下総介藤原朝臣《ふじわらのあそん》が嫡孫《ちやくそん》、千田庄《ちだのしよう》飯篠《いいざさ》の棟梁、飯篠伊賀守家直であるぞ。腕に覚えのある者は尋常に勝負せよ」

動こうとする馬の手綱を捻って止めた家直は、颯爽と胸を張って叫んだ。そして、赤柄も鮮やかな長槍をくるりと回して、また、敵将兵に向かって構えた。その勇姿を目にした敵将兵の多くは怖れをなして、遠巻きにして家直を取り囲んでいるだけであった。

若い頃に諸国行脚をし、奈良を訪れた際、南都興福寺に伝わる僧兵の薙刀、長槍などの秘伝の技を学んで帰ったことが、いま、この戦いの中で役立っている。

長槍は相手の太刀が届かぬ距離で突き刺したり、振り回して刃峰で傷つけたりするのは効果的な武器であったが、敵の将兵に刃先を潜られ懐近くで太刀を振るわれると、柄の長さが逆に致命的となった。だから、敵将兵に刃先を潜られないようするために長槍を素早く回転させ、寸断無く縦横に繰り出していく。それが、長槍を扱う妙技ともなった。後に、興福寺塔頭宝蔵院主胤栄によってあみだされた宝蔵院流槍術は、槍の刃先を寸断無く繰り出すことによって相手に隙を与えない、これが後世の槍術の基本形式となったのであるが、家直が興福寺僧兵から学んだ古式槍術は、薙刀を扱う技とおおよそ同じであった。大太刀よりも長い長柄槍の利点を生かして、大太刀を持つ敵将兵の手や腕や脚を傷つけ、戦意を失わせることを目的とし、薙刀のように左右に振り回し、且つ、前後に素早く繰り出していく技であった。

「参るぞ。覚悟せよ！　キエーイ！」

家直は馬を反転させると、雄叫びをあげ、追ってきた敵将兵めがけて突進した。家直の雄叫びが、また天に鋭く響き、川原に谺した。

馬上から縦横に繰り出す家直の槍の技は冴え渡っていて、敵の将兵は槍柄で薙ぎ倒され、刃先で胸板を突かれて斃《たお》れていく。敵将兵を刺殺すること十人、槍の穂先の刃がこぼれ、槍の柄が折れると長剣を振るって敵に向かった。さらに、四人を斃し、囲む七人を傷つけた。家直は全身返り血を浴び、阿修羅の形相で敵に向かっていく。

だが、堤に上がってくる敵将兵を次々と斃し、傷つけていくのだが、多勢に無勢。家直がいくら長槍を振っても一人で相手にする人数は限られている。後ろから続々と駆けつけてくる敵将兵によって、家直と数十騎の手勢で守る栗山川堤の陣は、徐々に崩されていった。

作戦通りに敵を河原に誘い込んだけれども、家直と配下の飯篠騎馬隊は多数の敵将兵に囲まれてしまい、獅子奮迅《ししふんじん》の働きも半刻（約一時間）と続かなかった。

続々と押し寄せる敵の将兵から逃れるために、家直は黒鹿毛の駒の首を捻り、尻に鞭を入れると叫んだ。

「雑兵にかまうなーぁー、わしの後に続けーぃ。押し寄せる敵将兵を一丸となって斬り抜けるぞ！それ、突破じゃ！　わしに続けーぃ」

家直は叫ぶと、敵陣の中に斬り込んだ。宍倉惣右衛門が長槍を振り回しながら、すぐ後ろに続き、嫡男の盛直、次男の伴直も大太刀を振るって追いかけてきた。舎弟の飯篠親直や副臣の和田左兵衛、真行寺次郎兵衛も長槍を構えて突進してきたが、多数の敵将兵に行く手を阻まれ、敵将兵との乱戦になった。そして、息子の伴直、弟の親直は敵将と刃を交わしているところを駆けつけてきた数多くの雑兵たちに囲まれ、十数人の繰り出す槍を全身に受けて討死してしまった。また、剛剣を振るって怖れられていた和田左兵衛や軍奉行《いくさぶぎょう》の牛尾権右兵衛、軍目付《いくさめつけ》の真行寺次郎兵衛等も雲霞の如く押し寄せる敵将兵に囲まれて、ついには斬り斃されてしまった。

家直が城門を開けて斬り込んでから、一刻半（約三時間）ばかり経った頃であろうか、多勢に無勢、五千数百の敵将兵に百数十で挑んだ飯篠一族・郎党は、その殆どが死傷し、完膚なきまでに叩き潰されてしまった。

家直は栗山川の堤から一里ばかり走った雑木林の中で土塊《つちくれ》の中で意識を取り戻した。愛馬が雑木林の中で朽ちて倒れた木に躓き家直は地面に叩きつけられ意識を失っていたのである。それが幸いしたのか、雑木林の湿気を含んだ雑草の中で気づいたときには戦いはすでに終わり、多古の城は炎に包まれていた。土塊の中にうつ伏せになって倒れていた家直は、這うようにして起き上がり、手に握っていた太刀を大地に突き立てて唸った。

「くそっ！」

家直は臓腑から絞り出すように叫んだ。遠くの方で、敵方の騎馬武者たちが長槍を小脇に抱えて、雄叫びをあげながら疾走していく。土を蹴飛ばし埃を巻き上げて駆け抜けていく敵の騎馬武者たちは、戦勝に酔っていた。

家直は刀を杖にして立ち上がって、あちらこちらで敵将兵のあげる鬨《とき》の声を耳にしながら、力なくつぶやいた。

「千葉介胤宣様や御側衆《おそばしゅう》たちは首尾良く城を抜け出し、無事落ち延びられたかのぅ……」

目の前に広がる飯篠村の黄金色に実った田畑《でんばた》や美しい山野は一夜にしてその様相を変えていた。

「千葉家本家と分家の争いのために、この肥沃で美しい飯篠の大地がこのざまよ」

千田荘多古郷飯篠村一帯の田畑《でんばた》は馬加康胤と原胤房配下の騎馬隊に踏み躙られ、黄金色に実っていた稲はなぎ倒され、火をかけられて焼き尽くされていた。また、煙で燻る戦場には、傷ついた敵味方の将兵が至る所に散らばって倒れ、呻き声や叫び声が、川面の風にのってあちらこちらから聞こえてくる。

「伊賀守さま、いがのかみさまーぁ」

掠れた呼び声の方に目を這わすと、宍倉惣右衛門が鑓の柄を杖にして縺れる足を引きずってやって来た。惣右衛門も負傷し、甲冑の紐は片方が千切れ、胸からぶら下がり、刀傷で顔や腕や手足は血まみれであった。

「伊賀守さま、お怪我は」

「だいじない！　そなたは如何じゃ」

敵騎馬武者の鑓先を跳ね上げたときに受けた左肩の傷を庇いながら、家直は惣右衛門に向かって叫んだ。

惣右衛門は家直の傍らに躙り寄り、崩れるようにして座り込んだ。

「はっ、わが家の守護神妙見菩薩様に守られ、何とか命だけは取り留めております。されど、われら千田の武者《もののふ》の支えであった多古の城が敵の手に落ちて燃えておりまする。ほんに惨めなものでござりまするなぁ」

惣右衛門の唸り声に、家直は山上の櫓を仰ぎ見た。土塁や石垣の上にそびえ立つ櫓や本丸館が火炎に包まれ黒煙が風塵とともに巻き上っていた。

「雲霞の如く敵将兵に殺られ、御子息の太郎盛直様、小次郎伴直様、御舎弟の親直様、それに、和田左兵衛や真行寺次郎兵衛、井田三郎をはじめ多くの味方将兵が目の前で斬り斃されてしまいました。

なんと哀れで惨めな敗け戦！　……虚しゅうて、寂しゅうてなりませぬ」

惣右衛門は唇を噛み、しばらく虚空を仰いでいたが、何かを思い出したように家直をみつめると、また呻いた。

「ところで、千葉介様とお側衆はうまく逃げ落ちられたでしょうか」

「われらが命懸けで城から討って出て、落ち延びる機会を作ってやったのだから、あとは千葉介様のご武運を信じるだけよ」

家直は燃え盛る城を眺めながら、茫然とつぶやいた。

「そうでござりますなぁ。千葉介様の持って生まれたご武運をお祈りするだけでござりますなぁ」

宍倉惣右衛門も小さく頷き、山上の城を仰ぎながら声を詰まらせた。

しかし、飯篠家直、宍倉惣右衛門が願った千葉家十八代当主胤宣の武運も尽き果て、逃げ惑った末に、二日後の八月十二日には、多古城外の阿弥陀堂に追い詰められてしまった。胤宣はこれ以上落ち延びることはできないことを悟ると、阿弥陀堂別当来照院の読経と焼香の中で、

みたゝのむ　人はあまよの　月なれや　雲はれねども　西へこそ行く
見て歎き　聞てとぶらふ　人あらば　我に手向けよ　南無阿弥陀仏

の辞世の歌を残して自刃した。享年十二であった。

介錯は守り役の圓城寺直時が行い、直時は胤宣の首を阿弥陀堂に収めた後に、幼い主を守るように

側で腹を掻き切った。また、椎名胤家、圓城寺又三郎、木内彦十郎、米井藤五郎、粟飯原助九郎、池内助十郎、深山弥十郎、青柳新九郎、多田孫八郎、三谷新十郎、岡本彦八郎等々の近臣の若武者たちも胤宣切腹の後を追って刺し違えて果てたのであった。

また、一族の馬加康胤と原胤房指揮下の軍勢は、多古城攻略の余勢を駆って胤宣の父胤直や叔父胤賢、重臣の圓城寺尚任の立て籠もっていた志摩城にも襲いかかっていた。そして、三日後の八月十五日には志摩城も陥落した。父の胤直は志摩城を脱出し、城下の島村妙光寺に落ち延びたが、敵の軍勢に囲まれ、島村妙光寺の如来堂（土橋如来堂）において自刃し、重臣圓城寺尚任も胤直の後を追って自刃して果てた。

胤宣の叔父胤賢は、敵の探索をかわして、さらに南東五里先の小堤城《おんづみ》（横芝光町小堤）に逃げ延びたが、執拗に追い詰める敵索の将兵に見つかり、半月後の九月七日、とうとう自刃して果てている。千葉胤直、享年三十八。胤賢、享年三十六。中興の祖、千葉常胤より続いた千葉家嫡流は、十六代胤直、十八代胤宣の自刃によって滅亡してしまった。

だがこのとき、飯篠家直や宍倉惣右衛門は、飯篠一族・郎党が仕えた千葉胤直、胤宣父子の哀れな行く末は、まだ知らなかった。しかし、目の前に広がる多古郷飯篠村の無残な光景を見て、二人とも激しい憤りと、為政者どうしの私的な権力欲や面子のために繰り広げられる戦いの空しさを身を以て感じ取っていた。

「惣右衛門、あれを見よ。われらが作人たちとともに手を携えて耕し、これまで営々として培ってきた、この多古や志摩や飯篠一帯の美田が馬蹄に踏みにじられ荒れ果ててしもうた……」

家直は煙で燻る多古郷飯篠村一帯を茫然とみつめながら臓腑《はらわた》から吐き出すように唸った。両眼は憎しみの色を帯び、血の滲んだ左頬がピクピクと痙攣していた。

「政《まつりごと》において在地の者たちのために耕す土地を守ると称し大義名分を掲げておっても、実際には在地の者たちの嘆きなど意に介さぬ者供ばかりよ」

家直は攻め寄せてきて、田畑《でんばた》を踏み躙り、焼き尽くす命を下した敵の総大将馬加康胤と原胤房の行為を罵った。

「まさにそうでござりますなぁ。実っていた稲の刈り取り前に攻めてくるとは、為政者としてあるまじき所業。苗床を作り、水を張って苗を植え、わが子を育てるようにして育てた稲穂を踏み躙るとは。きゃつらはわれら地侍・作人たちの想いや嘆きをまるで解していませぬなぁ」

惣右衛門も家直の言に大きく頷き顔を顰めた。

「その通りよ。きゃつらの調略を断り、御恩ある千葉家に忠節を尽くしたわれらを憎悪して、このような所業を」

家直は、見えない敵将を睨みつけるようにして伝えた。

「われらに寄騎した国衆（地侍、作人）へのみせしめのために、きゃつらは刈り取り前の稲穂を踏み躙り、この多古郷を荒らし回ったのよ。きゃつらが在地の者たちのことを寸分でも考えておれば、こんなことはせぬわ」

飯篠一族や多古郷国衆が千葉本家に忠節を尽くしたことが、敵の総大将馬加康胤の反感を買い、国衆たちの田畑《でんばた》や育てた作物への切実な思いを逆手にとって、みせしめのために、実った稲穂を兵馬で踏み躙る命を下した康胤の度量の狭さ、為政者としての資質の低さを詰った。

「所詮、陸奥守（馬加康胤）殿やその取巻き連中は、己のことしか考えぬ者供よ。下総守護職をめぐる武家の欲、所謂《いわゆる》、千葉宗家と庶家の内輪揉めに、なんの関わりのない多古郷の国衆たちが痛めつけられたわ」

為政者といえども、目先のことがらや私の利益に目を奪われ、公のことや万民の願いを推し量れない者たちが政治に携わり、権勢を恣《ほしいまま》にしているのが現状だと家直は訴えた。

「その通りでございますなぁ。武威を振るって政《まつりごと》を私《わたくし》しておる者たちの勢力争いや互いの面子のために、日頃、営々と田畑《でんばた》を耕している者たちが犠牲になる。空しいものでござりますなぁ……」

宍倉惣右衛門も小さく頷き、虚空をみつめた。

「それが、人の世の常かも知れぬのぅ……民百姓の安寧を願い、その者たちの土地を守るために戦っておると、きゃつらは言うても、目の前で繰り広げられるこの無残なありさまを見れば、すべてのことがわかるであろう」

敵将兵の馬蹄に踏み躙られ、火をかけられて煙で燻る多古郷飯篠村一帯の田畑《でんばた》を、家直は力なく指さした。

「この戦さが、よい潮時よ、わしは刃を捨ててしばらく旅に出ようと思う。おぬしも、このような者たちのために命をかけて刃を振り回すよりも、村に帰り、農を生業《なりわい》にして、田畑《でんばた》を耕す方がまっとうな生き方かも知れぬぞ」

家直は胸の内にわき上がってきた想いを、宍倉惣右衛門に向かってはき出した。

三

戦いが終わって十日ばかり経ったある日の午後、焼《や》け爛《ただ》れて黒ずんだ土塁や石垣だけが残った城跡に、飯篠家直は飯篠村の民百姓《ひやくせう》たちを呼び集めた。

「君臣の義より、みどもは人倫を以て尊しとする」

と叫ぶと、焼け落ちた本丸・土蔵跡の土中に埋めてあった数個の瓶を掘り出した。そして、その瓶の中から軍資金として蓄えていた永楽通宝などの銅銭を取り出すと、田畑《でんばた》を踏みにじられ家屋を焼かれた者たちそれぞれに、その銅銭を惜しげもなく分け与えた。

また、菩提寺や近郷の寺々の僧侶たちを呼び集めて、飯篠一族や国衆、家人たち戦死者の弔を懇ろにすると、翌、享徳五年（一四五六）の正月明けに、着の身着のままで、多古郷飯篠村を後にした。飯篠家直、六十一歳のときであった。

刀は捨てたが、生来、武技を好んだ家直は、元服の際に武運長久を祈願した香取神宮に一人向かった。香取神宮の祭神「経津主大神《ふつぬしのおおかみ》」の前に跪《ひざまず》き、自分を省《かえり》みるためであった。

武者《もののふ》としての立つ道を志したとはいえ、この戦《いくさ》で一族・郎党の多くを殺され、数多くの敵将兵を殺傷したことを、家直自身が深く悔い、改める道を祭神・経津主大神とともに探ろうと思ったからである。

香取神宮の北西に広がる原始林は杉を主体として樹齢数百年の松、栃、樅、楠、栂、檜、欅の老樹が空を突くように亭々として聳《そび》え立っている。昼なお暗い境内の老樹の間を進んでいくと社殿から三町（三百メートル）ほどの所に武神経津主神を祀る奥宮がある。この奥宮近くの梅木山《うめのきやま》不動所に籠もって千日千夜の大願を起こして、家直は戦死者の霊を弔い、いたらぬ自分を反省し、心の修行を行いながら、剣で生きてきた武者の本来の姿、武者が行うべき道とは何かを探ろうとした。

武の道とは人を殺傷するために在るのか、はたして武の道、武技とはいったい何のために在るのか。家直にとって、いままで腕を磨くことで武威を示す、それが当たり前と思って武技を身につけ、心身を鍛錬してきたこと、それ自体を、もう一度、みつめ直し、その心を根底から問い直そうとしたからである。

「武者《もののふ》であるからには剣を持ち、剣を持つからには、それを使いこなすための技を身につけることは当たり前のこと。否、剣の技を磨くことこそ、われら武者に与えられた責務。然れども、剣を持てば、その剣で、必ず斬り合いが生じる。さすれば、己が生命を守るためには武技を練り、その技を磨かねばならぬ。なぜならば、対峙した相手を斃さなければ己が死ぬるゆえに……。と言うことは、武技とは人を殺すための技であり、剣とは人を殺すための武器なのか……」

家直は、不動所の梅木の下に正座し、目を瞑って、武とはいったい何なのか、それを振るう武者の本来の姿とはどのようなことなのかを問いかけた。

「わしは、これまで強くなることだけに心がけ、剣の技を磨いてきたが、はたしてそれが正しかったのか」

家直はこれまで剣で生きてきた過去を振り返りながら、自らに問いかけた。

「何のために剣の技を磨き、身につけてきたのか……。父上の申す通り、武の家に生を受け、武者として身を立てるには、剣の技を身につけなければならぬ。そのためには、他の誰よりも剣技の冴えがあり、他の誰よりも強くならねばならぬ。強くならねば、敵に殺られてしまう。それが剣を持つ武者の宿命よ。それゆえに、日々、それに向かって心身の鍛練をする……それが、当たり前のことであった」

家直は自らに向かって問いかけた。

「わしは父上のことばを信じて、剣の鍛錬、修行を怠らなかった。だが、それだけで良かったのか……」

梅木の下に正座したまま、家直は瞑った眼を開いて、遙か彼方の一点を睨んだ。

「飯篠という武門の家を継ぎ、その家名を保つために懸命に務めてきたが……。妻や子らを養い、飯篠家の惣領として一族・郎党を路頭に迷わさないために、また、家伝の所領や諸々の権益を守り抜くために、剣の技を磨き敵と戦こうてきた。それがわしに与えられた天からの使命だと思うて、必死になって己を鍛え、懸命に闘うてきたが、はたして、それだけでよかったのかのぅ……」

遙か彼方に眼を据えて、これまで疑わずに邁進してきた剣の道を振り返ってみた。

「然れども、この無益な戦において息子たちを討死させ、舎弟も死なせ、郎従・下人たちも死なせてしもうた」

家直は唇を噛み、腹の中でつぶやいた。

「挙げ句の果てには、館にたどり着くと、焼け落ちた母屋の中から、妻や息子の嫁たちが、自害して果て……その姿さえ焼け焦げておって、なんと哀れで無残な死に様であったのか。わしは喉笛に刺さった短刀を抜き取り、焼け爛れて骸になった妻や嫁たちを抱き起こして天に向かって絶叫した。まさに、地獄絵そのものであった！」

家直は虚空を仰いで息を呑むと、さらに問いかけた。

「戦で、妻や嫁たちを自害に追いこみ、息子や舎弟やわしに仕えてきた郎従・下人たちを死なせてしもうて、何が一族・郎党のためだ！　なにが家名を守るためだ！　わが眷族や親しい者たちが死に絶え、家も滅んでしまえば、それで終わりではないか」

なおも自らに向かって問いかけるが、確かな答えは得られなかった。家直は煩悶《はんもん》し続けた。

「若い時分には、腕を磨き、武名をあげて高禄で召し抱えられることだけを願って懸命に力を尽くしてきた。そして、剣の技を磨くために西国に行脚《あんぎゃ》して、京・奈良の剣客とも生死を賭けて果たし合いをしてきたが。それはいったい何のためであったのか……」

家直はなおも迷い、自らに問いかけた。

「確かにわしは、剣の技を磨き、幸いにも剣の才にも恵まれていて、武名をあげることが出来たし、千葉家に高禄で召し抱えられたが……はたして、それで良かったのか。挙げ句の果てがこのざまよ！この悲惨で過酷な有様も、武門の家に生まれた宿命《さだめ》として己を納得させるしかないのか」

雪混じりの如月《きさらぎ》の風が、懊悩《おうのう》する家直の顔面や身体を容赦なく叩いていく。

「否、それは違う。わしの五臓六腑に敵と戦う何かがあった。敵に対したときに、内から出てくる闘争の魂だ」

家直は迷いを吹っ切るように、吹き付ける風に向かって叫ぶと、同時に、西国の京・奈良に武者修行に出かけ、剣客と刃を交えたときのことが甦ってきた。

「七人もの剣客と刃を交えたが、その何れにおいても、わしが斬られ屍を晒してもおかしくなかった。ただ一瞬の反応と幸運に恵まれて勝機を掴んだだけであった」

三十も半ばを過ぎた頃であった。西国の公家、武者、南都北嶺の大衆（僧兵）に広がっていた武技を学ぼうとして京・奈良に修行に出かけたときのことである。

鎌倉公方の密偵《みってい》・乱波《らっぱ》と間違われて、室町の幕府管領の細川持之が雇った興福寺の刺客僧に襲われた際、咄嗟《とっさ》に体が反応して賊を一刀のもとに斬り斃したときのことが家直の脳裏に鮮明に甦ってきた。家直は身震いした。

「九死に一生を得た一太刀であったな……」

いま思い出しても冷や汗が滲んでくる。

――死ねぃ！――

鋭く光る刃先が闇の中から胸先に突き出た。家直は咄嗟に身体を捻っていた。空気を切るビューンという不気味な音が闇を裂き、左脇腹をかすめて後方に通り抜けた。と同時に、家直は槍の柄を左腕で抱え込み、瞬時に、小太刀を抜き放っていた。右手に握られた小太刀の刃は賊の右脇腹から鳩尾にかけて斜め上に斬り上げていた。

死地翻転《しちほんてん》の逆胴斬りであった。

賊は、宝蔵院流槍術《ほうぞういんりゅうそうじゅつ》の使い手で、家直が興福寺僧兵から学んだ古式槍術の師範の一人であり、棒術試合では、三回の立ち合いの内、二回は負けていた相手であった。

槍の刃先を寸断無く繰り出すことによって相手に隙を与えない宝蔵院流槍術の鋭い突きと流麗な槍捌きの使い手としては、他に勝っていた刺客であった。その槍の使い手の刺客に闇討ちされたのであった。

「剣技では興福寺の刺客僧の方が、わしより腕は確かであった。然れども……」

技はあくまでも技でしかない。その奥に在る剣を使う者の緊迫した精神、生死をかけた魂や度胸が結局、剣の技を左右し勝敗を決する。真剣で立ち向かう度胸と迷いのない心。即ち、心が剣とが一体化したときに、その真価を発揮するものなのだ。

「これこそ、心・技の合一であり、神業と言うべき剣の技を、天がわしに与えてくれたのかも知れぬ」

大衆と称せられる興福寺僧兵は、三百年以前の平安末期までは神輿《みこし》を担いで街を練り歩き、朝廷や公家の館に強訴を行っていた。だが、それ以後は、東国武将のように戦乱に於いて死地に赴くという緊迫した精神状態にはおかれていなかった。真剣での立ち合いには慣れてはいなかったからか、妙技にも心の隙が生じてくる。

「心万不残、不乱一心。剣の腕は、畢竟《ひつきよう》、生死の境界を超えて一息切断の途にある。それが、剣の道につながるものなのかも知れぬ」

家直は眼を瞑ったまま、生死の境を超越して得た剣の神髄のことばを、再度、確認するように、臓腑の底からゆっくりと吐き出し、自らに言って聞かせた。

応永二十三年（一四一六）十月、関東管領上杉禅秀が鎌倉公方足利持氏に叛して起こした争乱（上杉禅秀の乱）以来、東国は不穏な空気に包まれ、永享十年（一四三八）の八月には、鎌倉公方足利持氏が六代将軍義教に反抗して討伐され、自刃する事件（永享の乱）が起こり、永享十二年（一四四〇）三月には、その持氏の遺児春王丸、安王丸を結城氏朝が擁立して起こした結城合戦等々、不穏な空気に包まれていた。そして、関東各所で鎌倉公方に味方する武将と京公方・関東管領上杉氏に加担する武将との間で争いが起こり、干戈《かんか》を交《まじ》えるようになった。

それらの戦いを通して得た、死と隣りあう武将の気魄や凄絶な死闘が、瞬時の太刀捌きに現れているとすれば、家直の死地翻転の逆胴斬りも実戦の中で鍛えられた心と合一した技であった。

「童の頃から、父飯塚金兵衛に剣の手ほどきを受け、咄嗟に対処する術を学んでいたからかも知れぬし、わしが持って生まれた天稟《てんぴん》も在ったであろう。いや、武運にも恵まれていたのやも知れぬ。それら諸々のことを思い起こすと、瞬時の判断と機敏な動きこそが、武者にとって生死を分けるということを身を以て知らされた一瞬であった。また、他にも……」

家直は、まだ固い蕾の梅木の下でつぶやいた。

大地深くに根を下ろし、四方に大きく枝を張った梅の老木は、鹿島湖《かしまのうみ》（北浦）の湖面から吹き上げる寒風にさらされながらも、なお内に花の蕾を開かせようとする力をいっぱいに蓄えていた。

「あれは、確か、千葉家の守り神、妙見菩薩様への奉納試合のときに、千葉介様の酔狂から行われた真剣勝負であったな……。主の命とはいえ、武者どうしを、刀の試し切りの道具に使うとは……人を人と思わないの主の横暴さによって命じられた勝負であった」

時を隔てて起こった次ぎの勝負も、また、家直の脳裏に鮮明に残っている。いまから十数年前の秋、千葉家重臣の圓城寺下野守尚任と原越後守胤房の招きに応じて、亥鼻城に於いての御前試合があった。表向きは千葉一族守護神の妙見菩薩への奉納試合で、一族配下の剣客が各組五名ずつ東西に分かれて剣の技を競い優劣を競う木刀による試合であった。

そして、それぞれの試合が滞りなく進み、その最後に、原胤房が推す剣客児玉織部丞房賢と圓城寺尚任が推す師範格飯篠修理亮家直が行う剣技の形を見せ合う立ち合いが行われるはずであった。

しかし、それでは物足りなかった主の千葉胤直は、二人に真剣勝負を下命した。

「飯篠修理亮、そこもと、西国に旅して剣の腕を磨いたと聞いたが、これまでの木刀による技では、どれほど上達したかみどもにはわからぬ。どうじゃ、原の推す武蔵の児玉織部丞と真剣での勝負をしてみては如何じゃ。ここに座す児玉は武州随一との呼び声も高い。そこもとが、受けるなら、織部丞には異存が無いと申しておる」

児玉織部丞の名は家直も聞いていて、勢力は衰えたとはいえ武蔵七党の一つ児玉党の流れをくみ、幾多の戦いに傭兵として参陣した歴戦の勇士である。

——が、何故に真剣で勝負を？——

と訝《いぶか》る家直に向かって、胤直が言葉を継ぎ足した。

「備前国古長船派の盛光に新たに打たせた新刀が、十日ばかり前に届いた。また、ここに家伝として二百有余年に渡って千葉家に伝わっている粟田口国綱の二振りの名刀がある。この二振りの名刀に依る技の冴えをみどもに見せてはくれまいかのぅ」

――新刀の切れ味を二人の男に真剣勝負をさせて試すだと！　主といえども、常軌を逸した酔狂な申し出だ！――

家直は目を剝いた。

しかし、主の千葉胤直は平然と命じた。

「備前国の刀工が打った長船盛光、家伝として伝わる山城国粟田口国綱。この二振りの名刀をそこもとらに貸し与える故、真剣で勝負をしてみよ」

城主の酔狂で、どちらかの生命が絶たれるのである。

家直は、主命を断《た》ち、憤然としてその場を退《た》ち去《さ》ろうと考えたが、相手の剣士児玉織部丞はその意を含ませられてこの場に臨んでいるように思えた。その面構えは不敗の自信に溢れ、家直を斬り殺して、家老原胤房の後押しに依って千葉家に高禄で仕えようとする魂胆がありありと見て取れた。

――ここで引き下がれば、相手に怖じ気づいたと見られ、敵に背を向けた武者《もののふ》だと嘲笑《あざわら》われてしまう――

家直の武者としての面目と誇りが、児玉織部丞と対峙させる決意を促した。しかし、本心は真剣勝負などはしたくなかったし、自分が心血を注いで磨いてきた剣の技を見世物のように扱われることに憤りを覚えた。主でなければ、この場で怒り狂って千葉胤直を斬り殺したいような衝動に駆られた。噴き上げてくるその思いを胸の内に抑え込めて、主の胤直に了承の目礼すると、胤直は、家直の胸の内にくすぶっている屈辱や怒りなどを慮ることもなく、相好を崩してから、両刀を差し出した。

「どちらを所望する」

胤直が聞くと、すぐさま、児玉織部丞は、

「飯篠殿がよろしければ、みどもは新刀の備前長船を！」

と応え、家直の顔をチラリと見た。

「みどもは、残った一振り、粟田口国綱でよろしゅうござります」

家直が応えると、胤直の表情が一瞬崩れ、その後、期待と興奮とで赤く染まってきた。

さすが鎌倉中期に打たれた家伝の名刀、粟田口国綱。螺鈿が鏤《ちりば》められているきらびやかな漆黒の鞘に金の鐺《こじり》、同じく金の柄頭《つかがしら》に朱糸の柄巻《つかまき》、双龍の透かし彫りが施されている鍔《つば》。拵《こしら》えもきらびやかな刀を拝領すると、家直は鞘から刀身を抜き、一振り二振りしてふたたび鞘に収めた。拵えのほか刃紋《はもん》も華麗。鎬《しのぎ》の稜線も美しい。質実剛健を好む家直は、このような装飾的な刀を好むものではない。心染まぬままに、それを腰に差すと、児玉織部丞と相い対した。そして、互いに呼吸を整えると、静かに刀身を抜き、正眼に構えた。

織部丞はその構えからして並の使い手ではない。そのことを家直はよく承知しているからこそ、互いに正眼に構えたまま容易には打ち込まない。木刀では間合いから思い切り踏み込むことができるが、真剣では誰しも相手の刀が恐ろしいから自分の刀が伸びない。相手の立った位置、踏み込み、腕と刀の伸び、それを一瞬にして見極める見切りが大切であり、その見切りは、これまでの剣の修練と勘の冴えである。自分が斬られるギリギリのところまで見切ってこそ相手が斬れるのだ。

家直は眼を切っ先にピタリと這わせ顔に血の気も見せずただじりじりと間合いを詰め、織部丞が詰めてくると静かに引く。双方の足裏から砂利石を擂る音だけが緊迫した静寂を破るように耳に達する。距離はおよそ六間ほどで、二人は足をとめて構えを固めた。しばらくの間、二人とも正眼で対峙していたが、阿吽《あうん》の呼吸を計ること数秒、織部丞は誘うように右脇に足を進めると、構えを八双に改めた。そして、じりじりと間合いを詰めてくる。織部丞の殺気が覆い被さり、家直はその威圧感に押されて後退りをした。また、家直は切っ先を織部丞に向けたまま擦るようにして左脇に足を進めた。しばらく双方が刀を構えたまま時が過ぎ去り、四半刻ばかりの時が流れる頃、ついに織部丞が焦れて打ち込んだ。凄絶な殺気が瞬時に伝わり、白刃燦《きら》めいて双剣交錯し、耳をつく金属音が空に谺した。以後、気魄のこもった奇声とともに打ち合うこと数回、息つく暇さえ与えぬ撃剣の児玉織部丞の攻撃が続いた。

家直は織部丞の撃剣を受け止め、防ぐのに精一杯であった。勝負は誰の目にも織部丞の方が優勢だと見て取れた。織部丞自身、その形勢に驕りが生じていたのも確かなことだ。また、その勢いに乗じて勝負を決したいという焦りもあったであろう。防戦一方であった家直が呼吸を整えようと息を吸い込んだ途端に、隙を見てとった織部丞は、斜め上から渾身の力を込めて袈裟懸けに振り下ろしてきたのである。織部丞の鋭い太刀捌きに対して、逃れられぬと察知した家直は、瞬時に、織部丞の懐に跳び込んだ。

身を捨てた相討ち技である。即ち、「皮を斬らせて肉を断つ。骨を斬らせて髄を断つ」という攻防一体の捨て身の技。常に死を覚悟して、迷わず白刃の下に身をさらけ出す覚悟ができていなければできない技なのだ。

ところが、斬られることを覚悟して敵の懐に跳び込んだ家直の咄嗟の判断が、この勝敗を決した。

双方の白刃と殺気が瞬時に交錯したその刹那、織部丞の胸板深くに粟田口国綱の刀身が突き刺さって、背にまで貫いていた。織部丞の振り下ろした刃は空を切り、家直の背を鍔頭《つばがしら》で僅かに傷つけただけであった。

「己を捨てて勝機をつかむ。この相討ちの極意を極め抜けたところに剣の奥義が在るのかも知れぬ。勝ちを制するのを欲せず。神にわが身を委ねて、己を虚しゅうすることこそ剣の道の奥義があり、神仏の心を知り、悟りの境地に至ってこそ剣の技が得られるものであろう」

飯篠家直は梅木の下で、まだ蕾の梅花を仰ぎ独りつぶやいた。若年の頃からの幾多の戦いにおいて、無敗で生き延びてきても、また、死を覚悟して仕えたその主君でさえ、所詮は己の及ばぬところで自刃して果ててしまう。

家直は、栄華を誇った千葉一族の凋落と多古城に匿ったいたいけない胤宣の姿を思い出した。

梅木山不動所に座し、これまでの幾多の戦いを振り返ってみて初めて、生の尊さ、神仏によって生かされている人の生命の尊さを覚った。そして、人の世、戦乱の世に生きる刹那と無常さを悟った家直は、朝廷から下賜され主から授けられた伊賀守の職《しき》を捨て去り、人にとっていちばん大切なものは何か、剣の技とは、武者が身につけなければならない武威とはいったい何なのか。その技や武威は何の為に在るのかを極めようとして、神意を現す「長威斎《ちょういさい》」という号を自ら名乗りはじめるのである。

四

長威斎家直は、奥宮近くの梅木山不動所脇に庵を建てて住み、早朝、奥宮に水垢離《みずごり》をとって参籠した後に、昼は、立ち斬り千回、杉や楠や欅の老樹を相手に木刀や真剣を振った。そして、黄昏時から深夜遅くにかけて座禅を行い、心身共の鍛練に心がけた。それを千日の間、一日も欠かさずに行ったのである。

太陽は東の空を真赤に焦がして昇り、西の空を茜色に染めて沈んでいく。その後、月は照り映えて空を渡り、天空の星々は無数に煌めき、長威斎を天空遙か上から見下ろしていた。長威斎の立ち斬り、剣を振るう姿、座禅に費やす時間や懊悩の日々とは無縁のように太陽と月と星の運行は繰り返され悠久とした時だけが無慈悲に流れていた。

「剣を持てば、斬り合いが生じ、どちらかが死ぬ。それが剣を持つ武者《もののふ》の宿命《さだめ》なのか。武者であるからには剣を持たざるを得ない。また、己の生命を守るためには剣の腕を鍛え、剣筋を確かにし、高めねばならぬ。されども、武技は人を殺めるためだけの技ではなく、また、剣は人を殺傷するためだけのものではないはずだ。わしは、いままで、それを覚らずに剣の技を高めるためだけをめざして修練を重ねてきた」

長威斎は、木刀を振り下ろしながらも、経津主大神に向かって問いかけた。

「先祖より伝えられた武門の誇りや刃を振るう武者の掟があるはずだ。それ故に、武には武の掟、即ち、武の道があるはずだ。ただ腕を磨いて、対峙した敵に勝てば良いことではない！　真の敵は、わが胸中にある迷いであり、様々な欲望であり、しがらみなのだ。それを断ち切ったところにある真の道、それこそが剣の道ではないか」

はたと気づいた長威斎は、剣の道を得るために、さらに、修練を重ねた。まともに横たわることもなく、連日の激しい立ち斬りと座禅とで生とも死とも分かたぬ昼夜が数日の間、続いていた。

長威斎の心身は、風雪に耐えてより堅固になる巌《いわお》のようにその内部に強さと不屈の魂を滲ませていった。唯、その烈しい修練により、夜半には心身茫漠として無我の境に入ることもあり、力尽きて昏倒することもあった。

ある日、倒れて天地に横たわる長威斎を月光が柔らかく包み込んだ。その月の光に照らされて、天女が頭上に舞い降りてきた。よく見ると、その天女は童の頃に甘えて母の膝から仰いだ母そのものであり、羽衣を脱いで立木の下に寄り添う天女は昔日の亡き妻の姿でもあった。

「梅！　お梅！」

長威斎は頭上の天女に向かって叫んだ。

「そこもと、天女になったのか！　そうか、天女にのぅ。気にかかっておったが、わしは、そなたの姿を見て安堵したぞ！」

長威斎は、頭上に現れて覗き込む天女に向かってつぶやくと頬を緩めた。そして、安心しきって目を瞑った。その後、深い眠りに就き、翌朝、香取の樹々の隙間に差し込む朝日の強い光で目覚めた。

長威斎は瑞夢を境にして、さらに心身を鞭打ち、続けること数日、極限を迎えて頭中は朦朧とし、夢か幻か分かつことができない夢幻の境地に入っていった。

木々の繁る香取神宮の神域の中に起居して、目覚めれば剣を振るい、夜になれば座禅をし、庵に身を臥せた。身も心も神域に生づく自然の中に同化されて、長威斎自身も香取の神と一体となったように思えた。

そんな日夜に明け暮れていたときに、奇怪な幻覚が長威斎を襲った。香取神宮の境内に林立する樹齢数百年の松、栃、樅、楠、栂、檜、欅の大樹が妖怪と化して、人と同じように動きだし、長威斎に向かって襲いかかってきた。また、水を滔々と湛える鬼怒（利根）川が一斉に逆巻いてわが身を呑み尽くすかと思われたりした。さらに、梅木の枝が無数の剣《つるぎ》となって、頭上から襲いかかってくる幻覚にもみまわれた。

それは、長威斎の身の回りに次々に現れては消えていく悪夢であり、戦場や剣の試合で対峙した怨霊のようでもあった。この世のものとあの世のものとの境がなくなり幻覚を目にし幻聴を耳にしたのである。長威斎は朦朧とした夢幻の境地に入りながら、その怨霊と対峙した。

——わしを惑わす悪霊めが！

長威斎は、それに向かって叫んだ。

梅木の下に座す己が、もはや一寸の身動きもできない状態になってくる。長威斎は身を起こして、それらに対《む》かうために刀を構えた。襲いかかる無数の刃はいずれも必殺の鋭気に満ち溢れ、上下左右、四方八方から鋭い光を放って迫りくる。その刃の主が、戦陣で斬り殺した敵将兵の姿と化して長威斎を襲い、また、果たし合いで討った数多くの剣客の恨みを呑んだ怨念・憤怒の顔となって長威斎を睨んでいる。斃《たお》した男たちの怨霊が、鈍い光を放って必殺の剣を振るうのである。

――殺《や》られる！　長威斎は覚悟した。

――斬れ！　然れども、わしもおめおめと怨霊に斬られたりはせぬぞ！　わしは、ただ一刀を返す。それが、剣に生きた者の宿命であり、わしの魂じゃ！

長威斎は数多の悪霊に向かって怒鳴った。その怒鳴り声が香取神宮奥宮の空高くに響き渡った。襲いかかってくる無数の刃の切っ先に向かい、神気を得て、分散していた自身の心を一つに集めた。真っ向から襲いかかってくる一つの剣先のみに眼を凝らした。まさに心の眼、即ち、心眼を得て、敵に対峙したのであった。すると摩訶不思議にも、四方八方から襲ってきていた無数の刃が消え去り、一筋の剣光が闇の中からはっきりと現れた。長威斎は、闇の中で光る白刃に向かって、狙いを定めて真剣を振った。と同時に、襲ってきていた幻覚は雲が飛び散り、霧が消えるように無くなっていた。

ただ一人、大樹の繁る静寂な森の中、梅木の下で凝然として立つ自分の姿がそこに在るだけであった。

――敵は己の心の中に無数に在る。然れども、邪念を払い極めれば、そこに唯一つの真義が在る。奇怪な幻覚の中から、長威斎は剣を振う真義を得た――

――それには、自ら邪念を払って己の心を鍛えること。これこそ剣の奥義なり！　真の武とは、人の心に在り、人の道でも在る。心の中が善なれば、武は人を助け、世を平穏に和する。それ故に、武の技は心を磨くことに在る——

長威斎は、経津主大神からの啓示を耳にした。

「そうか！　兵法とは、平法なり。平穏に和することをめざし、心身を鍛えていくことこそ武の道なり。武者たる者は、平法を知らずして在るべからず」

一切の剣の技を超えた境地が豁然《かつぜん》として長威斎の心眼の中に開かれたのだ。そして、頭上に重く垂れ込めていた厚い雲が取れ、太陽が雲の隙間から覗いたような晴れやかな心持ちになってきた。また、懊悩していた自分の胸の内が明るく照らされ、万物を支配する大きな者が、自分を悟らせ、自分にそう言わせているようにも感じられた。否、これまで育んできた長威斎自身の魂がそう叫んだのであろう。

「いたずらに武技を用いて人を殺傷することなく、戦わずして目的を達することこそ、真の勝利がある。これこそ剣の極意、武の道なり」

飯篠長威斎家直は、この「極意、武の道」を香取神宮の祭神・経津主大神《ふつぬしのおおかみ》から伝授されたものとして「天真正伝香取神道流《てんしんしょうでんかとりしんとうりゅう》」と名付けた。

そして、ゆっくりと大地を踏みしめて、奥宮の社殿に来ると、跪座《きざ》して神霊の加護に拝謝した。

その後、顎下長く垂れていた髭を梳《くしけず》り、両肩深く垂れ下がっていた白髪交じりの総髪を後ろで束ねると、長威斎家直は、香取神宮神域の大気を胸一杯に吸い込んで、梅木山不動所を後にした。

編集部註／作品中に一部差別用語とされている表現が含まれていますが、
作品の舞台となる時代を忠実に描写するために敢えて使用して
おります。

足利氏略系図

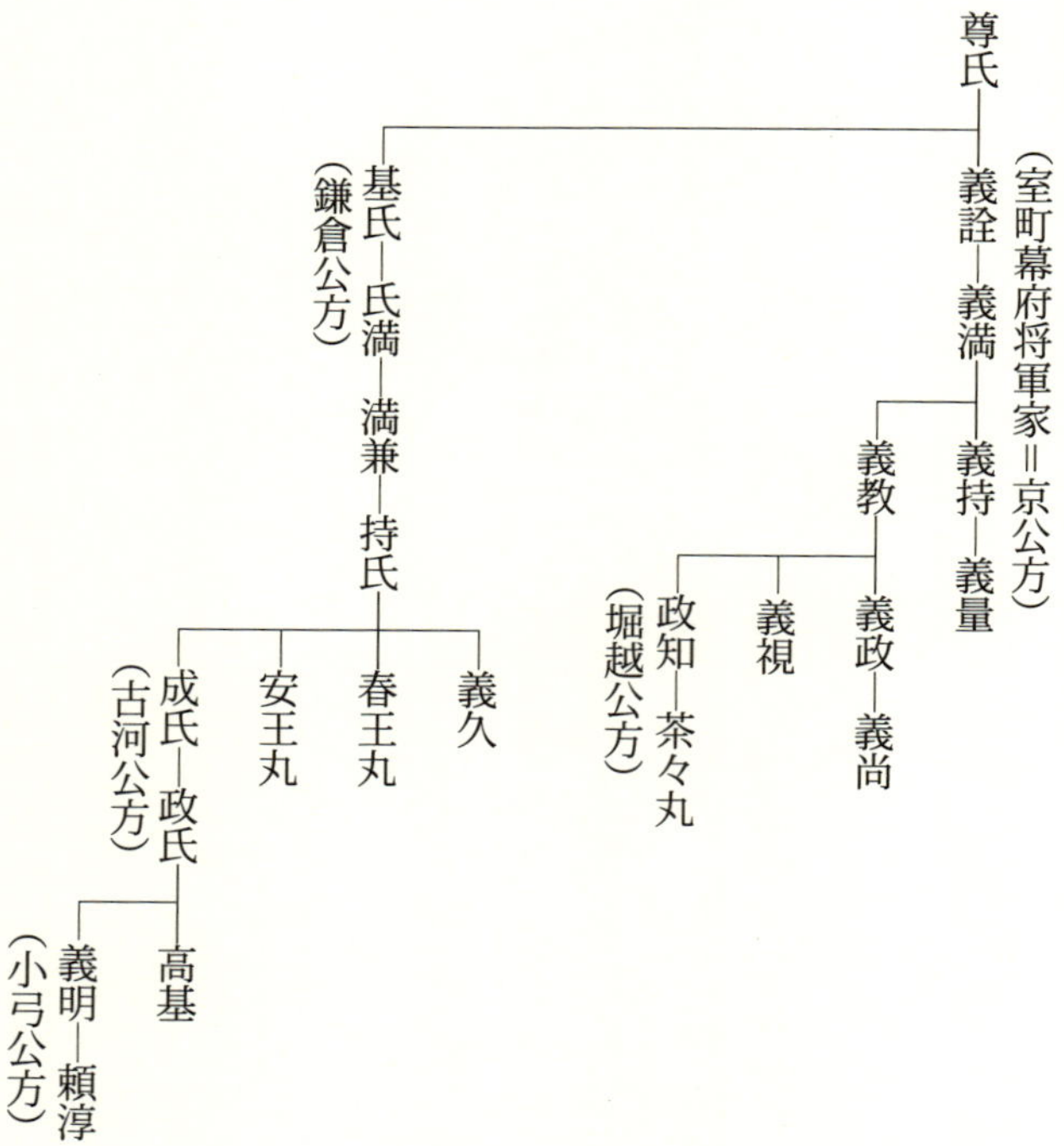
尊氏
義詮
義満
義持
義量
義教
義政
義尚
義視
政知
茶々丸
（室町幕府将軍家＝京公方）
（堀越公方）
基氏
氏満
満兼
持氏
義久
春王丸
安王丸
成氏
政氏
高基
義明
頼淳
（鎌倉公方）
（古河公方）
（小弓公方）

千葉氏略系図（Ⅱ）

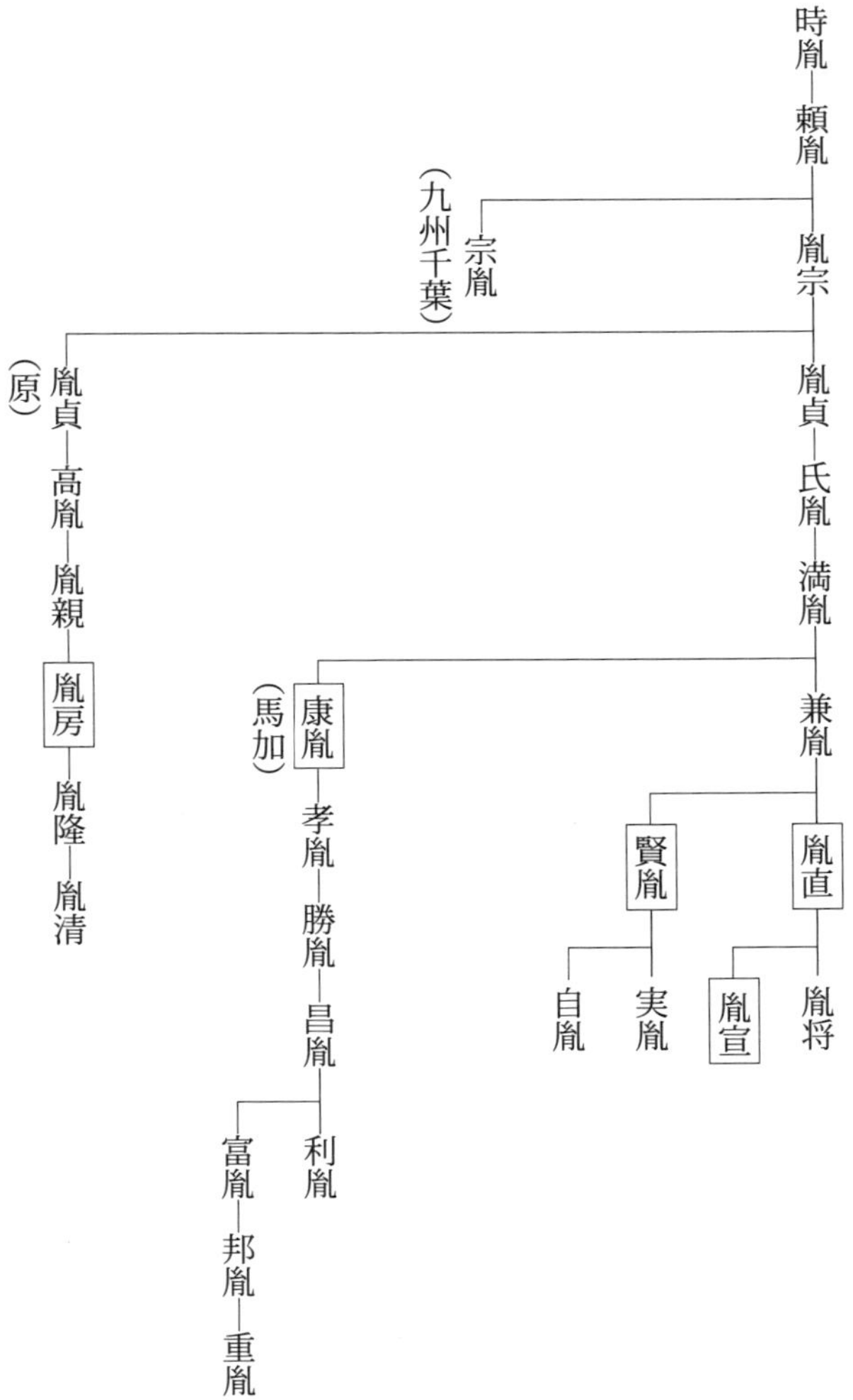

時胤
頼胤
胤宗
宗胤
（九州千葉）
胤貞
氏胤
満胤
兼胤
胤直
胤将
胤宣
賢胤
実胤
自胤
康胤
（馬加）
孝胤
勝胤
昌胤
利胤
富胤
邦胤
重胤
胤貞
（原）
高胤
胤親
胤房
胤隆
胤清

飯篠氏略系図

- 金兵衛
  - 家直（伊賀守・長威斎）
    - 盛直
    - 伴直
    - 貞秀（修理亮）― 盛近（若狭守）― 盛信 ― 盛綱（山城守）― 盛秀（左衛門尉）― 盛繁（大炊頭）
  - 親直

参考史料、論文・文献一覧

【参考史料】

新訂増補 国史大系『吾妻鏡』丸山二郎・黒板昌夫・坂本太郎編集 吉川弘文館
新訂増補 国史大系『公卿補任』同右
新訂増補 国史大系『百練抄・愚管抄』同右
新訂増補 国史大系『尊卑分脈』同右
新訂増補 国史大系『本朝世紀』同右
新訂増補 国史大系『日本紀略』同右
新訂増補 国史大系『扶桑略記・帝王編年記』同右
復刻版『玉葉』上・中・下巻 名著刊行会 名著出版
『平家勘文録』肥前松平文庫 国文学研究資料館
日本史研究叢刊25『玉葉精読』高橋秀樹編著 和廣書院
改訂房総叢書第二輯 史傳（改訂房総叢書刊行会編）千葉県郷土史料刊行会
『千葉県史料中世編香取文書、諸家文書、県外文書』千葉県史料編纂委員会

『房総叢書』千葉県郷土史料刊行会編　千葉県郷土史料刊行会
『房総通史』（改訂房総叢書〈別巻〉）千葉県郷土史料刊行会
『高雄山神護寺文書集成』坂本亮太、末柄豊、村井祐樹編　思文閣
『陰陽道関係資料』詫間直樹、高田義人編著　汲古書院
成田山新勝寺史料集 第一巻・第二巻・第三巻・第四巻・第五巻・第六巻・別巻
成田山新勝寺史料編集委員会　成田山新勝寺
『平将門資料集』〈付・藤原純友資料〉岩井市史編纂委員会編　福田豊彦責任編集　新人物往来社
東洋文庫『将門記』〈一巻、二巻〉梶原正昭訳註　平凡社
東洋文庫『今昔物語集』1〜6　本朝部　池上洵一、永積安明訳　平凡社
『源平闘諍録』〈上・下〉福田豊彦、服部幸造注　講談社
『平安時代史事典』〈福田豊彦著『日胤』〉角川書店
『永享記』（黒川真道編『日本歴史文庫6』）集文館
『鎌倉大草紙』（黒川真道編『日本歴史文庫8』）集文館
『鎌倉大草紙』（『新編埼玉県史資料編8』）埼玉県史資料編纂委員会
『千葉大系図』全　附千葉家世紀　千葉開府八百年記念祭協賛会
『千葉妙見大縁起絵巻』千葉県指定有形文化財　千葉市立郷土博物館
『本土寺過去帳』（千葉県史料中世編 本土寺文書）
『坂東八館譜』（改訂房総叢書〈第4巻〉）千葉県郷土史料刊行会

『飯篠氏家系』（改訂房総叢書〈第9巻〉）千葉県郷土史料刊行会
『本朝武藝小傳』日高繁高著（改定史籍集覧第11冊）

【参考論文・著書文献】

『平将門』赤城宗徳著　角川書店
『平将門の乱』川尻秋生著　吉川弘文館
『平将門』〈上・中・下〉海音寺潮五郎著　新潮文庫
『平の将門』吉川英治著　講談社
『平法―天真正伝香取神道流―』大竹利典著　日本武道館
『日本の古武道』横瀬知行著　日本武道館
『日本武芸小伝』綿谷雪著　国書刊行会
『決定版日本の剣豪』中嶋繁雄著　文春新書
『一刀流皆伝史』千野原靖方著　崙書房
『図説日本武道辞典』笠間良彦著　柏書房
『中世的世界の形成』石母田正著（『石母田正著作集第五巻）岩波書店
『岩波講座日本歴史』第四巻・第五巻（古代4・中世1）岩波書店
『日本中世史入門』中野栄夫著　雄山閣

『千葉氏探訪』千葉氏顕彰会監修　千葉日報社
『千葉氏の研究』野口実編　名著出版
「千葉常胤と上総介広常」安田元久著〈安田元久編『鎌倉幕府・その実力者たち』論文集〉人物往来社
「平安末期房総における豪族的領主の支配構造」相田裕昭 著〈『思潮』一〇七号〉大塚史学会
「坂東八ヶ国における武士領荘園の発達」西岡虎之助著
〈西岡虎之助編『荘園史の研究』下巻一収蔵〉岩波書店
『角川日本地名大辞典12 千葉県』角川書店
『上総 下総　千葉一族』丸井敬司著　新人物往来社
『千葉氏　鎌倉・南北朝編』千野原靖方著　崙書房
『千葉氏　室町・戦国編』千野原靖方著　崙書房
『下総千葉氏』石橋一展編・濱名徳順選　戎光祥出版
『妙見信仰と千葉氏』伊藤一男著　崙書房
『妙見菩薩と星曼荼羅』林温著　至文堂
『坂東武士団の成立と発展』野口実著　弘生書林
『源頼朝』永原慶二著（岩波新書）岩波書店
『源頼朝と軍記・説話・物語』（『平家物語遡源』）佐伯真一著　若草書房
人物叢書『千葉常胤』福田豊彦著　吉川弘文館
人物叢書『源頼政』多賀宗隼著　吉川弘文館

『源頼朝と鎌倉幕府』上杉和彦著　新日本出版社
『房総の頼朝伝説』笹生浩樹著　冬花社
『房総の古戦場めぐり』府馬清　昭和図書出版
『東総の城郭と居館跡』高森良昌、椎名幸一著　秀英社
『千葉県の歴史』石井進、宇野俊一編　山川出版社
『武士の誕生』関幸彦著　日本放送出版協会
『国衙機構の研究』関幸彦著　吉川弘文館
『武士団研究の歩み』Ⅰ・Ⅱ　関幸彦著　新人物往来社
『武蔵武士』渡邊世裕、八代國治共著　博文館
『武士団』安田元久著　塙書房
『武蔵の武士団』安田元久著　有隣堂
人物叢書『畠山重忠』貫達人著　吉川弘文館
『畠山重忠辞典』川本町教育委員会編　川本町教育委員会
『中世関東武士の研究』〈第7巻　畠山重忠〉清水亮編著　戎光祥出版
『中世武蔵人物列伝』埼玉県立歴史資料館編　さきたま出版会
『武蔵武士―そのロマンと栄光―』福島正義著　さきたま出版会
『鎌倉武士の実像』石井進著　平凡社
『吾妻鏡の謎』奥富敬之著　吉川弘文館

あとがき

千葉・九十九里に住むようになって十年が経とうとしている。家の直ぐ近くには、栗山川が太平洋に向かって流れているが、この栗山川はかつては上総国と下総国とを分けた国境の川である。また、鮭が遡上する南限と言われ、春先には鮭の稚魚を放流している。川沿いを総の山々に向かって鮭のように遡上していくと、古代の遺跡や中世の城跡が数多く見られ、古代、中世の人々が気候の温暖なこの地に住んで生活の営みを繰り返していたことが実感できる。

その遺跡や城郭、居館跡を調査していると、上総国、下総国と称された千葉の豊かさ、奥深さ、存在意義のようなものがわかってくる。そういう意味においては、千葉は歴史の宝庫であり、歴史学のみならず考古学や民俗学を研究する者にとっても、数多くの遺跡や民間伝承が、まだまだ手つかずのままに残っている地域でもある。ただ、近年、首都圏の広がりと成田空港の拡張事業に伴って、開発の波が押し寄せてきて、その宝庫が危機に瀕しているのも事実である。

そのことを危惧し、在野の歴史研究家として何かに残そうとして綴ったのが、この『坂東武者』シリーズである。

今回の作品は、古代末期から中世半ばにかけて坂東（関東）の地に生きた武者《もののふ》を八名選び出し、その者たちが京都の公家政権から　自立するために命を燃やした生き様を描くことを主題（テーマ）とした。権威や権力に対する自らの生き方・生きる姿勢を前面に表し、人間として譲れない自負・誇り、所謂、「武者《もののふ》の矜持《きょうじ》」というものを副題（サブテーマ）として描いたつもりだ。また、その者たちを多角的かつ概括的な視点で見るために、寛朝や日胤といった僧侶の目から見た当時の世相や政治風土を背景にして捉えてみた。

幸か不幸か、現在の社会は、物質的には豊かになり、われわれは、その豊かさを享受しているが、この「人間としての自負・誇り」というものが時代の進展とともに廃《すた》れてきていて、精神的には貧しくなっているようにも感じられる。それ故にこそ、古来から伝わってきた日本人の伝統的な精神性や文化を絶やさないためにも、「恥」と「矜持《きょうじ》」の考え方を、この歴史小説の中で取り上げたのである。

さらに、抽出したそれぞれの主人公は、歴史的視点（歴史観）の違いによっては曲解されていたり、資料が数少なくて、政治的にも社会的にも重要な役割を果たしているのに、歴史の渦の中で埋没してしまい消されている者たちが少なからずいる。その者たちに光を当てるべく、独自の視点で再検証して此処に取り上げた。

「故きを温ねて、新しきを知る」。これが歴史を学ぶ原点であるとするならば、古《いにしえ》より繰り返されてきた人間の物語を概観して眺め、その物語の中で生成された人間の「生き方」や「愛憎・喜悲劇」を識《し》ることによって、混沌とした未来への扉を開く原動力（エネルギー）や羅針盤（指針）としての一役を担うことができれば、「歴史小説」の意義や存在価値が高まるものだと考える。

読みにくい人名や地名や元号、官職名が書かれていて、歴史になじみのない方には、少々、取っつきにくいと思うが、在野の歴史研究家として、史実や歴史的背景を厳しくチェックして小説として綴ったつもりである。

硬い歴史小説であるが、拙著が「房総の歴史への扉」となり、また、これを契機にして「坂東（関東一帯）の古代から中世への歴史」を探るきっかけになっていただけると、筆者としては無上の喜びである。

最後に、懇切丁寧に細部にわたってご指導いただき、この歴史短編集『坂東武者』を編集・刊行していただいた郁朋社編集長の佐藤聡氏に、紙面を借り、記してお礼を述べたい。いろいろとありがとうございました。

二〇一八年　六月十五日　　九十九里浜・横芝光町の寓居にて

乾　浩

【著者紹介】

乾　浩（いぬい　ひろし）

本名　濱田　浩。昭和22年　山口県大島郡生まれ。東京教育大学（現筑波大学）芸術学科卒、中央大学法学部卒、法政大学大学院日本史学専攻修士課程修了、大学院研究生修了。千葉県、東京都公立小・中学校教諭を経て筑波大学附属小学校教諭、筑波大学非常勤講師として勤め、平成19年に退職。

平成13年「北夷の海」で第25回歴史文学賞受賞。著書に『北夷の海』（新人物往来社）、『北冥の白虹』（新人物往来社）、『海嘯』（新人物往来社）、『斗満の河』（新人物往来社）などがある。

坂東武者《ばんどうむしや》　――八人《はちにん》の武者《もののふ》たちの矜持《きょうじ》――

2018年6月26日　第1刷発行

著　者 ― 乾《いぬい》　浩《ひろし》

発行者 ― 佐藤　聡

発行所 ― 株式会社 郁朋社《いくほうしや》

〒101-0061　東京都千代田区神田三崎町2-20-4
電　話　03（3234）8923（代表）
ＦＡＸ　03（3234）3948
振　替　00160-5-100328

印刷・製本 ― 日本ハイコム株式会社

落丁、乱丁本はお取り替え致します。

郁朋社ホームページアドレス　http://www.ikuhousha.com
この本に関するご意見・ご感想をメールでお寄せいただく際は、
comment@ikuhousha.com までお願い致します。

©2018 HIROSHI INUI Printed in Japan ISBN978-4-87302-671-8 C0093